LUZIFER
VERLAG

Christina Unger

Leichen Schmaus

REGIONALKRIMI AUS ÖSTERREICH

LUZIFER
VERLAG

Deutsche Erstausgabe

www.luzifer.press

Umschlaggestaltung: Michael Schubert | Luzifer-Verlag
Lektorat: Johannes Laumann

ISBN: 978-3-95835-537-8

Dieses Buch wurde nach Dudenempfehlung (Stand 2020) lektoriert.

Bibliografische Information der Deutschen Nationalbibliothek:
Die Deutsche Nationalbibliothek verzeichnet diese Publikation in der Deutschen Nationalbibliografie; detaillierte bibliografische Daten sind im Internet über *http://dnb.d-nb.de* abrufbar.

BLACK SABBATH

Vermaledeite Zeitumstellung!

Kaum hatte sich Gertrud Klampfl daran gewöhnt, dass es am Abend länger hell blieb, drehten sie auch schon wieder die Zeit zurück. Ihr kam vor, als wäre es gestern gewesen, dass alle Medien die Sommerzeit trommelten und damit das Vorrücken der Uhren um eine ganze Stunde. War es ein Phänomen, dass die Zeit schneller verging, wenn man die sechzig erst überschritten hatte?

Es war Ende Oktober und schon um halb sieben Uhr abends so finster wie sonst nur in der Nacht. Der Regen prasselte auf die Kapuze ihres grauen Regenmantels nieder, die hohen schlanken Pappeln am Rande der schmalen Dorfstraße rauschten und schwankten gespenstisch im Sturm. Papierfetzen fegten über den Gehweg. Eine leere Plastikflasche hüpfte laut knisternd vorbei. Der Einkaufswagen, den Gertrud hinter sich herzog, war klatschnass, und das Wasser der vorbeifahrenden Autos spritzte ihr bis über die Knie. Hinter dem Steuer drehten ihr die Menschen ihre weißen Zombiegesichter zu und Gertrud schnitt ihnen eine Grimasse.

Der Blitz, der in diesem Augenblick über den schwarzen Himmel zuckte, erleuchtete kurz die Straße, aber in diesen wenigen Sekunden sah Gertrud etwa fünfzig Meter vor sich eine männliche Gestalt im Regenmantel über die Straße eilen und hinter einer Straßenbiegung verschwinden. Dem Blitz folgte ein Donnerschlag und Gertrud Klampfl bekam es mit der Angst zu tun. Zwar sagten sie, dass der Blitz zuerst in die hohen Bäume einschlug, aber hielt sich der Blitz auch daran? Nur noch dreihundert Meter bis zu ihrer kleinen Wohnung, dachte sie bange, dann war sie hoffentlich in Sicherheit.

Plötzlich durchdrang ein furchtbares Kreischen die Nachtluft und Gertrud Klampfl stockte beinahe das Herz. Es hatte sich angehört, als ob ein Kind schrie. Unwillkürlich hielt sie im Gehen inne. Das Kreischen kam von einem Wesen, das furchtbare Schmerzen erleiden musste. Gertrud fasste sich ein Herz, um zu sehen, was passiert war, denn schließlich war das ihre staatsbürgerliche Pflicht. Und da – schon wieder! Dieses Mal war es ein einziger blutgerinnender Schrei, der langsam in ein ersticktes Gurgeln überging.

Gertrud setzte sich in Bewegung und erschrak. Vor ihr überquerte der Mann im Regenmantel schon wieder die Straße, diesmal in die andere Richtung. Und jetzt konnte sie direkt in seine fiesen kleinen Augen sehen, die einen böse funkelnden Blick herüberwarfen.

Vor dem Mann fürchtete sich Gertrud nicht. Sie fürchtete sich eher vor dem, was sie finden würde. Mit eingezogenem Kopf verschwand der Mann in einem alten Haus auf der anderen Straßenseite und Gertrud versuchte mit zusammengekniffenen Augen die Hausnummer zu lesen. Es war die Nummer 32. Dort wohnte der alte Wallner. Dessen Junior war schon vor Jahren ins nahe Mödling geflohen, wahrscheinlich weil er es neben seinem asozialen und bösartigen Vater nicht länger ausgehalten hatte.

Wer oder was aber hatte vorhin so schlimm geschrien?

Langsam setzte sie einen Fuß vor den anderen, und als sie die Straßenbiegung erreichte, blieb sie einige Meter dahinter abrupt stehen. Neben einer Gartenmauer lag, wie weggeworfen, ein schwarzes wimmerndes Bündel. Gertrud bückte sich, um zu sehen, wen es da erwischt hatte. Es war eine Katze! Eine noch junge schwarze, schwer verletzte Katze.

Eigentlich mochte sie selbst keine Haustiere, weil sie so viel Dreck machten, und Katzen mochte sie am wenigsten, besonders keine schwarzen, denn die brachten Unglück. Andererseits brachte sie es nicht über sich, das arme Tier so halbtot im Regen liegenzulassen. Vielleicht gehörte es der Familie, die hier wohnte? Gertrud trat an das Gartentor und las das Namensschild: *Burkhardt.* Sie kannte die Familie vom Sehen. Einmal hatte sie sie bei einem Grätzelfest gesehen und einige Male beim Einkaufen im Supermarkt. Eine noch relativ junge und nette Familie.

Die schneeweiße Fassade eines einstöckigen modernen Einfamilienhauses schimmerte durch zwei hohe Silbertannen in die Schwärze des Abends. Neben dem Namensschild war ein gelbes Plastikschild montiert, auf dem stand in schwarzer Schrift: *Achtung Kampfkatze!* Das war wohl eines dieser Spaßschilder, die man in Papiergeschäften kaufen konnte. Die Kampfkatze hatte vorläufig ausgedient, so wie es aussah.

Gertrud Klampfl schob ihren Einkaufswagen unter den Schutz der Tannen nahe an die hüfthohe Steinmauer, die das Grundstück eingrenzte, und bückte sich, um das Kätzchen hochzuheben. Da entdeckte sie, dass man dem Tier beide Hinterbeine abgehackt hatte, und Gertrud hätte es beinahe vor Schreck fallen gelassen. Furchtbar verstümmelt, aber immer noch am Leben.

Mit einem Mal wurde es Gertrud richtig schlecht. Der Anblick des armen Tieres und das röchelnde Wimmern gingen ihr nahe. Die gequälten Augen bohrten sich direkt in Gertruds Herz und vertieften dort die Abscheu vor der Menschlichkeit, die sie ihr ganzes Leben mit sich herumgetragen hatte. Irgendjemand wollte dieses arme Tier nicht nur töten, sondern erst furchtbar leiden lassen. Ratlos hielt es Gertrud in den Armen, während über beide der Regen strömte.

Irgendetwas musste sie jedoch unternehmen, sagte sie sich, und so läutete sie kurz entschlossen am Gartentor. Der Blutverlust war enorm und das Tier würde es wohl nicht mehr lange machen. Endlich ging im Flur das Licht an. Die Haustür öffnete sich und eine attraktive blonde Frau um die vierzig trat heraus.

»Ja, bitte?«, fragte sie mit heller Stimme.

Gertrud räusperte sich. »Entschuldigen Sie die Störung. Mein Name ist Gertrud Klampfl. Ich wohne am Ende der Straße. Besitzen Sie vielleicht eine schwarze Katze?«

Die blonde Frau erschrak. »*Jaaa*«, antwortete sie leise. »Ist etwas passiert?« Die Frau spannte einen bunten Regenschirm auf und kam zögernd ans Gartentor. Ihr hübsches Gesicht drückte Sorge aus.

»Bevor Sie sie ansehen, muss ich Sie warnen. Sie ist … wie soll ich sagen … es ist nur mehr die Hälfte übrig – quasi.«

»Was soll denn das heißen?«, rief Frau Burkhardt erschrocken, während sie hastig das Gartentor öffnete.

»Möglicherweise ist sie in eins dieser illegalen Fangeisen getappt oder jemand hat ihr mit einer Axt …«

Noch während Gertrud sprach, spürte sie, wie das kleine unschuldige Lebewesen sich kurz aufbäumte, zuckte, und mit einem letzten Gurgeln in ihren Armen sein Leben aushauchte.

»Ich glaub«, sagte Gertrud Klampfl betrübt, »sie ist soeben gestorben.«

Frau Burkhardt wagte sich einen halben Schritt näher und warf einen entsetzten Blick auf das triefende Bündel im Arm der Frau. »Das ist Black Sabbath!«, stammelte sie unter aufschießenden Tränen. »Der Kater von Stefanie.«

»Ihre Tochter?«

Die blonde Frau nickte.

»Und was machen wir jetzt mit ihm?«, fragte Gertrud ratlos. »Wollen Sie ihn vielleicht begraben?«

Frau Burkhardt rang mit sich selbst. Sie verspürte eine natürliche Abscheu vor dem Tod. Andererseits konnte sie die fremde Frau mit dem toten Tier nicht vor ihrem Haus stehenlassen.

»Kommen Sie doch bitte herein«, bat sie. »Wenn Stefanie das erfährt, bricht es ihr das Herz.«

Gertrud erinnerte sich an ein etwa sechzehnjähriges Mädchen, das schon öfters mit dem Rad an ihr vorbeigefahren war. Stets schwarz gekleidet, lange schwarz gefärbte Haare, schwarze Lippen und viel Metall im Gesicht. Na ja, ihre Tochter war es ja nicht. Ging sie auch überhaupt nichts an. Dafür war ihre Mutter umso sympathischer.

Frau Burkhardt lief ins Badezimmer, um ein Handtuch zu holen und Black Sabbath darin einzuwickeln. Verzweifelt bemühte sie sich dabei, das verstümmelte Tier nicht ansehen zu müssen.

»Sobald der Regen nachlässt, werde ich ihn begraben«, sagte sie und trug Black Sabbath in den Wintergarten. Sie legte das tote Kätzchen behutsam auf den Fliesen ab und begab sich zurück ins Vorzimmer, wo Gertrud wartete.

»Darf ich Ihnen den Mantel abnehmen?«, fragte Frau Burkhardt. »Sie holen sich sonst eine Erkältung!«

Erschrocken sah sie, dass ein rotes Bächlein Blut von Gertruds Regenmantel auf den Vorzimmerboden tropfte.

Gertrud blickte dem Blut hinterher und ihr blieb beinahe das Herz stehen. »Ich mach Ihnen alles voller Dreck!«, rief sie entsetzt. »Entschuldigung …«

»Ich bitte Sie! Sie können doch nichts dafür.«

»Wenn Sie mir zeigen, wo Ihre Putzlappen sind, mach ich das sofort wieder weg!«

»Soweit kommt's noch!«, rief Frau Burkhardt. »Geben Sie mir bitte den Mantel, ich werde ihn im Badezimmer abwaschen.«

Gertrud schlug die Kapuze zurück und schälte sich, von schlechtem Gewissen geplagt, aus dem Mantel. Sie war klein und untersetzt, aber von kräftiger Statur. Die kleinen braunen Augen in dem farblosen Gesicht sahen aus wie Rosinen in einem Kuchen.

»Bitte kommen Sie weiter«, bat Frau Burkhardt, während sie den triefenden Mantel in der Hand hielt.

Gertrud Klampfl fragte schüchtern: »Darf ich vorher meinen Einkauf hereinholen? Er steht immer noch vor Ihrem Haus.«

»Um Gottes willen! Bei diesem Regen! Warten Sie bitte hier, ich hole ihn sofort herein.« Frau Burkhardt nahm ihren Regenschirm und eilte nach draußen. In der Zwischenzeit entledigte sich Gertrud ihrer Schuhe.

Als Frau Burkhardt zurückkam, stellte sie den Einkaufswagen im Vorzimmer ab und ging Gertrud ins Wohnzimmer voran: »Ich bringe nur schnell den Mantel ins Badezimmer«, sagte sie. »Darf ich Ihnen etwas anbieten? Tee oder Kaffee?«

Gertrud überlegte. »Tee, aber nur, wenn ich keine Umstände mache.«

Während Frau Burkhardt enteilte, ließ Gertrud Klampfl ihre flinken Augen über die gediegene Einrichtung wandern – alles nur vom Feinsten. Kunstdrucke dekorierten die Wände, ein flauschiger Teppich zierte einen teuren Parkettboden, auf dem eine große Sitzlandschaft stand. Über einem Esstisch mit acht Stühlen hing ein schwarzweißes Gemälde von Wien, das mindestens zwei Meter lang und eineinhalb Meter hoch war. Erstaunt stellte Gertrud fest, dass darauf die Leute noch in Pferdekutschen fuhren. Vor dem Panoramafenster an der gegenüberliegenden Seite des Raums stand eine Zimmerlinde in Hydrokultur, und von da, wo Gertrud stand, blickte sie in eine ultramoderne Küche. Eine schwungvolle Wendeltreppe aus hellem Holz führte in den ersten Stock, wo sicherlich die Schlafzimmer lagen.

Gertrud zog die Mundwinkel herab. Sie dachte an ihre Einzimmerwohnung mit Kochnische und einem Bad, so winzig, dass sie sich aufs Klo setzen musste, wenn sie duschen wollte – und das für vierhundertneunzig Euro im Monat! Von ihrer Rente blieben ihr genau vierhundertsiebzig Euro zum Überleben.

Ihre trüben Gedanken wurden von der Hausherrin unterbrochen, die ins Wohnzimmer trat, um nach ihr zu sehen. »Bitte nehmen Sie Platz! Das Teewasser muss gleich heiß sein. Ich bin sofort wieder zurück und dann plaudern wir ein wenig, ja?«

Gertruds Blick kreiste weiter durch das Zimmer. In der Wohnlandschaft kam sie sich irgendwie verloren vor, außerdem fürchtete sie, den hellen Stoff der Couch schmutzig zu machen. Also hockte sie sich auf einen Sessel am äußersten Ende des Esstischs.

Mit einem Tablett, auf dem ein schneeweißes Teeservice aus feinstem Porzellan stand, kehrte Frau Burkhardt ins Wohnzimmer zurück. »Wollen Sie es sich nicht auf der Couch bequem machen?«, fragte sie und blieb unschlüssig in der Mitte des Raums stehen. »Dort ist es doch viel gemütlicher.«

Gertrud erhob sich nur zögernd, denn die geschmackvolle Eleganz in diesem Haus erschlug sie fast.

Frau Burkhardt stellte das Tablett auf dem Couchtisch ab und füllte Tee in die Tassen. Gertrud Klampfl ließ sich so vorsichtig auf dem Rand der Couch nieder, dass ihr halber Hintern in der Luft schwebte. Mit Kennerblick registrierte sie sofort, dass die Kekse in dem Schüsselchen keineswegs selbstgemacht, sondern teuer eingekauft waren. Draußen zuckte ein Blitz über den Himmel und für einen Augenblick begann das Licht im Haus zu flackern.

»Sehr schön haben Sie es hier«, sagte Gertrud schließlich bewundernd.

Frau Burkhardt senkte bescheiden den Kopf. »Es macht uns auch viel Freude hier zu wohnen. Ursprünglich kommen wir ja aus Wien, das Haus haben wir vor zwölf Jahren gekauft und seitdem muss mein Mann jeden Tag nach Wien pendeln. Er ist Historiker im Wiener Stadt- und Landesarchiv.«

Gertrud lauschte ehrfürchtig. »Sind Sie auch berufstätig?«, fragte sie.

»Ich arbeite in Mödling für einen Geschichtsverlag. Mein Mann und ich haben uns ja schon mit achtzehn beziehungsweise zwanzig während des Geschichtsstudiums kennengelernt.« Und lachend fügte sie hinzu: »Das war's dann. Seitdem waren wir keinen Tag getrennt.«

Gertrud nickte feierlich. »Liebe auf den ersten Blick!«

Frau Burkhardt wurde ein wenig verlegen. Sie wusste, dass ihr eigenes Glück von anderen nicht immer neidlos aufgenommen wurde.

Gertrud Klampfl beobachtete sie neugierig. Sie war eine wirklich attraktive Erscheinung. Langbeinig und von schlanker Gestalt, mit schmalen Hüften, straffem Busen und kornblumenblauen Augen.

»Schön, wenn die Liebe so einschlägt zwischen Mann und Frau«, seufzte sie ein wenig säuerlich. »Mir war das leider nicht vergönnt.«

»Das tut mir leid. Leben Sie allein?«

»Ja. In dem heruntergekommenen Mietshaus am Ende der Straße. Dort hab ich eine Vierzig-Quadratmeter-Wohnung für vierhundertneunzig Euro im Monat.«

»Das ist unverschämt teuer«, rief Frau Burkhardt und fühlte sich unbehaglich, weil sie selbst in einem schönen Haus leben durfte.

»Ich bin ja schon in der Rente«, berichtete Gertrud offenherzig, »und bekomm grad mal neunhundertsechzig Euro im Monat, obwohl ich fünfunddreißig Jahre geschuftet hab.«

Frau Burkhardt blickte ihr Gegenüber betreten an und suchte nach den passenden Worten.

»Aber vor kurzem hab ich beschlossen, mir eine Nebenbeschäftigung zu suchen. Ab sechzig darf man das ja, ohne dass einem diese Halsabschneider von Politiker auch noch die Rente kürzen. Jetzt such ich eine Stelle, wo ich wenigstens für ein paar Stunden in der Woche arbeiten darf und mir nebenher was dazuverdiene. Alles andere ist ja kein Leben!«

Frau Burkhardt durchzuckte ein plötzlicher Gedanke. Seit Jahren schon hatte sie versucht, eine Haushaltshilfe zu finden. Bisher aber waren die Vorstelligen nicht vertrauenswürdig genug gewesen oder so schlampig, dass sie sie wieder wegschicken musste. Mit dem großen Haus, zwei Kindern und ihrer Verlagsarbeit fühlte sie sich schon seit längerem überlastet. Warum also nicht Frau Klampfl eine Chance geben? Sie schien eine ordentliche Person zu sein und wohnte nur wenige hundert Meter entfernt. Eigentlich ideal.

»Hm«, begann sie, »ich suche seit längerem eine nette Frau, die mir beim Saubermachen hilft. Ich meine, wenn Ihnen diese Arbeit nicht zu …« Sie suchte nach den richtigen Worten, schließlich wollte sie Frau Klampfl nicht beleidigen. Vielleicht war Putzen und dergleichen niedere Tätigkeiten ja nicht das, was sie sich vorgestellt hatte. Aber ihre Sorge schien unbegründet. Frau Klampfl war Feuer und Flamme.

»Damit würden Sie mir eine große Freude machen!«, rief sie. »Ich versichere Ihnen, dass ich eine ehrliche und reinliche Person bin.«

»Und Sie finden putzen und so was in der Art nicht zu … zu gewöhnlich? Ich meine …«

»Machen Sie sich deswegen keine Sorgen! Ich putze richtig gern. In meiner kleinen Wohnung gibt's eh nix zu tun.«

Frau Burkhardt lächelte erfreut. »Tja, wenn Sie das so sehen ...«

»Ich kann Ihnen auch beim Kochen behilflich sein. Ich hab früher als Köchin bei der Caritas gearbeitet. Ich wasche und ich bügle. *Putz nix die Fenster,* gibt's bei mir nicht! Ich mach alles.«

Frau Burkhardt erschrak fast ein wenig über diesen Enthusiasmus. »Wenn Sie zehn Stunden in der Woche kommen für zehn Euro die Stunde, wäre das für Sie akzeptabel?« Sie sah ihr Gegenüber unsicher an, aber mehr konnte sie sich schlicht nicht leisten.

»Sie würden mich zum glücklichsten Menschen machen!«, rief Gertrud. »Ich kann Ihnen versprechen, dass Sie zufrieden sein werden.«

Frau Burkhardt streckte Gertrud spontan die Hand hin. »Ich heiße Carla«, lächelte sie.

Gertruds Finger umklammerten die dargebotene Hand. »Und ich bin die Gertrud«, erwiderte sie dankbar.

GERTRUD KLAMPFL SCHÖPFT ARGWOHN

Aus dem Vorzimmer drangen polternde Geräusche herein, dann betrat ein Mädchen das Wohnzimmer. »Hi, Mami!«

Beim Anblick von Frau Burkhardts Tochter zuckte Gertrud Klampfl zusammen. Klatschnasse blauschwarz gefärbte Haare, auf Vampir geschminkte Augen und viel Metall im Gesicht. Über die tätowierten Handgelenke tropfte Regenwasser direkt auf den schönen Teppich, und Gertrud musste gegen das akut auftretende Bedürfnis ankämpfen, augenblicklich aufzustehen und den Teppich trockenzuwischen. Nur mit eisernem Willen krallte sie sich an der Couch fest.

»Stefanie«, sagte Carla Burkhardt mit leiser und sanfter Stimme, denn jetzt musste sie ihrer Tochter die traurige Nachricht vom Tod ihres Katers beibringen. »Das ist Frau Gertrud.«

»Hi!«, sagte Stefanie.

»Frau Gertrud wird mir zukünftig im Haushalt helfen.«

»Cool. Hoffentlich hält wenigstens sie länger als zehn Tage durch.«

Carla Burkhardt blickte verlegen zu Gertrud hinüber, aber Gertruds Gesicht blieb ausdruckslos. Nur eine steile Falte hatte sich zwischen ihren Brauen gebildet. *Was für eine vorlaute Rotznase!* Gertrud sog den Atem so tief ein, dass sie husten musste. Wenn das ihre Tochter wäre, hätte sie ihr längst die Ohren langgezogen! Und ihr dieses scheußliche Metall im Gesicht verboten, das sie regelrecht entstellte. Aber immerhin stand dem Mädchen eine schlimme Nachricht bevor, was Gertruds Unmut etwas milderte.

»Steffi«, begann Carla behutsam, »du musst jetzt ganz stark sein. Ich habe eine schlimme Nachricht.«

Stefanie zupfte verunsichert an ihrem linken Ohr, das aussah wie ein Minenfeld. »Ist was passiert?«

»Ja. Wir haben Black Sabbath gefunden.«

Unter ihrer Schminke wurde das Mädchen kalkweiß. »Sag jetzt nicht, dass er tot ist!«

»Leider ja. Es tut mir so leid, Schatz …«

»Wo ist er?«, schrie Stefanie.

»Es ist besser, wenn du ihn nicht …«

»Habt ihr ihn der Tierkörperverwertung gegeben?«

»Aber nein! Wir werden ihm im Garten ein schönes Begräbnis bereiten. Mit einem kleinen Grabstein und so …«

»Wo ist er?«

»Im Wintergarten«, seufzte Carla.

Stefanie riss die Terrassentür auf und stürmte hinaus. Bald schon hörten die beiden Frauen einen Aufschrei, der sie zusammenfahren ließ. Als Stefanie wenige Minuten später ins Zimmer trat, war sie wie versteinert. »Wer hat ihn bloß so furchtbar zugerichtet?«, flüsterte sie.

Carla zuckte hilflos mit den Schultern.

Niemand hatte Stefanies Bruder Tobias gehört. Er betrat das Zimmer und ein Blick auf die Gesichter der Anwesenden, ließ ihn ausrufen: »Kommt ihr von einem Begräbnis?« Dabei ahnte er nicht, wie nahe er der Wahrheit kam.

Gertrud betrachtete ihn neugierig. Er war etwas älter als seine Schwester, groß und schlaksig, noch lange kein Mann, aber auch kein Kind mehr, irgendwas dazwischen halt. Mit den blonden Haaren und den kornblumenblauen Augen kam er ganz nach seiner Mutter.

»Black Sabbath ist tot!«, schrie Stefanie ihn an, so als wäre er schuld.

»Ach du Scheiße! Wurde er überfahren?«

»Mein Blacky wurde zu Tode verstümmelt!«

»Furchtbar! Wo ist er jetzt?«

»Draußen im Wintergarten. Du kannst ihn dir ansehen.«

»Lieber nicht …« Ihm war nicht nach verstümmelten Haustieren. Seine Aufmerksamkeit richtete sich auf den fremden Besuch, der mit verschlungenen Händen und neugierigen Rosinenaugen auf der Couch saß.

Carla stellte den Besuch vor: »Tobias, das ist Frau Gertrud, sie wird mir künftig im Haushalt helfen.«

Die kleine dickliche Gestalt auf dem Sofa schien in ihrem Wohnzimmer so deplatziert, dass Tobias Mühe hatte, nicht blöd zu grinsen. Er hielt Gertrud über den Tisch die Hand hin und sagte artig: »Ich bin der Tobias.«

»Jetzt hab ich fast die ganze Familie kennengelernt«, stellte Gertrud fest. »Es fehlt nur noch der Vater.«

»Entschuldigt mich«, sagte Tobias, »aber ich bin hundemüde. Ich geh auf mein Zimmer.« Während er sich die Wendeltreppe hinaufschleppte, wollte er wissen: »Gibt's bald was zu essen?«

»Ich bin heute nicht zum Kochen gekommen, aber ich könnte uns etwas aus der Tiefkühltruhe aufwärmen«, erwiderte Carla.

»Ruf mich, wenn das Essen auf dem Tisch steht.«

Gertrud musste schon wieder die Stirn runzeln. Zwei fast erwachsene Kinder, die sich anscheinend von ihrer Mutter von vorn und hinten bedienen ließen. Vielleicht konnte sie später einmal, wenn sie sich besser kannten, diesbezüglich korrigierend eingreifen.

Als Martin Burkhardt weit nach zwanzig Uhr nach Hause kam, war Carla bereits leicht nervös. So spät kam ihr Mann fast nie heim, obwohl, wenn sie recht überlegte, es in letzter Zeit doch auffällig oft vorgekommen war.

Gertrud erhob sich neugierig und verließ ihren Platz auf der Couch.

»Martin«, stellte Carla vor, »das ist Frau Gertrud Klampfl. Sie wohnt in unserer Straße und ich konnte sie heute dafür gewinnen, mir im Haushalt zu helfen.«

Unauffällig ließ Martin Burkhardt seine Augen über die kleine nichtssagende Frau wandern. »Wie erfreulich für dich, Carla! Willkommen in unserem Haus, Frau Klampfl!« Er lächelte charmant.

Martin Burkhardt war groß gewachsen mit brünetten, leicht gewellten Haaren, klugen braunen Augen, einem schmalen schneidigen Mund und einer scharfen Nase. In dem hellbraunen Jackett aus englischem Tweed sah er aus, wie sich Gertrud einen richtigen Professor vorstellte. Ein ausgesprochen attraktiver Mensch, dachte sie bewundernd, wie überhaupt die ganze Familie – mit Ausnahme der Tochter. Als sie Herrn Burkhardt dann etwas scheu die Hand gab, reichte ihre Nasenspitze gerade mal an seine Brust heran.

Stefanie, die die letzten zwanzig Minuten damit verbracht hatte, ihren Freunden auf Facebook zu posten, welch grausamen Tod ihr Blacky erleiden musste, polterte jetzt die Wendeltreppe herunter, getrieben von dem Wunsch, ihrem Vater die furchtbare Nachricht persönlich zur Kenntnis zu bringen. Mit Grabesstimme verkündete sie: »Dad, Black Sabbath ist tot!«

Martin Burkhardt, etwas angeschlagen von einem arbeitsreichen Tag und mit dem Aktenkoffer noch in der Hand, stand mitten im Wohnzimmer. »Wie? Wurde er überfahren?«

»Nein! Er wurde meuchlings ermordet!« Stefanie warf sich weinend in seine Arme.

Martin Burkhardt streichelte seiner Tochter über den Kopf. »Das tut mir so schrecklich leid, Steffi. Weiß man, wer das getan haben könnte?«

»Keine Ahnung! Mami will die Polizei ja nicht einschalten, wen kümmert schon eine Katze!«

Nun schlug Gertruds Stunde.

Sie holte kräftig Luft, blies ihren Körper zu voller Breite auf und verkündete: »Möglicherweise kann *ich* zur Aufklärung beitragen!«

Alle Familienmitglieder wandten ihr überrascht die Köpfe zu.

Erfreut, einmal im Mittelpunkt zu stehen, und genau deswegen plötzlich ein wenig verlegen, erzählte Gertrud von ihrer Begegnung mit Herrn Wallner.

»Kennen Sie den alten Wallner von der Nummer 32? Den hab ich in sein Haus verschwinden sehen, kurz bevor ich Blacky gefunden hab.«

»Herr Wallner?«, wiederholte Carla. »Den kennen wir natürlich. Zwar nur flüchtig, aber wir sehen ihn ab und zu auf der Straße und grüßen.«

»Ich glaub, der hat was mit Blackys Tod zu tun!«, prophezeite Gertrud düster.

»Das kann ich mir nicht vorstellen«, meinte Carla skeptisch. Sie kannte den alten Wallner zwar als eigenbrötlerischen Nachbarn, aber als bösartigen Tierquäler? Auch hatten sie nie Streit mit ihm gehabt.

»Wenn er es war, bring ich ihn um!«, schrie Stefanie unbeherrscht.

»Er ist eine ganze Zeit lang vor Ihrem Haus gestanden«, berichtete Gertrud. »Ich konnte ihn zwar hinter der Straßenbiegung nicht direkt sehen, aber bevor er zurück in sein Haus ging, hab ich die arme Mieze schreien gehört. Und außer mir und ihm war kein Mensch auf der Straße. Ich sag Ihnen, der Mann hat Ihre Katze auf dem Gewissen!«

Noch während Gertrud sprach, war Stefanie aus dem Zimmer gestürmt. Sie hörten die Haustür zuschlagen und Carla konnte ihr nur noch hilflos hinterhersehen. »Hoffentlich macht sie jetzt keine Dummheiten!«, seufzte sie ängstlich.

Gertrud stand neben Herrn Burkhardt und verschränkte zufrieden die Arme.

Herr Burkhardt bemerkte: »Noch haben wir keine Selbstjustiz!« Er wandte sich der Treppe zu.

»Wohin willst du, Martin?«

»Ich habe ein paar dringende Unterlagen zu bearbeiten. Übrigens, gibt es heute noch etwas zu essen?«

Carla, die wusste, wenn ihr Mann einmal in seinem Arbeitszimmer verschwand, war er blind und taub für alles andere, was im Haus geschah, wollte sich in Gertruds Gegenwart nicht mit ihm streiten.

»Warte doch wenigstens, bis Steffi wiederkommt«, bat sie.

Herr Burkhardt stellte den Aktenkoffer ab. »Steffi übertreibt«, sagte er. »Natürlich ist Black Sabbaths Tod für sie persönlich eine Tragödie, aber sie kann doch jetzt nicht herumlaufen und den Nächstbesten beschuldigen.«

»Ich finde halt«, warf Gertrud ein, »dass man der Sache wenigstens auf den Grund gehen sollte. Wenn es eins dieser verbotenen Fangeisen war, können wir die Sache nicht auf sich beruhen lassen. Es könnten sich auch andere Tiere darin verfangen, im schlimmsten Fall sogar kleine Kinder. Finden Sie das wirklich so harmlos, Herr Burkhardt?«

Martin Burkhardts Blick wanderte zu der kleinen fremden Frau, die ihn mit vorwurfsvollen Rosinenaugen taxierte.

»Natürlich nicht«, erwiderte er und fühlte sich von der neuen Hilfskraft schon jetzt bevormundet. »Ich bin heute nur etwas überarbeitet und habe Hunger.«

»Ich dachte, du hättest unterwegs eine Kleinigkeit gegessen«, sprach ihn seine Frau mit einem leichten Unterton in der Stimme an. »Ich meine nur – weil es heute so spät geworden ist.«

»Ich kam nicht zum Essen.«

»Ich kann für uns alle eine Pizza machen«, bot Carla an.

Gertrud war dem Gespräch der beiden mit Neugierde gefolgt. Herr Burkhardt sah zwar etwas müde aus, aber ihn schien weder das Schicksal der Katze und schon gar nicht Herr Wallner besonders zu interessieren. Solange sein Umfeld reibungslos funktionierte, dachte sie, war er zufrieden. Sobald aber ein Ereignis eintrat, das diese Harmonie störte, geriet sein Alltag ins Wanken. *Typisch Mann!* Da konnte auch die zivilisierte Fassade nicht darüber hinwegtäuschen. Und dann auch noch Fertigpizza! Wenn Frau Carla ihr den Kühlschrank, oder besser noch die ganze Küche überlassen würde, könnte sie in Null-Komma-nix ein richtiges Abendessen zaubern.

Stefanie trampelte ins Zimmer herein. »Dieses Stinktier macht die Tür nicht auf!«, schrie sie. »Ich weiß aber, dass er zu Hause ist!«

»Darf ich mich einmischen?«, wollte Gertrud wissen. »Ich persönlich finde halt, dass man die Polizei verständigen sollte. Wenn es ein Fangeisen war und es dem alten Wallner gehört, muss er dafür zur Rechenschaft gezogen werden, denn die sind illegal.«

»Da gebe ich Gertrud recht«, sagte Stefanie unter Tränen. »Mein Blacky ist mitten auf der Straße verreckt, bei diesem Gewitter … ich möchte mir das gar nicht vorstellen!«

Gertrud fuhr dem Mädchen einmal scheu und unbeholfen über die Wange, darauf achtend, sich nicht in ihrem silbernen Nasenring zu verfangen. Trotz ihrer aufsässigen Art hatte sie es nicht verdient, schon in so jungen Jahren Bekanntschaft mit dem Tod machen zu müssen.

»Die ganze Welt ist voller Arschlöcher!«, brachte Stefanie es auf den Punkt, und Gertrud nickte heftig ihre Zustimmung.

In dieser Hinsicht hatte sie mit dem Mädchen eine Gemeinsamkeit gefunden.

DER ALTE WALLNER

Auf Drängen von Gertrud und Stefanie wurde zwei Tage später doch die Polizei eingeschaltet. Sie erschien in Gestalt eines jungen Inspektors namens Paul Junghans und einer Polizistin in Uniform namens Maja Fröschl.

Und tatsächlich, hinter einer verdorrten Hibiskushecke auf dem leeren Grundstück neben ihrem Haus, wurden die Reste von Blackys Körper gefunden – zwei schlanke schwarze Hinterbeinchen. Ob durch eine Falle oder ein Werkzeug vorsätzlich abgetrennt, stand noch nicht fest.

Vor Stefanie hielt man den grausigen Fund fern, aber für Stefanie war der Fall ohnehin klar: Der Mörder war der bösartige Wallner! Gertrud hatte ihn ja eindeutig identifiziert. Noch ehe die Polizei sich dazu bequemte, Herrn Wallner ins Verhör zu nehmen, nahm sie die Sache selbst in die Hand. Gleich nach der Schule stellte sie ihr Fahrrad vor dem Haus Nummer 32 ab. Argwöhnisch beobachtete sie das nahe Umfeld und hoffte, durch die offenen Vorhänge die Visage des Katzenmörders zu erblicken. Durch die schmutzigen Fenster blickte sie aber nur in eine altmodische Küche und ein leeres Wohnzimmer. Vielleicht aber schlief er ja, der alte Bösewicht, hielt ein Nickerchen und träumte schon vom nächsten Mord an einem unschuldigen Tier.

Resolut betätigte sie die Glocke am Gartentor. Sie läutete Sturm, aber nichts rührte sich. Kurz entschlossen drückte sie die Klinke herunter und fand sich in einem vernachlässigten Vorgarten. Sie hämmerte an die Haustür, aber niemand öffnete. Schließlich kämpfte sie sich durch das Unkraut zur Hinterseite des Hauses, stellte sich auf die Zehenspitzen und blickte durch eines der Fenster. Gleich darauf prallte sie zurück und wäre beinahe über einen verdorrten Brennnesselstrauch gestolpert.

Um sich zu vergewissern, dass sie sich nicht bloß etwas eingebildet hatte, stellte sie sich erneut auf die Zehenspitzen und drückte sich die Nase an der halbblinden Fensterscheibe platt. Und dort, auf dem verdreckten Linoleumfußboden, lag der alte Wallner in seinem Blut! Rund um seinen Kopf hatte sich ein kleiner roter See gebildet, der schon ein wenig eingetrocknet zu sein schien.

Im ersten Moment wurde Stefanie beinahe schlecht, aber es dauerte nicht lange, bis der kurzfristige Schock von hämischer Schadenfreude abgelöst wurde. Irgendjemand hatte dem Mörder den Garaus gemacht. Im Stillen sprach sie, wem auch immer, ihren Dank dafür aus.

Es war fünfzehn Uhr und sie schob ihr Fahrrad über die Straße zu ihrem Haus. Dort gab ihre Mutter der neuen Putze gerade Anweisungen.

»Stell dir vor, Mami!«, rief Stefanie aufgeregt. »Der alte Wallner ist tot!«

»Steffi!«, rief ihre Mutter entsetzt. »Was redest du denn da?«

Nur Gertrud schien sich ehrlich mit ihr zu freuen.

Carla Burkhardt hielt diese Nachricht für bloßes Wunschdenken ihrer Tochter. Entsetzt war sie nicht so sehr über den wahrscheinlich ohnehin nur eingebildeten Tod des Nachbarn, sondern über die offene Freude darüber. Sie umklammerte den Griff eines Staubsaugers, denn sie war gerade dabei gewesen, Gertrud zu erklären, wie das Gerät funktionierte. Nach Gertruds apathischem Gesicht zu schließen, schien dieser die Handhabung eines gewöhnlichen Staubsaugers jedoch sonnenklar zu sein.

»Dann geh doch selbst rüber«, forderte Stefanie ihre Mutter auf. »In seinem Schlafzimmer liegt er – mausetot.«

»Entschuldigen Sie mich, Gertrud«, wollte Carla dem Spuk ein Ende setzen und fasste ihre Tochter am Arm. »Du gehst jetzt mit mir zu Herrn Wallner und klärst die Sache auf.«

Stefanie schnitt eine Grimasse in Vorfreude auf das, was ihre Mutter erwartete, und fragte: »Wollen Sie mitkommen, Gertrud?«

Gertrud wischte sich erst einmal gründlich an ihrer Kleiderschürze die Hände ab und grinste gut gelaunt: »Da komm ich doch glatt mit! So was lass ich mir doch nicht entgehen! Wenn der alte Wallner wirklich tot ist, weine ich ihm keine einzige Träne nach.«

Es war zwar ziemlich dunkel, da der Himmel wolkenverhangen war, aber Gertrud und ihre Mutter würden noch genug sehen, wie es um den alten Wallner stand. Stefanie freute sich bereits über das Gesicht ihrer Mutter.

Carla läutete einige Male vergeblich am Gartentor und Stefanie stand mit verschränkten Armen und rollenden Augen daneben. Ihre Mutter konnte hier bis zum Nimmerleinstag warten, davon wurde der Katzenmörder auch nicht wieder lebendig.

Mit ihrer Geduld am Ende drückte Stefanie die Klinke herunter und schritt durch das Tor.

»Du kannst doch nicht …«, fiel Carla ihrer Tochter in den Arm.

»Willst du nun die Wahrheit sehen oder nicht?«

Als von ihrer Mutter nur ein Seufzen kam, schritt sie energisch voran, durch den vorderen Garten bis zur Hinterseite des Hauses. Dort zeigte sie stumm mit dem Finger auf das Fenster.

Da Carla Burkhardt um einen Kopf größer als ihre Tochter war, musste sie sich nicht erst auf die Zehenspitzen stellen. Ein Blick genügte und sie erkannte, dass Stefanie die Wahrheit gesagt hatte. Herr Wallner lag mit verrenkten Gliedmaßen auf dem Fußboden neben seinem Bett und um seinen Kopf herum hatte sich eine Blutlache gebildet. Entsetzt wandte sie sich ab und musste sich kurz an Gertrud festhalten.

Gertrud wollte ungeduldig wissen: »Was ist? Ist er tot?«

Stefanie grinste. »Tot wie ein Sargnagel!«

»Wir müssen sofort die Polizei verständigen!«, stieß Carla hervor.

»Na, glaubst du mir jetzt? Hab ich zu viel versprochen?«

Bei Gertrud nützte selbst ein Sich-auf-die-Zehenspitzen-stellen nichts. »Ich will ihn auch sehen!«, murrte sie und reckte den Hals.

»Kommen Sie!«, bot Stefanie ihr an. »Ich mach Ihnen die Räuberleiter.«

»Stefanie …!«, stammelte Carla bestürzt. »Da drinnen liegt ein Toter, das ist doch keine Show!«

»Ich finde es nur gerecht, wenn er tot ist. Wer weiß, wie viele arme Tiere dieser Bösewicht noch auf dem Gewissen hat, von denen wir gar nichts wissen.«

Gertrud raffte ihren Kittel hoch und stellte sich vorsichtig auf Stefanies verschränkte Arme. »Denken Sie, Sie können mein Gewicht tragen?«, erkundigte sie sich vorsichtshalber. »Ich bin schließlich nicht gerade eine Gazelle.«

»Klammern Sie sich einfach am Fenstersims fest, dann wird's schon gehen. Ich pushe, Sie ziehen. *Go*!«

Mit einem kräftigen Schubs stieß sie Gertruds Hinterteil hoch und Gertrud fing an zu kichern. An dieser Stelle hatte sie schon sehr lange niemand mehr angefasst. Sie warf einen flackernden Blick ins Zimmer und verzog gleich darauf das Gesicht. »Ei, ei, wer liegt denn da? Schöne Grüße an die Hölle, Herr Wallner ...«

Carla Burkhardt traute ihren Augen und Ohren nicht. Ihre neue Hilfskraft mitsamt der eigenen missratenen Tochter schienen am Tod eines Menschen geradezu Gefallen zu finden!

»Wir verständigen sofort die Polizei!«, rief sie energisch.

Stefanie ließ Gertrud ziemlich unsanft zu Boden gleiten. Als Gertruds Füße die Erde berührten, hatte ihr Gesicht richtig Farbe bekommen. Sie richtete sich schnell die Kleiderschürze zurecht, die durch diese Gymnastik anstößig weit hinaufgerutscht war und den Blick auf ihren baumwollenen Liebestöter preisgegeben hatte. Unter anderen Umständen wäre ihr das jetzt furchtbar peinlich gewesen, aber im Augenblick war ihr selbst das egal. So viel Schadenfreude hatte sie nämlich schon seit langem nicht mehr empfunden.

EINE LEICHE FÜR INSPEKTOR PAUL JUNGHANS

Inspektor Paul Junghans nahm den Anruf auf seinem Diensthandy entgegen. In seiner eigenen Gemeinde, in Keltenberg, in der Kirchgasse Nummer 32, soll eine männliche Leiche gefunden worden sein! Er selbst war gerade im idyllischen Gießhübl im Wienerwald unterwegs, wo vor kurzem auf der A21 ein Unfall mit Personenschaden und anschließendem Raufhandel stattgefunden hatte. Trotz Magenverstimmung und Restalkohol von letzter Nacht gab er sich Mühe, vor den Kollegen nicht unangenehm aufzufallen. Nach den unumgänglichen Amtshandlungen und der Festnahme der beiden Übeltäter, wollte er sich sofort auf den Weg machen. Er telefonierte sicherheitshalber schon nach einem Sanitätswagen und der Spurensicherung, bevor der Tatort verunreinigt wurde. Denn die Anruferin, eine gewisse Gertrud Klampfl, war ziemlich sicher, dass es sich um Mord handelte. Unfall war ausgeschlossen! Es musste unbedingt Mord sein. Manche Leute schienen sich das direkt herbeizuwünschen.

Eine Leiche aber, ob Mord oder Selbstmord, mitten in seinem Zuständigkeitsbereich, wäre dennoch sensationell! Die erste Leiche in seinen achtundzwanzig Lebensjahren und den sechs Jahren bei der Polizei – mit Ausnahme der zahlreichen Schnapsleichen! Zwar war er erst vorgestern zu einer echten Leiche gerufen worden, dann hatte sich aber herausgestellt, dass es sich um eine tote Katze gehandelt hatte! Manche Leute machten da echt keinen Unterschied.

Bis jetzt hatte er es bloß mit quakenden Fröschen in Bioteichen zu tun gehabt, die die Nachbarn nervten, einem Einbruch oder den üblichen Wirtshausschlägereien. Raub war bereits die Ausnahme. Er sah das alles ziemlich entspannt, bis auf ein einziges Mal. Da hatte es im Ort eine Vergewaltigung gegeben. Ein junges Mädchen war unter Drogen gesetzt und von einer Gang missbraucht worden. Vergewaltigung war das einzige Delikt, das Paul Junghans richtig ausrasten ließ. Sexualstraftätern gegenüber konnte er knallhart sein. Die Bande hatte folglich auch nicht viel zu lachen gehabt und würde sich an den jungen Inspektor noch sehr lange erinnern.

Aber Mord war eine ganz neue Kategorie!

Paul Junghans stieg in seinen noch fast neuen Passat Touran, schlug den hochgestellten Kragen seiner schwarzen Lederjacke zurück und kontrollierte im Rückspiegel noch schnell seine Erscheinung. Dunkelblonder Kurzhaarschnitt, lachende bernsteinfarbene Augen – heute ein wenig rot unterlaufen von der Party letzte Nacht – ein schlankes markantes Gesicht mit einer natürlichen Bräune, einen Viertagebart und schön geschwungene volle Lippen. Seine Wirkung auf Frauen war verheerend – meist für die Frauen, die sich schon nach wenigen Minuten Hals über Kopf in ihn verknallten. Aber Paul Junghans war wählerisch.

Er fuhr sich einmal kurz und selbstverliebt über die modische Frisur. Bislang war es noch keiner Frau gelungen, ihn dauerhaft an sich zu binden, denn seine Ambitionen bezüglich Frauen und Beruf blieben nicht auf seinen Bezirk Mödling beschränkt – sein erklärtes Ziel war, in Wien Karriere zu machen!

Halbwegs zufrieden mit seinem Erscheinungsbild stieg er auf das Gaspedal. Bis zur Karriere in Wien würde er sich allerdings noch ein wenig mehr anstrengen müssen, daher käme eine echte Leiche gerade sehr gelegen.

Mit dem Gas geben wurde es vorerst nichts, denn er geriet mitten in einen Stau. Aus dem Handschuhfach nahm er das Blaulicht mit der Magnethalterung und knallte es auf das Wagendach. Dann raste er, sofern man bei den Wagenkolonnen von Rasen sprechen konnte, nach Keltenberg zurück. Punkt sechzehn Uhr dreißig stellte er den Wagen vor dem Haus in der Kirchgasse Nummer 32 ab.

Ein paar Anwohner standen bereits in einigem Respektabstand um die Polizeiwagen herum und die Männer der Spurensicherung durchsuchten drinnen schon das Haus. Im Haus selbst roch es nach Altmännerschweiß und Tristesse. Über all dem schwebte der Geruch von ungewaschener Bettwäsche, Speiseresten und etwas Faulig-Süßlichem, das besonders hervorstach, das er aber nicht richtig zuzuordnen vermochte. Das Haus war das reinste Biotop.

Der Gerichtsmediziner, Rudolf Wehrschütz, war bereits vor ihm eingetroffen. Er stand gebückt im Vorzimmer und kramte gerade in seinem Koffer herum.

Da Paul wusste, dass Wehrschütz aus dem gut vierzig Kilometer entfernten Wien anreisen musste, und das mitten im Berufsverkehr, fragte er grinsend: »Sind Sie geflogen?«

Rudolf Wehrschütz hob kurz den Kopf und antwortete mit einem knappen: »Ja.«

»Haben Sie vorher ein Red Bull getrunken und es sind Ihnen auf einmal Flügel gewachsen? Hehe.«

Wehrschütz richtete sich auf und hielt sich dabei den Rücken. »Nein, aber ein Heli stand bereit. Die A21 war voll wegen des Staus.«

»Weiß ich, stand schließlich mittendrin. Das muss aber etwas sehr Wichtiges gewesen sein, von wegen Heli.«

»Ein Mord in Perchtoldsdorf.«

»Echt?«

»Der dritte in acht Wochen.«

Paul wurde richtiggehend neidisch. Überall war was los, nur in seinem Revier herrschte die reinste Harmonie. Bis auf heute. Immerhin.

»Wollen Sie die Leiche nun sehen?«, kam Rudolf Wehrschütz zur Sache.

»Klar! Deswegen bin ich doch hier!«

Als Paul dann vor dem Toten in seinem Blut stand und den zertrümmerten Schädel sah, spürte er plötzlich, wie die Magensäure seine Speiseröhre hochstieg, und schaffte es gerade noch bis vor die Tür. Peinlicherweise stand ausgerechnet dort die versammelte Burkhardt-Familie mitsamt der Frau Klampfl und wartete auf ein Ergebnis der Untersuchung.

»Ihre erste Leiche?«, fragte Frau Klampfl mitleidig.

Paul wischte sich mit einem Papiertaschentuch über den Mund. »Nein, der Punsch von gestern!«

»Ach so! Na, das kann schon mal vorkommen! Wissen Sie denn, wer es getan hat?«

Sie schaute in keiner Weise so betroffen drein, wie man es in Gegenwart eines Toten erwarten durfte. Auch die

Burkhardts hatten vorgestern, als sie ihn zu ihrer toten Katze riefen, weit niedergeschmetterter gewirkt, als in Gegenwart des toten Herrn Wallner. Er würde sie unbedingt näher befragen müssen.

»Ich bin Polizeiinspektor und kein Hellseher«, antwortete er patzig auf Frau Klampfls Frage, und prompt zog die Alte ein Gesicht. Er war noch keine zehn Minuten da und – Hokuspokus Simsalabim – sollte er den Mörder auch schon aus dem Hut zaubern! Und das, wo noch gar nicht erwiesen war, dass es sich um Mord handelte oder nicht doch um einen Unfall. Was dachten sich die Leute eigentlich bei solch dümmlichen Fragen?

Zurück im Schlafzimmer stellte ihm Rudolf Wehrschütz die gleiche dämliche Frage wie vorhin Frau Klampfl: »Ihre erste Leiche?«, und schaute genauso mitleidig drein.

»Magenverstimmung«, entgegnete Paul kurz angebunden und näherte sich dem Toten mit gerunzelten Augenbrauen und professioneller Amtsmiene. Er bückte sich und wollte gerade eine Hand nach dem Körper ausstrecken, als ihn die scharfe Stimme von Rudolf Wehrschütz mitten in der Bewegung stoppte.

»Hände weg von meiner Leiche!«

Im ersten Moment direkt erschrocken, riss Paul die Hand zurück. Okay, er hatte keine Handschuhe übergezogen, aber in der Eile hatte er es schlicht und einfach vergessen. Musste ihn dieser Wehrschütz deswegen vor den anderen Kollegen so vorführen? Hatten Gerichtsmediziner einen Besitzanspruch auf Leichen? Gehörten die ihnen persönlich?

Der Wehrschütz und die Klampfl hatten ihm jetzt echt die ganze Freude verdorben. Da freute man sich, dass man endlich zu einer richtigen Leiche gerufen wurde und schon wollten sie sie ihm madig machen!

Er hörte Rudolf Wehrschütz sagen: »Der Tod dürfte heute Morgen zwischen vier und halb sechs Uhr eingetreten sein. Ein Unfall kann ausgeschlossen werden.«

Na, wenigstens etwas!

»Also doch Mord!«, brachte Paul es theatralisch auf den Punkt. »Und das in unserem friedlichen Keltenberg!« Er senkte den Blick, damit der andere in seinen Augen nicht die klammheimliche Freude sehen konnte. »Können Sie schon etwas über die Tatwaffe sagen?«

»Es waren mehrere Schläge mit einem stumpfen Gegenstand.«

»Stumpfer Gegenstand, nicht gerade aufschlussreich. Das kann alles Mögliche sein.«

»Was wollen Sie? Name und Adresse des Mörders?«

Unerfahren darin, dass man Gerichtsmediziner generell nicht infrage stellte, schluckte Paul einen weiteren Kommentar hinunter.

»Gibt es irgendwelche Einbruchsspuren?«, fragte er.

»Die Kollegen sagen nein.«

»Dann muss er seinen Mörder gekannt haben. Wer öffnet schon einem Fremden mitten in der Nacht die Tür?«

»Ich nicht«, sagte Wehrschütz.

»Ich auch nicht, und ich bin die Polizei!« Paul grinste versöhnlich. »Was meinen Sie, war das Opfer gleich tot?«

»Nein, es dauerte ein Weilchen. Erster Schlag – das Opfer wankt. Zweiter Schlag – das Opfer geht zu Boden. Dritter, vierter, fünfter Schlag – das Opfer ist tot. Es wurde zu Tode geprügelt.«

Paul riss mit gespielter Bewunderung die Augen auf. »Klingt, als wären Sie dabei gewesen.«

»Nichts kann langjährige Berufserfahrung ersetzen, *Kollege*«, entgegnete Wehrschütz.

Das waren sehr viele Schläge, sinnierte Paul. Entweder war die Waffe so stumpf oder der Täter verfügte über wenig Muskelkraft.

»Möglicherweise eine Frau?«

Wehrschütz zuckte gleichgültig mit den Schultern. »Das herauszufinden, ist Ihre Aufgabe.«

Danke vielmals, das weiß ich selber. »Sonst noch etwas, das ich wissen sollte?«

»Der erste Schlag wurde von oben herab ausgeführt. Wahrscheinlich handelte es sich um eine Person, die deutlich größer war als das Opfer.«

»Dann vielleicht doch keine Frau?«

»Bei der geringen Körpergröße des Opfers kann man das nicht mit Sicherheit sagen, aber wie bereits erwähnt, das herauszufinden …«

Paul Junghans wandte sich ab und begab sich auf die Suche nach irgendwas Verdächtigem, nach etwas, das die Spurensicherung nicht suchte. Er hatte nämlich etwas ganz Bestimmtes im Visier. Familie Burkhardt war fest davon überzeugt, dass ihre tote Katze durch eine illegale Falle zu Tode gekommen war. Also begann er jedes Zimmer gezielt danach abzusuchen. Und tatsächlich! Wo die Spurensicherer noch nicht vorgedrungen waren, nämlich bis ins Badezimmer, fand er in der Badewanne ein Fangeisen. Der alte Wallner dürfte es vor seinem eigenen Tod noch sehr gründlich gereinigt haben. Er entdeckte keinerlei Blutspuren und sicherlich würde es auch keine Fingerabdrücke mehr darauf geben. Aber das spielte jetzt auch keine Rolle mehr.

Paul rief nach einem der Kollegen und hielt ihm das Indiz mit spitzen Fingern und einem Papiertaschentuch vor die Nase.

»Möglicherweise kann dieses Ding Aufschluss über das Motiv des Mörders geben.«

Familie Burkhardt hatte schon vorgestern versucht, Herrn Wallner bei der Polizei als Mörder ihrer Katze anzuschwärzen, daher war die Familie nicht ganz unverdächtig. Zuerst die Anschuldigung, und jetzt – zwei Tage später – war der mutmaßliche Katzenmörder selber tot. Sehr merkwürdig! Er musste die Burkhardts auf alle Fälle genauer unter die Lupe nehmen. Eine an und für sich unverdächtige, sehr anständige Familie, aber dieser Zufall war ihm doch ein Zufall zu viel.

»Haben Sie etwas gefunden, das als Tatwaffe infrage kommt?«, wollte Paul von einem Kollegen der Spurensicherung wissen.

»Wir haben einige Gegenstände gesichert«, antwortete Herbert Stumpf und ließ die Falle in einen Klarsichtbeutel gleiten, den er zu den anderen Gegenständen in einen Koffer legte.

»Welche zum Beispiel?«

»Einen alten Baseballschläger, der allerdings voll mit Spinnweben ist und nicht so aussieht, als wäre er kürzlich benützt worden. Eine Tischlampe mit einem gusseisernen Sockel, die auf dem Boden lag, und ein uraltes Nudelholz in der Nähe des Bettes, wo es eigentlich nicht hingehört.« Herbert Stumpf grinste. »Dass es so was heutzutage noch gibt! Noch dazu in einem Männerhaushalt! Aber wir konnten nirgendwo sichtbare Blutspuren darauf finden.«

»Vielleicht bringt die Forensik etwas ans Tageslicht.«

»Oder der Täter hat die Waffe mitgenommen.«

»Das ist sogar wahrscheinlich, falls er nicht ganz dumm war.« Paul wies mit dem Daumen in Richtung Küche. »Ich habe eine volle Tasse Kaffee und Schwarzbrot mit Wurst dort drinnen gesehen. Das Opfer dürfte während des Frühstücks getötet worden sein und sich vorher ins Schlafzimmer geflüchtet haben. Ziemlich früh für ein Frühstück und einen Rentner, der nicht zur Arbeit muss, finde ich.«

»Senile Bettflucht.« Herbert Stumpf wusste auf alles eine Erklärung.

»Der Kühlschrank stand auch offen«, wunderte sich Paul.

»Das Opfer wollte sich gerade ein Gurkerl zum Wurstbrot holen, als es passierte.«

Paul Junghans ging grinsend nach draußen und konfrontierte Familie Burkhardt, die in ihre Jacken gehüllt fröstelnd herumstand, mit den Fakten.

»Nach Einschätzung des Gerichtsmediziners war es kein Unfall. Herr Wallner wurde getötet ...«

Weiter kam er nicht, denn das Mädchen begann spontan einen Hexentanz aufzuführen, der absolut nicht zum Ernst der Lage passte. »Endlich hat er gekriegt, was er verdient hat. Juhu!«

Die ungenierte Freude über den Mord an dem alten Mann irritierte Paul Junghans und er musste das Mädchen auf der Liste seiner Verdächtigen an die oberste Stelle setzen. Das passte auch zu seiner Theorie, dass es eine Frau gewesen sein könnte. Er betrachtete die Burkhardt-Tochter kritisch. Würde er ihr allein im Finstern begegnen, hätte er sich wahrscheinlich vor ihr gefürchtet. Diese Vampiraugen, die schwarz geschminkten Lippen, ihre ganze Aufmachung. Er blähte die Nasenflügel und schnüffelte die Luft in ihrem Dunstkreis. Irgendwie umgab das Mädchen ein faulig-süßlicher Geruch, wie er ihn schon im Haus festgestellt hatte. Lag das an der Leiche drinnen oder verwendete sie ein ganz abgefahrenes Parfüm? Er fragte sich, wie sie wohl unter der Schminke und dem ganzen Drumherum aussah, und vermutete, dass sie sogar recht hübsch war. Einmal kurz unter die Dusche gestellt, und sie könnte sogar sehr gut riechen …

Er räusperte sich und sagte streng: »Mord ist nicht *Juhu*! Mord ist ein Verbrechen!«

»Ist eine Katze in Ihren Augen kein Lebewesen und der Wallner deshalb kein Mörder?«, schrie Stefanie und ließ jeden Respekt vor der Amtsperson vermissen.

»Doch, ich mag Katzen, aber vor dem Gesetz wiegt ein Menschenleben mehr.«

»Vor eurem Gesetz ist ein Tier nur eine Sache, irgendeine Ware! Ich finde das zum Kotzen!«

Carla Burkhardt sah sich gezwungen, einzuschreiten. »Steffi! Jetzt reicht's.«

Martin Burkhardt sah deutlich angespannt aus und wollte die Angelegenheit so schnell wie möglich hinter sich bringen. Sohn Tobias trat von einem Bein aufs andere und schielte andauernd auf sein Smartphone. Nur Frau Klampfl war ganz aufseiten des Mädchens und schien sich direkt wohlzufühlen.

Paul verkündete: »Ich muss Sie bitten, mit mir auf die Polizeiwache zu kommen …«

»Und was sollen wir dort?«, rief Stefanie.

»Ich brauche Ihre Aussage.«

»*Wir* wissen nicht, wer Herrn Wallner ermordet hat«, mischte sich nun Martin Burkhardt ein, der bislang kein Wort gesagt hatte und zurück in sein Arbeitszimmer wollte.

»Aber es war *Ihre* Katze und im Haus von Herrn Wallner konnten wir tatsächlich eine Falle sichern …«

Stefanie triumphierte. »Wusste ich's doch! Das ist der Beweis, dass der Wallner meinen Blacky ermordet hat!«

»Und genau deswegen haben Sie ein Mordmotiv!«

Augenblicklich senkte sich Stille über die Burkhardts.

»Bitte w...was haben wir?«, stotterte Tobias. *Er* hatte ganz sicher kein Motiv!

»Es tut mir leid, aber vor zwei Tagen hat sich ein Mitglied Ihrer Familie …« Paul richtete einen bohrenden Blick auf Stefanie, »Herrn Wallner tot gewünscht, und jetzt ist er tatsächlich tot. Das ist für die Polizei ein Grund, Fragen zu stellen.«

Frau Klampfls Rosinenaugen erhielten neuen Glanz. »Mich können Sie auch mitnehmen!«, verkündete sie. »Ich erzähl Ihnen gern alles, was ich weiß. Es war immerhin *meine* Wenigkeit, die Blacky gefunden hat.«

Paul Junghans verdrehte unauffällig die Augen. Leute, die sich der Polizei richtiggehend aufdrängten, kosteten oft mehr Zeit und Kraft, als jene, die mit ihr nichts zu tun haben wollten. Das war wenigstens normal.

»Würden Sie mir bitte mit Ihrem Wagen zur Dienststelle folgen? Ich brauche Ihre Aussage.«

»Ich weiß nichts und ich war's auch nicht, das können Sie schon mal notieren!«, murrte Tobias. »Außerdem habe ich noch einen Termin …«

»Termin!«, höhnte seine Schwester. »Ist es die Blonde oder die Brünette?«

»Na, du hast es nötig! Wo ist er übrigens?«

»Wer?«

»Dein Charly Manson.«

»Er heißt Charles! Und Charles ist in Wien, du Hornochse!«

»Hat er wieder ein Auditing bei Scientology?«

An diesem Punkt sah sich Carla Burkhardt erneut gezwungen, einzuschreiten. Sie fand, dass sich ihre Kinder vor der Polizei mehr als ungehörig benahmen. Sich so vor diesem jungen Inspektor aufzuführen, wo im Haus doch ein Toter lag, und der Inspektor nicht einmal einen Hehl daraus machte, dass er die Familie für nicht ganz unschuldig hielt!

»Ich glaube, im Moment interessiert den Herrn Inspektor eure Auseinandersetzung nicht«, sagte sie scharf.

Paul aber war dem Disput der Geschwister mit Interesse gefolgt. Charles Manson, um Himmels willen! So hatte doch dieser satanische Sektenführer geheißen, der vor einem halben Jahrhundert die schöne und hochschwangere Hollywood-Schauspielerin Sharon Tate von seinen weiblichen Jüngern ermorden ließ! Wie konnte man sich bloß so nennen! War das der Freund von Stefanie? Und was hatte er mit Scientology zu tun? Das Mädchen war ihm jetzt nimmer wurscht. Welchen Umgang pflegte sie eigentlich mit ihren höchstens sechzehn Jahren? Und warum ließen ihre Eltern so etwas überhaupt zu?

Er räusperte sich noch einmal, diesmal mit Nachdruck. »Wenn Sie mir nun bitte folgen«, wiederholte er und nickte Gertrud zu. »Frau Klampfl, Sie können mit mir fahren.«

Während sich Gertrud ungeheuer wichtig vorkam, als sie zu dem jungen Inspektor in den Wagen stieg, trotteten die Burkhardts auf Martins schwarze Sportlimousine der Marke Audi zu, die auf der Straße vor ihrem Haus parkte. Martin Burkhardt hatte den Wagen noch nicht in die Garage gefahren, weil er eigentlich noch einmal fort wollte. Aber wie es aussah, konnte er sich seinen Termin mit Dr. Hummelberger abschminken. Mit fahriger Hand steckte er den Schlüssel ins Zündschloss.

AUF DEM POLIZEIREVIER

Keltenberg hatte nicht einmal dreitausend Einwohner, erstreckte sich aber gut zwei Kilometer entlang eines tiefen bewaldeten Grabens. Die Polizeiwache lag an der Hauptstraße, und sie erreichten sie nach weniger als zehn Minuten. Paul bat die Familie in sein Büro im ersten Stock des neu renovierten Polizeigebäudes und bestellte bei seiner Kollegin, Maja Fröschl, eine Karaffe Wasser. Das ließ vermuten, dass sich die Befragung länger hinziehen würde, und Martin Burkhardt resignierte. Er bat den Inspektor, kurz nach draußen gehen zu dürfen, um sein Treffen mit Dr. Hummelberger abzusagen.

Tobias schickte seinem »Termin« eine WhatsApp. Aus dem Augenwinkel erkannte Stefanie auf dem Display die Brünette. Sie kräuselte die Lippen und schaute angewidert zum Fenster hinaus. Carla Burkhardt hingegen sorgte sich darum, dass sie wieder nicht zum Kochen kommen würde. Also wieder Pizza! Nur Gertrud richtete es sich auf ihrem Stuhl bequem ein, wobei ihre kurzen Beine kaum den Boden berührten und in der Luft hin und her baumelten.

»Von mir aus kann's losgehen!«, sagte sie vergnügt.

Martin Burkhardt kehrte mit einer Entschuldigung ins Zimmer zurück, und nahm neben seiner Frau Platz.

Paul hob an: »Es tut mir leid, aber ich muss Ihre Alibis überprüfen. Fangen wir mit Ihnen an, Herr Burkhardt.

Wo waren Sie vorgestern zwischen vier und halb sechs Uhr früh?«

Martin Burkhardt hatte nichts zu verbergen und blickte Paul Junghans offen in die Augen. »Im Bett!«

Paul wandte den Kopf. »Tobias?«

»Im Bett.«

»Wir waren alle in unseren Betten!«, unterbrach Stefanie das eintönige Frage-Antwort-Spiel. »Wo sollen wir sonst gewesen sein um diese Uhrzeit?«

»*Sie* waren auch in Ihrem Bett?« Paul blickte prüfend in ihre Augen, in der Hoffnung, dort irgendein Flackern zu entdecken, dass sie vielleicht nicht ganz die Wahrheit sagte.

Stefanie riss entrüstet den Mund auf, dabei erhaschte der Inspektor einen Blick auf ein grässliches Zungenpiercing. Nur mit Mühe gelang es ihm, sich wieder auf seine Aufgabe zu konzentrieren.

»Wenn Sie mir nicht glauben, fragen Sie Charles!«, rief Stefanie. »Der lag bis viertel nach acht neben mir!«

»Charles Manson?«

»Ja!«

Jetzt war es an Carla und Martin Burkhardt, ihre Tochter mit sprachlosem Entsetzen anzustarren. *Ein fremder Mann war vorletzte Nacht im Bett ihrer Tochter gewesen?* Carla blieb beinahe die Luft weg. Dann musste sie ja auch die Schule geschwänzt haben! Schlimm genug, wenn Stefanie in ihrem zarten Alter bereits einen Freund hatte, aber dass sie so weit ging und mit diesem Charles … Martin Burkhardts Stirn umwölkte sich unheilvoll, aber für den Moment schwiegen beide Eltern eisern.

Paul hingegen war es nicht entgangen, dass Stefanies Alibi den Eltern mindestens ebensolche Sorgen machte, wie eines Mordes verdächtigt zu werden. Aber das war eine andere Geschichte.

»Sie bestehen also darauf, dass alle in der fraglichen Zeit in Ihren Betten waren.« Paul sah der Familie fest in die Gesichter.

»Darauf bestehen wir allerdings!« Martin Burkhardt blickte von einem zum andern. Alle nickten.

Bis auf eine.

»Ich nicht!«, verkündete Gertrud und verschränkte die Arme. »Ich war Gassi!«

Nun richtete Paul seine ganze Aufmerksamkeit auf Gertrud. »Mit dem Hund?«

»Na klar mit dem Hund. Oder glauben Sie, ich hab zu Hause keine Toilette?«

»Besitzen Sie einen Hund?«

»Ich selber nicht, aber meine Nachbarin ist krank und die hat mich gefragt, ob ich solange mit ihrer Dackeldame Daisy Gassi gehen mag. Und ich hab natürlich ja gesagt, denn ich bin sowieso eine Frühaufsteherin. Morgenstund' hat Gold im Mund, ist Ihnen das nicht bekannt? Ich steh mit den Hühnern auf und geh mit den Hühnern ins Bett, normalerweise …«

»Da Sie, wie es scheint, mit offenen Augen durch die Welt gehen«, unterbrach Paul sie, um einen freundlichen Ton bemüht, »darf ich fragen, ob Ihnen jemand aufgefallen ist, der sich in der fraglichen Zeit um Herrn Wallners Haus herumgetrieben hat?«

»Ja. Ist mir«, antwortete Gertrud zum allgemeinen Erstaunen.

»Und wer?«

»Dieser Mensch, der auf Nummer 98 wohnt. Gleich bei mir in der Nähe. Der radikale Tierschützer.«

Paul machte sich eine Notiz. »Um wie viel Uhr war das?«

»Kurz nach fünf.«

»Ich glaube, den kenn ich auch!«, rief Stefanie. »Radikal ist der aber nicht, Gertrud. Da kennen Sie keine wirklich Radikalen!«

»Wieso haben Sie das nicht früher gesagt?«, fuhr Martin Burkhardt Gertrud an. »Dann hätten wir uns diese Sitzung hier ersparen können.«

Beleidigt maß Gertrud ihn von oben bis unten. »Es hat mich ja keiner danach gefragt! Außerdem hab ich keinen Zusammenhang gesehen. Ich kann doch nicht jeden verdächtigen, der zeitig in der Früh auf der Straße ist. Vielleicht wollte er ja mit dem Bus zur Arbeit fahren. Der erste geht so um viertel nach fünf, das weiß ich zufällig.«

Abweisend verschränkte sie die Arme vor der Brust. »Da will man der Polizei helfen und als Dankeschön wird man zusammengeschissen!«

»Entschuldigen Sie, Gertrud«, bat Martin Burkhardt zerknirscht. »Ich wollte Sie keinesfalls beleidigen …« Wenn er jetzt nicht klein beigab, würde sich das hier noch endlos hinziehen.

Gertrud schniefte. »Ist schon gut, ich weiß ja selber, dass ich ein bissel ang'rührt bin.«

»Frau Klampfl«, machte Paul sie aufmerksam, »um fünf in der Früh ist noch stockdunkle Nacht. Sind Sie sicher …?«

Gertrud schnaubte. »Ich bin zwar nicht mehr die Jüngste, aber blind bin ich deswegen noch nicht! Den kenn ich, das ist ein Aktivist. Dem sieht man den Anarcho schon aus hundert Metern Entfernung an!«

Paul ließ die Augen von einem zum andern wandern. Immerhin hatte er mit dem Tierschützer von Nummer 98 jetzt einen Hinweis. Dass die Familie Burkhardt, inklusive eines ungebetenen Gastes, in ihren Betten lag, musste er wohl oder übel zur Kenntnis nehmen, war um diese Uhrzeit auch nicht so ungewöhnlich.

Carla, die zu Aufklärung des Mordes am alten Wallner ebenfalls beitragen wollte, schon allein deswegen, damit die Familie so rasch wie möglich aus der Schusslinie kam, machte den Inspektor auf Christoph Wallner aufmerksam, den Sohn des Toten.

»Vielleicht kann er Ihnen etwas zum Tod seines Vaters sagen«, schlug sie vor. »Welchen Umgang er pflegte, von dem vielleicht niemand sonst wusste, ob er Feinde hatte und so weiter … Wir wissen nur, dass der Junior vor fünf oder sechs Jahren von zu Hause ausgezogen ist und seinen Vater höchstens zweimal im Jahr besucht hat.«

»Den Sohn werden wir selbstverständlich über das Ableben seines Vaters in Kenntnis setzen«, antwortete Paul. »Aber nett, dass Sie mir den Tipp geben.« Er schmunzelte.

Carla rutschte auf ihrem Sessel herum, nicht sicher, ob der Inspektor sich über sie lustig machte, oder es ernst meinte.

Paul wandte sich wieder Martin Burkhardt zu. »Wann verlassen Sie eigentlich das Haus?«

Zwischen Martins Brauen bildete sich eine steile Falte. »Ich fahre Punkt sechs Uhr von zu Hause weg«, antwortete er beherrscht, »wegen des Frühverkehrs nach Wien. Später ist kein Weiterkommen möglich.«

»Und Ihnen ist um diese Uhrzeit nichts aufgefallen am Haus schräg gegenüber?«

»Nein, gar nichts. Ich fahre aus der Garage und achte nur noch auf die Straße.«

Paul drehte den Kopf leicht zur Seite. »Und Sie?«

Tobias ließ unauffällig die Hand mit dem Smartphone unterm Tisch verschwinden. »Äh, also je nachdem, wann meine Vorlesung beginnt. Manchmal um halb acht, manchmal um neun …«

»Manchmal gar nicht«, höhnte seine Schwester und erntete einen Blick, wie sie nur genervte ältere Brüder draufhaben.

Stumm blickte Paul Carla an.

»Also ich«, begann Carla, »ich verlasse das Haus so gegen acht, manchmal arbeite ich aber auch von zu Hause aus. Ich bin nicht täglich im Verlag.«

»Sie arbeiten in einem Verlag?«, fragte Paul interessiert.

»Ja, in der Innenstadt in Mödling.«

»Ich wollte immer schon ein Buch schreiben!«, gestand Paul und wurde gleich darauf ein wenig rot. »Ich habe sogar schon die ersten fünfzig Seiten fertig. Meinen Sie, Sie könnten sich mein Manuskript einmal ansehen?«

Um die Befragung abzukürzen, würde Carla fast alles tun. »Worüber schreiben Sie denn?«

»Ach, es ist kein Reißer, wenn Sie das denken.« Er grinste verlegen. »Ich schreibe über mein eigenes Leben, eine Autobiografie gewissermaßen. Hauptsächlich schreibe ich über meine Beobachtungen in Keltenberg …«

Stefanie verzog ironisch die Lippen. »Das wird sicher ein sehr kurzes Buch – bei Ihrem Alter.« Sie kicherte.

Paul ballte unter dem Tisch die Hände und kniff die Lippen zusammen.

»Schuster bleib bei deinen Leisten!«, gab nun auch Frau Klampfl ihren ganz und gar unnötigen Senf dazu, was mit einem ungehörigen Lacher von Stefanie quittiert wurde.

Mit einem tadelnden Blick in Richtung Tochter wandte sich Carla mit einer freundlichen Geste an den Inspektor. »Ich arbeite für einen Geschichtsverlag«, erklärte sie. »Aber ich könnte mir vorstellen, wenn Sie etwas über Keltenberg selbst schrieben, über seine Geschichte und seine Entwicklung bis hin zu einer modernen Gemeinde … dann könnte ich einmal einen Blick darauf werfen.«

Insgeheim plante sie schon mal fünfzehn Minuten fürs Querlesen ein, ehe sie ihm das Manuskript zurückgeben würde mit der Bemerkung: *Herr Inspektor, eines schonmal vorweg – Sie haben Talent zum Schreiben! Für unseren Verlag eignet sich Ihr Manuskript jedoch leider nicht, aber schreiben Sie unbedingt weiter.*

Paul bedankte sich höflich. »Vielen Dank, dass Sie sich die Mühe machen wollen.«

Sie hatte kein wirkliches Interesse an seinem Manuskript, das spürte er sofort. Was anderes hatte er aber ohnehin nicht erwartet. Außerdem ähnelte sein Geschreibsel mehr einem Tagebuch als einer interessanten Lektüre, wie er vor sich selbst einräumte.

Also machte er dort weiter, wo er sich auskannte, und begrub vorerst den Gedanken an eine Schriftstellerlaufbahn.

Es gab keine weiteren Fragen mehr, außerdem fand er, dass er sich für heute genug Fettnäpfchen geleistet hatte.

Er beendete die Vernehmung mit den Worten: »Danke, dass Sie sich die Zeit genommen haben. Im Moment habe ich keine weiteren Fragen.« Er erhob sich. Um jedoch ein wenig Autorität anklingen zu lassen, fügte er bestimmend hinzu: »Bitte halten Sie sich in den nächsten Tagen zu meiner Verfügung!«

Als Stefanie als Letzte an ihm vorbei nach draußen ging, sagte sie kokett: »Tschüss, Herr Inspektor.«

Paul hüstelte. »Auf Wiedersehen, junge Frau.«

»Ich werde meiner Mutter gut zureden.«

»Weswegen?«

»Na, wegen Ihres Buches.«

»Müssen Sie nicht. War sowieso eine Schnapsidee.«

»Ich kenne da eine Autorin, die wird uns dabei helfen. Warten Sie's ab, wir zwei Hübschen machen noch einen Bestseller daraus!«

Paul blickte ihr mit steinerner Miene hinterher. *Dumme Nuss!*

Als die Familie endlich mitsamt der unmöglichen Frau Klampfl fort war, bat er den Kollegen Felix Vielnascher in sein Zimmer. »Such mir die Telefonnummer vom Sohn des toten Wallner und finde etwas über den Tierschützer aus der Kirchgasse 98 raus. Wo er arbeitet und ob gegen ihn etwas vorliegt.«

»Die Maja ist schon dran«, grinste Felix Vielnascher. Felix, ein Kleiderschrank von Mann mit einem weinseligen Gesicht, war schon über vierzig, aber weiter als bis zum gewöhnlichen Polizeibeamten hatte er es nicht gebracht. Mehr wollte er auch gar nicht. In Keltenberg konnte er eine ruhige Kugel schieben, hatte viel Freizeit, und das war ihm wichtiger. Anders die Kollegin Maja Fröschl. Sie besaß Ehrgeiz und wollte Paul Junghans, sollte er den Sprung nach Wien schaffen, einmal beerben.

»Habt ihr gelauscht?«, fragte Paul stirnrunzelnd.

»Im Gegenteil, wir brauchten Ohropax.«

Paul grinste. »Wenn ihr schon dran seid, recherchiert auch den Namen Charles Manson.«

»Der Massenmörder aus Hollywood?«, fragte Felix und machte große Kulleraugen.

»Der doch nicht, der ist ja längst gestorben! Einer, der in Wien lebt und so heißt oder sich so nennt.«

»Geht klar, Chef!« Felix zwängte sich durch die Tür.

»Noch etwas!«, rief Paul ihm hinterher. »Findet raus, ob er was mit Scientology zu tun hat.«

Felix kratzte sich am Kopf. »Mit dieser ominösen Sekte?«

»Ja.«

Paul blickte auf die Uhr. Es war Viertel nach sieben, Zeit für die Nachrichten. Was sollte er auch sonst tun in diesem verschlafenen Nest? Es lag wunderschön mitten im Wienerwald mit hunderten Kilometern Wanderwegen und vielen Sehenswürdigkeiten, die er alle kannte. In Wien würde er nach Dienstschluss ausgehen und sich amüsieren. Hier blieb ihm nur das Bett, und auch das war meistens leer! Er musste unbedingt und zügig den Mörder des alten Wallner fassen, um seiner Karriere auf die Sprünge zu helfen.

BESUCH VON HERRN FINGERLOS

Nach nur wenigen Tagen bei den Burkhardts hatte sich Gertrud schon wunderbar eingelebt und zählte sich nach eigener Einschätzung bereits zur Familie. Niemand widersprach, denn keiner wagte es, sie zu kränken, geschweige denn zu kritisieren. Aber seit sie hier arbeitete, schwebte ständig eine auffällige Duftkomposition aus Meister Proper und WC-Ente über dem Haus.

Ihre Rosinenaugen leuchteten auf wie zwei Glühwürmchen, sobald sie ein dreistes Staubkorn erspähten. Dann wurde ihr Blick geradezu wild, um nicht zu sagen, rasend vor Leidenschaft. So ein kleines Staubkorn konnte bewirken, dass ihre Finger wie ein Torpedo in ihren geblümten Kittel glitten, wo stets ein Putzlappen auf Einsatz wartete, und damit zustießen, wie ein Nest voller Klapperschlangen.

Die Familie Burkhardt empfand diesen Putzfimmel als eher belastend, aber niemand sagte etwas, denn abgesehen von diesem kleinen Dachschaden, den sie offenbar hatte, war sie eine Perle. Sie nahm Carla so viel Arbeit wie möglich ab, und bald schon konnte sich Carla ein Leben ohne Gertrud gar nicht mehr vorstellen.

Nur einmal hatte Gertrud sie richtig verärgert. Da ihre Perle stets lauernd durch ihr bisheriges Leben spaziert war, nämlich lauernd auf alles, was nicht bei drei auf dem Baum war und sich Dreck schimpfte, machte sie leider auch vor

Zimmerpflanzen nicht halt. Als Carla eines schönen Tages in der Küche stand, hatte Gertrud sie um eine Schere gebeten. Erst als Carla ihren Sohn aufschreien hörte und aus der Küche stürzte, erblickte sie, was Gertrud angerichtet hatte. Eine, ihr namentlich noch immer nicht bekannte exotische Pflanze, auf deren Blütenpracht sie seit Jahren gehofft hatte und diesen Herbst das erste Mal in all ihrem Flor den Wintergarten zierte, stand zerrupft und nackt vor ihr.

Stumm vor Schreck wandte sie sich an Gertrud, die gerade dabei war, diverse Stuhlbeine derart energisch zu wischen, als hätte sie mit ihnen eine persönliche Rechnung offen. Carla streckte einen zitternden Finger in Richtung verstümmelter Pflanze aus und stammelte: »Warum haben Sie das gemacht, Gertrud?«

Gertrud blickte kurz hoch und widmete sich wieder ihrer Arbeit. »Was?«

»Na das hier! Wo sind die schönen Blüten? Jahrelang hab ich mich darauf gefreut und jetzt …« Fast hätte Carla angefangen zu weinen.

»Dieser Mist verwelkt, und dann? Dann liegt der ganze Dreck auf dem Boden. Und wer muss ihn wegmachen? Ich!«

»Aber … haben Sie denn gar keinen Sinn für das Schöne?«, wagte Carla zu protestieren.

»Pflanzen gehören in den Garten, und der liegt nicht in meinem Zuständigkeitsbereich«, ließ Gertrud sie wissen.

Als es schließlich dem letzten Stuhlbein an den Kragen gegangen war, richtete sie sich schnaufend auf und betrachtete zufrieden ihr Werk. Sie stemmte die Hände in die Hüften und bemerkte: »Ich glaube, diese Stellen hat schon seit Jahren keiner mehr geputzt.«

Carla errötete. Das stimmte zwar, aber die Stuhlbeine hatten noch niemanden wirklich interessiert. Sie blickte ihrem Sohn nach, der sich augenverdrehend in sein Zimmer verzog, und reagierte sich durch mehrmaliges Seufzen ab. Während sie noch seufzte, läutete es draußen an der Tür.

Gertrud war als Erste dort. »Na endlich!« Sie drehte sich zu Carla um, die nachgekommen war und sie fragend anblickte.

»Das ist Herr Fingerlos!«, stellte Gertrud vor. »Der Herr *Pro-ku-ra-tor.*«

»Einen wunderschönen guten Tag, gnädige Frau!« Herr Fingerlos streckte Carla seine Hand entgegen, die sie automatisch schüttelte.

»Herr Fingerlos repräsentiert die Firma Clean Star und wird uns heute sein neuestes Produkt vorführen. Stimmt's?« Gertrud blickte ihn direkt verliebt an.

Herr Fingerlos schenkte Carla ein professionelles Lächeln. »Es ist mir eine Ehre, gnädige Frau, Ihnen unseren Bestseller ganz unverbindlich vorzuführen. Wenn es Ihnen recht ist, hole ich unser bestes Stück aus dem Wagen.«

Carla stand nur stumm und verwirrt da und nickte ganz gegen ihren Willen. Während der Mann zum Wagen ging, fragte sie Gertrud: »Was für ein Produkt meint er? Und wer hat ihn überhaupt herbestellt?«

»Das war meine Wenigkeit!«, flötete Gertrud. »Ich schwöre Ihnen, Frau Carla, Sie werden Augen machen.«

»Aber wie …?«

Dann war Herr Fingerlos auch schon wieder zurück und schleppte sich mit einem Gerät ab, das Carla verdächtig an einen Staubsauger erinnerte. »Ist das ein Staubsauger?«, fragte sie.

Bei dem Wort Staubsauger blickte Herr Fingerlos geradezu gekränkt. »Nein, gnädige Frau, das ist ein multifunktionales Wunder. Das Edelste, was es zurzeit auf dem Markt gibt!«

»Falls dieses Wunder auch einen Staubsauger beinhaltet, ich habe schon einen ...«

»Sofort entsorgen, gnädige Frau! Wenn Sie erst unser Multitalent der Marke Power Star in Action gesehen haben, wollen und brauchen Sie nichts anderes mehr.«

»Aber ...«

»Es handelt sich hierbei nicht nur um einen Staubsauger, Sie erhalten quasi einen Luftbefeuchter, einen Lufterfrischer, einen Teppichschäumer und einen Fensterputzer in einem Gerät. Wenn Sie mir noch einen Augenblick geben, hole ich das Zubehör.«

Ohne die Antwort abzuwarten, war Herr Fingerlos zu seinem Lieferwagen geeilt und kehrte vollgepackt wie ein Maulesel zurück.

»Kommen Sie rein!«, drängte Gertrud, die Angst hatte, Herr Fingerlos könnte von einem der Nachbarn entführt werden.

Carla trat zur Seite und Herr Fingerlos hievte das Ungetüm mitsamt mehreren Verlängerungsrohren, Bürsten, Kämmen und Düsen ins Vorzimmer.

»Hier geht's ins Wohnzimmer«, wies Gertrud aufgeregt den Weg. »Da haben wir mehr Platz.«

Herr Fingerlos breitete sich auf dem schönen Parkettboden aus und bald erinnerte das Wohnzimmer an eine Vorführung wie auf der Wiener Haushaltsmesse.

»Ich muss Sie bitten, mir das Badezimmer zu zeigen. Power Star arbeitet nämlich mit einem Wasserfiltersystem.

Kein Staubbeutel, daher auch kein Staub. Stauballergiker können aufatmen. Wasser wegleeren, fertig, Ende Gelände.«

Als er aus dem Badezimmer zurückkehrte, zeigte ihm Gertrud die Steckdose und er schloss das Gerät an den Strom an. Dann nahm er geradezu majestätisch einen Gegenstand in die Hand und setzte ihn mit einem kurzen Klick auf das Rohr.

»Hier ist unsere neueste wissenschaftliche Errungenschaft«, sagte er mit einer Stimme, die vor Ehrfurcht geradezu bebte. »Eine Turbobürste gegen Tierhaare!«

»Unsere Katze ist kürzlich verstorben …«

»Katzenhaare halten sich noch viele Jahre im Haus«, widersprach Herr Fingerlos, legte aber die Turbobürste unauffällig beiseite und bückte sich nach der nächsten Erfindung der Firma Clean Star. »Und das ist unsere Milbendüse …«

»Wir haben keine Milben«, wehrte Carla ab.

»Oh, Sie würden sich wundern! Aber nichts für ungut, gnädige Frau, Milben haben mit mangelnder Hygiene auch überhaupt nichts zu tun. Diese Viecher sind einfach überall. Auch in den besten Hotels der Welt – gerade dort! Wenn die Menschheit erst einmal ausgestorben ist, wird es die Milben immer noch geben. Aber das werde ich Ihnen später noch demonstrieren. Hier habe ich die Parkettbürste, unsere Hartbodendüse mit LED-Aufsatz, unsere flexible Fugendüse und die Polsterdüse. Das ist unser Dampfreiniger, unser Luftreiniger, das Fenstersauger-Zubehör …«

Gertrud bekam Schnappatmung und musste sich setzen. Nie und nimmer konnte sie selbst sich ein derartiges Luxusgerät leisten! Inständig hoffte sie daher, bei den Burkhardts wenigstens zwei bis drei Stunden in der Woche dieses

Wunderwerk der Firma Clean Star bedienen zu dürfen. Bisher hatte sie den Staubsauger der Marke Siemens hinter sich hergezogen wie einen alten störrischen Esel. Frau Burkhardt musste ihr unbedingt dieses neue Gerät kaufen.

»Stellen Sie sich das nur vor, Frau Carla!«, rief sie. »Mit diesem Gerät kann ich nicht nur saugen, sondern auch die Teppiche schäumen und waschen, die Luft beduften und sogar die Fenster putzen!«

Da Carlas Miene trotz Herrn Fingerlos' perfekter Show noch immer keine Spur von Einknicken zeigte, packte Herr Fingerlos seinen vorletzten Triumph aus. Mit theatralischer Stimme, so als stünde er auf einer Theaterbühne, forderte er: »Bitte zeigen Sie mir den hartnäckigsten Fleck, den Sie finden können!«

Augenblicklich fiel Gertrud ein Dutzend hartnäckiger Flecken ein. Sie führte Herrn Fingerlos zu dem allerhartnäckigsten unter dem Couchtisch, und zeigte atemlos auf einen Punkt im Durchmesser von etwa einem halben Zentimeter.

»Da!«, rief sie angeekelt, überzeugt, dass Herr Fingerlos diesen Schandfleck nie und nimmer zum Verschwinden bringen konnte, egal, wie sehr er auch zauberte.

Unter geringschätzigem Lächeln nahm Herr Fingerlos die Bodendüse ab und tauschte sie geschickt gegen die Turbo-Teppichbürstendüse aus. Damit fuhr er ein paar Mal über den Fleck und – Schwuppdiwupp! – der Fleck war weg.

Gertrud schaute drein, als hätte sie einen Geist gesehen. »Das … das gibt's doch gar nicht!«, keuchte sie. Sie kniete sogar nieder und suchte nach Restspuren, aber es half nichts – der Fleck war weg!

»Ich wusste nicht einmal, dass da ein Fleck war«, murmelte Carla verwirrt.

Herr Fingerlos drehte siegesgewiss am Staubsaugerrohr und lächelte gütig. »Habe ich zu viel versprochen?«

»Ich bin ehrlich überrascht«, brachte Carla hervor. »Eine großartige Leistung!« Und nach einer Weile, in der sie von Gertrud regelrecht hypnotisiert wurde, fragte sie, von den erwartungsvollen Rosinenaugen geradezu zermürbt: »Und was kostet dieses Gerät?«

Augenblicklich zückte Herr Fingerlos sein Tablet. »Darf ich mich setzen?«, fragte er und saß auch schon.

Erschöpft nickte Carlas Kopf ihm hinterher.

Herr Fingerlos hackte eine ganze Weile auf dem Tablet herum, rechnete und nickte, dann schüttelte er wiederum den Kopf, dazwischen summte er eine Melodie, um schließlich hochzublicken und zu verkünden: »Ein Schnäppchen! Wenn Sie unseren Power Star noch heute bestellen, kann ich Ihnen ganze zehn Prozent vom Preis nachlassen. Was sagen Sie dazu?« Von sich selbst begeistert, blickte er Carla erwartungsvoll an.

»Zehn Prozent von wie viel?«, fragte Carla ermattet.

Herr Fingerlos senkte wieder den Kopf, hackte neuerlich auf seinem Tablet herum und verkündete: »Nur heute und nur für Sie: 1.920 Euro! Eine einmalige Okkasion!« Herr Fingerlos blickte so stolz, als hätte er den Nobelpreis für Staubsauger erhalten.

Carla schluckte. »1.920 Euro?«, brachte sie hervor. »Das ist ein Vermögen für einen Staubsauger.«

»Nicht für Power Star! Hier bekommen Sie ein Multigerät der Marke Weltmeister!«

Gertruds Blick deutete an, dass sie jeden Moment in Ohnmacht fallen würde, sollte ihr der Staubsauger verwehrt bleiben.

Carla musste sich abwenden.

»Und mit diesem extra Aufsatz der Turbo-Teppichbürstendüse kostet er die Kleinigkeit von 2.219!«

»Die Turbodüse ist im Preis noch gar nicht inbegriffen?« Carla war schockiert.

»Dafür bekommen Sie etwas anderes gratis dazu, quasi das i-Tüpfelchen von Power Star! Ich führe Ihnen etwas vor, wenn Sie erlauben.«

Carla erhob sich schwankend von der Couch. »Es tut mir leid, Herr Fingerlos, ich habe keine 2.219 Euro für einen Staubsauger, noch dazu, wo ich doch einen im Keller habe!«

Ein Blick hin zu Gertrud, die sich an der Wand festhielt, verriet ihr, dass sie in Kürze den Notarzt würde rufen müssen, sollte sie in der Sache hart bleiben.

Auch Herr Fingerlos setzte diesen ganz bestimmten Blick auf, so als wäre sie verantwortlich dafür, wenn bald ein Mensch durch ihre Schuld auf dem OP-Tisch landen würde – kalt, herzlos und selbstsüchtig wie sie war!

Sie schauderte. »Was muss ich tun?«, flüsterte sie mit schwacher Stimme.

»Führen Sie mich in Ihr Schlafzimmer«, befahl Herr Fingerlos.

»Bitte was?« Plötzlich war Gertrud hellwach. »Was erlauben Sie sich …?«

Nun schlug die Stunde eines guten Verkäufers. Herr Fingerlos lächelte souverän. »Ich führe Ihnen etwas vor, was für immer den letzten Zweifel an unserem Gerät ausräumen wird.«

»Wir sind zu zweit«, raunte Gertrud Carla ins Ohr. »Uns passiert schon nix.«

»Es dauert auch nur drei Minuten«, versprach Herr Fingerlos. »Und dann ist Ihr Weltbild ein anderes.«

Carla erhob sich ächzend. »Dafür müssen wir in den ersten Stock.«

»Vorher muss ich noch frisches Wasser einfüllen, wenn Sie gestatten.«

Herr Fingerlos enteilte in das ihm bereits bekannte Badezimmer. Als er mit frischem Wasser im Behälter zurückkam, ging Carla ihm in den ersten Stock voran. Herr Fingerlos trug den Monster-Staubsauger über die Wendeltreppe hinauf, als wäre er so leicht wie eine Feder. Gertrud hechelte hinter den beiden her. Carla überlegte, in welches Schlafzimmer sie ihn führen sollte, und entschied sich für ihr eigenes. Nicht dass die Kinder am Ende dachten, sie schnüffelte heimlich in ihren Zimmern herum.

Carla öffnete die Tür zu einem geräumigen Zimmer mit Gardinen in Altrosa vor zwei Fenstern mit Ausblick auf den Garten, einem großen weißen Doppelbett und einem schneeweißen begehbaren Schrank mit wandhohen Spiegeln.

»Sehr schön«, lobte Herr Fingerlos anerkennend und schlug die altrosafarbene Seidenbettdecke zurück. »Entschuldigen Sie, aber ich muss Sie bitten, das Spannleintuch ein Stück weit zu entfernen, damit ich an Ihre Matratze komme.«

Gertrud machte sich augenblicklich ans Werk. Als die Matratze frei war, blickte sie ihn aufgeregt an.

Herr Fingerlos montierte eine neue Turbodüse und schaltete den Strom ein. Er ließ die Düse über die Matratze gleiten und binnen kürzester Zeit füllte sich das glasklare Wasser im Staubsauger mit Kleinstlebewesen.

»Sehen Sie das?«, fragte Herr Fingerlos grimmig.

Carla starrte ungläubig ins Wasser.

»Sie brauchen sich nicht zu genieren, gnädige Frau!«, tröstete sie Herr Fingerlos verständnisvoll. »Das erlebe ich in fast jedem Haushalt.«

Carla war puterrot geworden, aber Gertrud war einer Ohnmacht nahe. Ihr wurde schwarz vor Augen. Wie konnte das sein! Wie konnte ausgerechnet ihr so etwas passieren? Hatte sie nicht jedes Mal, wenn sie die Betten gemacht hatte, stets auch die Matratze gesaugt? Vor lauter Bestürzung und Scham fing sie richtig an zu schwitzen.

Herr Fingerlos kannte diese Reaktion bereits, es war überall dieselbe. Die Leute schämten sich in Grund und Boden und dachten, sie seien die einzigen, die Wanzen im Bett hätten, oder Läuse oder sonst ein Ungeziefer. Das Schlafzimmer war stets der lukrative Höhepunkt seiner Vorführung.

Herr Fingerlos schaute die beiden Damen mit kummervollen Augen an. »Was Sie da sehen, ist Milbenscheiße!«, sagte er.

Carla war am Boden zerstört. »Und darauf haben wir all die Jahre geschlafen?«, stammelte sie. Sie wagte einen Blick zu Gertrud, aber diese lehnte nur stumm und kalkweiß an der Wand.

»Sie schlafen in Gesellschaft von über zwei Millionen Milben, wussten Sie das? Aber Sie wissen hoffentlich auch, wie gefährlich dieses Ungeziefer sein kann! Davon kann man sogar die Krätze bekommen!« Herr Fingerlos vergrub schaudernd den Kopf zwischen den Schultern wie eine

Schildkröte. »Es handelt sich um mikroskopisch kleine Tierchen, aber wenn Sie sie erst einmal unter dem Mikroskop gesehen haben, so wie ich, monsterähnliche Gesichter auf acht Beinen ...«

»Bitte hören Sie auf!« Carla streckte abwehrend die Hände von sich.

Da Herr Fingerlos die Familie nur vor schwerwiegenden Gesundheitsschäden bewahren wollte, setzte er noch eins drauf: »Ich meine es nur gut, weil Sie ja auch Kinder haben ...«

Das Stichwort Kinder überzeugte schließlich selbst die störrischsten Kunden. »Sehr schädlich für die Kleinen! Da tut eine Mutter alles für sie, denkt man ...«

Carla schloss für einen Moment die Augen. Dann stieß sie hervor: »Ich nehme ihn!«

Herr Fingerlos lächelte selbstlos. »Das ist sehr verantwortungsvoll von Ihnen, gnädige Frau. Ihre Familie wird es Ihnen mit ihrer Gesundheit danken.«

Schließlich wollte er noch wissen: »Wo bitte ist die Toilette hier oben? Ich muss diesen grausigen Inhalt wegleeren.«

Gertrud machte ein Geräusch, als wollte sie sich übergeben, und erwachte endlich aus ihrem Koma. »Dass Sie mir das ja nicht ins Klo schütten!«, schrie sie. »Ich leere diese ekligen Viecher auf die Straße. Am Ende verschütten Sie noch was und wir haben die Viecher dann überall im Haus!« Sie schüttelte sich vor Grauen bei dieser Vorstellung.

Carla Burkhardt unterschrieb den Vertrag eine halbe Stunde später und Herr Fingerlos sammelte seine Requisiten ein. Er hinterließ ihr ein Handbuch in der Stärke der gesammelten Werke von Johann Wolfgang von Goethe, wo sie bitte die

Handhabung von Power Star nochmals nachlesen möge, für den unwahrscheinlichen Fall, dass sie nicht alle Einzelheiten in Erinnerung behalten hatte: Welche Düse, welche Bürste, wie man schäumte, wusch, putzte und so weiter. Ihr Prachtexemplar würde schon Mitte nächster Woche geliefert werden. Dann gratulierte er Carla zu ihrem Kauf und verabschiedete sich mit einem zuversichtlichen Händedruck und den besten Wünschen, und stieg, fast zwei Stunden nach seiner Ankunft, in seinen Wagen.

Carla schloss hinter ihm die Tür und lehnte sich erschöpft dagegen. Sie beäugte das Druckwerk der Firma Clean Star, das schwer in ihrer Hand lag. Um diesen Wälzer durchzuackern, müsste sie glatt einen Tag Urlaub nehmen! Beim Stichwort Urlaub wurde ihr heiß und kalt. Wie sollte sie die Ausgabe von 2.219 Euro für einen Staubsauger ihrem Mann beibringen? Denn eigentlich war dieses Geld für ihren Urlaub in Barcelona vorgesehen. Jetzt hatte sie ein schlechtes Gewissen obendrein!

Ein Blick zu Gertrud aber sagte ihr, dass sie, außer Herrn Fingerlos, heute noch einen zweiten Menschen sehr glücklich gemacht hatte.

CHARLES DER SCHRECKLICHE

Paul Junghans steuerte seinen Wagen direkt nach Wien, in die Thalia Straße, mitten in den sechzehnten Gemeindebezirk. Auf seinem Weg dorthin dachte er zuerst, er befinde sich in einer völlig fremden Stadt. Er fand sich in einem Viertel wieder, wo ihm der *typische Wiener*, wie man ihn früher antraf, höchstens noch von einem Plakat entgegen grinste, und zwar als Werbung für eine bestimmte Geisteshaltung. Über dem ausgestorbenen Wiener prangte ein Graffiti: *Sarrazin statt Muezzin.*

War er zu lange von Wien weg gewesen oder war ihm das früher nicht aufgefallen?

Die Amtssprache war hier eindeutig türkisch. Als er vor einem alten Mietshaus aus der Jahrhundertwende parkte, wo Stefanies Freund laut Melderegister wohnte, empfing ihn ein babylonisches Sprachengewirr, das ihn regelrecht umhaute. Türkisch, Arabisch und Serbisch konnte er gerade noch auseinanderhalten, der Rest verschwamm zu einem Mischmasch aus mindestens einem Dutzend Sprachen und Idiomen. Die verschiedenen Gerüche aus den Lokalen in der Nähe waren auch nicht von schlechten Eltern, ziemlich exotisch, aber zumindest nicht übelriechend. Musik drang auf die Straße, eine Kakofonie aus orientalischen Klängen und Techno. Paul fragte sich, wie sich wohl Herr Manson hier einfügte.

Felix Vielnascher hatte ihm einige nützliche Informationen mit auf den Weg gegeben und auch ein Foto dieses Herrn ausgedruckt. Ein eingefallenes Gesicht umrahmt von einer schwarzen struppigen Haarmähne, tiefliegende, dunkel umschattete Augen und genauso ein irrer Blick, wie sein Namensvetter aus den Kriminaldokus. Geboren 1983, war er um ganze zwanzig Jahre älter als Stefanie. Er hieß tatsächlich Manson, denn sein Vater war Amerikaner. Kurz nach der Geburt des Sohnes war er nach Amerika zurückgekehrt und hatte Mutter Anna mitsamt dem kleinen Karli sitzengelassen. Anna Hubmann war Jahrgang 1955 und stammte aus Wien. Sie hatte ihrem Sohn den Namen Karl gegeben. Karl Manson. Und Karl Manson beschäftigte sich nicht nur mit Scientology, er arbeitete sogar für sie.

Mangels Parkplatzes stellte Paul seinen Passat im Halteverbot vor dem Haus ab und überlegte, ob er in der Zeit, in der er Manson befragte, wohl dem Abschleppdienst zum Opfer fallen könnte. Als er noch darüber grübelte, donnerte eine alte Garnitur der Straßenbahnlinie 46 mit einem ohrenbetäubenden Krach keinen halben Meter an ihm vorbei. Gleichzeitig klingelte und bimmelte der Fahrer wie verrückt und wedelte im Vorbeifahren mit der rechten Hand vor seinem Gesicht. Mit einem akrobatischen Sprung rettete sich Paul gerade noch rechtzeitig hinter sein Auto, bevor ihn der Sog der rasenden Bim umwarf.

Ein paar Jugendliche lachten schallend und zeigten ihm den Vogel. Paul stellte den Kragen seiner Lederjacke auf und versteckte dahinter sein Gesicht, dann verschwand er so rasch wie möglich im Hauseingang.

Das war ein echt souveräner Auftakt gewesen! Mit seinem niederösterreichischen Kennzeichen hielten sie ihn hier wahrscheinlich für ein Landei aus der tiefsten Provinz, was – bei ehrlicher Faktenanalyse – so nicht ganz falsch war. Aber die Jungs auf der Straße hatten wahrscheinlich ein besseres Überlebenstraining durchlaufen als er. Auf einmal schien ihm Wien als Karriereziel gar nicht mehr so attraktiv – und das, wo er gerade mal dreißig Minuten in der Stadt war.

Jetzt riss er sich aber zusammen. Er ließ sich doch von einem so unbedeutenden Zwischenfall nicht seinen Lebenstraum vergällen. Also hinauf in den zweiten Stock und an Charles' Tür geläutet. Hoffentlich war er da, sonst musste er wiederkommen. In dem heruntergekommenen Haus roch es stark nach Kohl und Knoblauch. Lange würde er es hier nicht aushalten.

Nach geschlagenen drei Minuten, in denen er sich die Beine in den Bauch stand, aber nicht aufgab, weil drinnen Geräusche zu hören waren, ging endlich die Tür einen Spalt breit auf. Hinter einer Türkette wuchsen Paul ein paar zerzauste Haare entgegen und er hörte eine helle Männerstimme, die rief: »Zur Hölle mit dieser Gesellschaft! Wir gründen eine neue!«

»Polizei.« Paul zückte seinen Ausweis und hielt ihn durch den Türspalt. »Herr Karl Manson, ich habe ein paar Fragen an Sie. Sie kennen Stefanie Burkhardt?«

Stefanies Namen schien Wirkung zu zeigen. Die Tür ging zu und drinnen rasselte eine Kette. Dann wurde geöffnet, sodass Paul dem Sprücheklopfer in seiner ganzen Herrlichkeit gegenüberstand. Beinahe wäre er in schallendes Gelächter ausgebrochen. Vor ihm stand ein Männlein, kaum einen

Meter sechzig groß, klapperdürr, mit wirr zerzausten, kinnlangen schwarzen Haaren und buschigen Augenbrauen, gehüllt in ein knöchellanges weißes Baumwollgewand.

»Karl Manson?«, wiederholte Paul.

»Charles«, korrigierte Karl und bleckte bräunliche Zähne. Aus dem runden Ausschnitt seines Baumwollhemds stachen schwarze zottelige Brusthaare heraus und auf den bloßen Unterarmen tummelten sich Drachen und Spinnen und Sphinxe.

Was fand Stefanie bloß an diesem unappetitlichen Hexenmeister, fragte sich Paul ehrlich besorgt.

»Polizei? Ist was mit Steffi?« Charles hörte sich an, als mache er sich tatsächlich Sorgen.

»Steffi geht es gut, ich habe jedoch ein paar Fragen an Sie. Darf ich reinkommen?«

Charles sah den Inspektor mit einem kurzen Aufblitzen seiner stechenden Augen durchdringend an. »Bitte sehr.«

Paul trat in ein winziges fensterloses Vorzimmer, wo ihn augenblicklich ein faulig-süßlicher Geruch umfing, wie er ihn schon an Stefanie und im Haus von Herrn Wallner wahrgenommen hatte. Haschisch oder Marihuana waren es nicht, das kannte er. Vielleicht brannte dieser Charles tagtäglich irgendwelche ätherischen Öle ab, die sich in Haut, Haaren und Kleidern festsetzten. Er musste sich da direkt einmal schlaumachen.

Ansonsten konnte es nur bedeuten, dass entweder er oder Stefanie, oder sogar beide, in Wallners Haus gewesen waren. Das würde aber heißen, dass Charles und Stefanie für den Mord infrage kamen. Paul musste an Carla und Martin Burkhardt denken. Die armen Eltern! Das Alibi, das Stefanie ihrem Charles gab, zählte rein gar nichts. Sollte es tatsächlich so gewesen sein und sie den alten Wallner erschlagen haben, galt es herauszufinden, wer die tödlichen Schläge ausgeführt hatte. Er hoffte von Herzen, dass es nicht Stefanie gewesen war.

Aber so weit war Paul noch lange nicht.

Er räusperte sich und folgte dem seltsamen Knilch ins Wohnzimmer. Die schmutzigen Fenster führten auf einen Innenhof, daher konnte man die Straßenbahn von hier aus nur noch gedämpft wahrnehmen. Dafür hörte er durch die geschlossenen Fenster zum Hof eine Waschmaschine rumpeln und das gedämpfte Schreien von Kindern, in das sich das blutgerinnende Kreischen kämpfender Katzen mischte.

»Stefanie ist über sechzehn und daher nicht mehr minderjährig!«, ging Charles auf Konfrontation.

Sie standen im Zimmer herum, denn Manson hatte ihm keinen Platz angeboten.

»Ich bin nicht vom Jugendamt. Es geht um den Mord an Herrn Wallner im Haus Nummer 32, schräg gegenüber der Familie Burkhardt.«

Er beobachtete Charles scharf, aber Charles hielt seinem Blick stand. Er bohrte sich wie spitze Nadeln in Pauls Augen, und in dem asketischen Gesicht vollzog sich eine Wandlung, die geradezu unheimlich war. *Jetzt sieht er aus wie der Teufel persönlich,* schoss es Paul durch den Kopf. So klein und schmächtig der Mann auch war, er besaß ganz unbestritten Charisma. Ihn umgab eine Aura, die einen labilen Menschen durchaus in seinen Bann ziehen konnte.

»Steffi hat mir von dem Mord bereits erzählt.« Der teuflische Ausdruck verabschiedete sich wie auf Knopfdruck.

»Angeblich hat er ihre Katze getötet. Aber wieso kommen Sie damit zu mir?«

»Sie haben zum Zeitpunkt von Herrn Wallners Tod die Nacht bei Stefanie verbracht.« Er verbiss sich den Zusatz: *Heimlich und ohne Wissen ihrer Eltern*, um ihn nicht unnötig zu reizen. »Da muss die Polizei Fragen stellen.«

Charles Manson zuckte die Schultern. »Fragen Sie.«

Auf dem Hof wechselte die Waschmaschine in den Schleudergang. Eine Katze schien geflüchtet oder tot zu sein, denn aus dieser Richtung kam nur noch unheilschwangere Stille.

»Sie arbeiten für Scientology?«

»Und was hat das mit einem toten Nachbarn in der Provinz zu tun?«

Paul blickte ihn scharf an. »Ich kann Ihnen auch die zuständigen Wiener Kollegen vorbeischicken, wenn Ihnen das lieber ist.«

»Nicht nötig, ich mag euch Naturburschen vom Land«, grinste Charles.

»Ich möchte mir ein Bild von Ihnen machen.«

»Ob Sie mir vielleicht einen Mord zutrauen, meinen Sie?«

»Ist Stefanie Mitglied bei Scientology?«

»Nein, sie ist dafür noch zu jung, sie schnuppert noch.«

»Und was genau ist Ihre Aufgabe bei dieser Sekte?«

Unter den buschigen Augenbrauen sandten Charles' Augen einen durchdringenden Strahl Richtung Paul. »Wir sind keine Sekte, wir sind eine anerkannte Religion!«

»Und was machen Sie dort?«

»Ich führe der Kirche hungrige Seelen zu.«

»Hungrig nach was?«

»Nach immer höheren Bewusstseinsstufen. Wer die höchste erlangt hat, gilt bei uns als *clear.*«

»Clear im Sinne von …?«

Charles sprach zu ihm so deutlich und langsam, wie ein Lehrer zu einem begriffsstutzigen Schüler. »Clearing bedeutet, die letzte Stufe auf dem Weg zu einem gereinigten und gesunden Verstand erklommen zu haben. Wer dort ankommt, ist Gott ähnlich.«

Gott ähnlich? Wenn das mal kein ehrgeiziges Ziel war!

»Und was genau ist Ihr Beitrag zur Gottwerdung?«, fragte Paul mit unverhohlenem Zynismus.

Charles Manson ließ sich nicht beirren. »Mein Beitrag ist noch recht bescheiden. Ich arbeite im Öffentlichkeitsbereich und werbe neue Mitglieder an.«

»Sie sind ein Keiler!«, entfuhr es Paul gegen seinen Willen verärgert. »Sie stehen an der Straße und locken die Menschen mit einem Persönlichkeitstest in Ihre sogenannte Kirche. Und sobald sie in Ihren Fängen sind, lassen Sie sie nicht mehr laufen. Richtig?« Diese Information hatte er aus dem Internet.

Charles antwortete so gelassen, als wäre er bereits auf halbem Weg zum Clearing: »Ich fürchte, da sind Sie unzureichend informiert.«

Paul hatte gründlich recherchiert, bevor er sich hierher auf den Weg gemacht hatte. Er wusste mittlerweile mehr über Scientology, als er je davon wissen wollte. Ein dubioser Verein, der die Menschen mit ihren Schwächen konfrontierte und die Lösung all ihrer Probleme versprach. Das konnte gut und gern bis zu fünfzigtausend Euro kosten und die erhoffte Gottwerdung trieb sie in den finanziellen Ruin.

Charles erklärte: »Ich führe mit den suchenden Seelen Gespräche zur virtuellen Reinigung.«

»Sie locken den Menschen das Geld aus der Tasche!«

»Eine Auditing-Sitzung kostet dreihundert Euro. Das ist angemessen für das, was sie bewirken kann.«

»Wenn Sie so eine suchende Seele aber erst an der Angel haben, braucht sie immer weitere Sitzungen. Manch Suchender hat bis zu fünfzigtausend Euro hingeblättert und ist immer noch nicht *clear.*«

»Waren Sie selbst jemals in unserer Kirche?«, fragte Charles provokant. »Oder haben Sie sich Ihr Pseudowissen aus dem Internet gezogen?«

Pauls rechtes Augenlid begann unwillkürlich zu zucken. »Wie ist es Ihnen gelungen, Stefanie in Ihre Kirche zu locken?«, fragte er.

»Sie zeigte Interesse und ich habe Sie eingeladen, sich unsere Kirche von innen anzusehen.«

»Als sie an der Straße vorbeiging, wo Sie zufällig herumstanden.«

»Nicht zufällig«, gab Manson unumwunden zu.

»Und was passierte dann?«

»Dann hat sie unseren Persönlichkeitstest machen wollen und wir fertigten für sie ein Persönlichkeitsprofil an …«

Auch das hatte Paul recherchiert. »Bei diesem Test ist dann überraschenderweise herausgekommen, dass sie orientierungslos und verunsichert ist, ihre ganze Energie verschwendet, aber über jede Menge Potenzial verfügt. Die Kirche würde sie fördern, und dann ist der Weg frei in eine selbstbestimmte, erfolgreiche Zukunft.«

»Wow!« Charles grinste spöttisch.

»Sie könnten direkt als Dianetik-Lehrer bei uns anfangen.«

»Ich bin Polizist, und das mit Haut und Haaren.«

»Der Persönlichkeitstest ist völlig kostenlos und niemand wird zu irgendetwas gezwungen.«

»Aber Sie nisten sich in die Seelen und in die Gehirne ein wie ein Virus, und dabei geht's nur um Geld.«

»Das sagen Sie! Aber ich lade Sie gern persönlich ein, sich unsere Kirche einmal von innen …«

»Bei mir brauchen Sie keine Werbung zu machen! Sie sitzen einem Polizisten gegenüber und keiner suchenden Seele.«

»Auch Polizisten sind Suchende.«

»Ja, und ich suche einen Mörder!«

Paul fragte sich nun allen Ernstes, ob die manipulativen Machenschaften der Sekte tatsächlich so weit gingen, dass sie einen Menschen dazu treiben konnten, einen Mord zu begehen. Als ultimativer Kick, sozusagen. Oder als Mutprobe! War der Mord an Wallner vielleicht so eine Mutprobe gewesen? Um sich selbst zu beweisen, dass man mit Hilfe der Sekte imstande war, wirklich alles zu erreichen? Sich am Tod eines geliebten Haustiers zu revanchieren, zum Beispiel? In diesem Licht gesehen, sah es schlecht aus für Stefanie.

»Eine Zivilisation ohne Verbrechen und ohne Krieg«, hörte Paul die Stimme des Hexenmeisters sagen, »nichts anderes wollte L. Ron Hubbard, der Gründer von Scientology. Eine Gesellschaft, in welcher der Fähige erfolgreich sein darf und jeder Mensch die Freiheit besitzt, zu den höchsten Höhen aufzusteigen. Das sind, kurz für Sie zusammengefasst, Herr Inspektor, die Ziele von Scientology. Ich kann darin nichts Verbotenes oder Verwerfliches erkennen.«

Paul starrte Charles Manson eine ganze Weile an, dann riss er sich zusammen. »Klingt gut!«, sagte er, »nur der Weg dorthin und die eingesetzten Mittel sind sittenwidrig. Mal ehrlich, kennen Sie persönlich irgendjemanden, der diese Stufe erreicht hätte?«

»Außer L. Ron Hubbard nicht sehr viele, aber wer sie erreicht, der überwindet die Gesetze von Raum und Zeit und kann Wunder bewirken. Ein weiter und sehr mühevoller Weg, gebe ich zu, aber er lohnt sich.«

»Für die Kirche auf jeden Fall!«

Charles Manson wiegte den Kopf hin und her und strich sich eine zottelige Haarsträhne aus den Augen. »Sie sind auch nicht unsere Zielgruppe, Herr Inspektor. Aber behindern Sie andere nicht auf ihrem Weg.«

»Wie Stefanie zum Beispiel?«

»Steffi ist noch sehr jung und sehr hungrig, bei ihr ist alles möglich. Wenn sie dranbleibt, wird sie auf der Leiter zum Clearing noch sehr weit gehen.«

Das klang wie eine Drohung. »Wie hoch sind Sie persönlich schon auf dieser Leiter?«, wollte Paul wissen.

»Ich? Ich befinde mich noch auf einer der untersten Stufen. Ich selbst habe den Weg ja erst recht spät beschritten. Auch ich war sehr lange ein Opfer meiner Lebensumstände, aber daraus konnte ich mich mithilfe von Scientology befreien. Ich bin selbstsicherer geworden und gelassener.«

»Werden Sie von der Kirche für Ihre Arbeit bezahlt?«

»Selbstverständlich, aber vieles mache ich immer noch ehrenamtlich. Auf meiner Stufe arbeite ich noch für sehr wenig Geld, nur das nötigste, was man so braucht, um die Miete zu bezahlen. Dafür erhalte ich die Auditing-Stunden kostenlos.«

»Auditing ist doch nichts anderes, als mithilfe eines Lügendetektors im Unterbewusstsein der Menschen herumzustochern.«

»Sie unterschätzen das. Ein guter Auditor befreit uns von der Versklavung durch unser Unterbewusstsein, welches uns daran hindert, ein befreites Leben zu führen. Alles Schlechte, Böse und Schädliche wird Schritt für Schritt aus den Tiefen unseres Unterbewusstseins heraufgeholt. Wir wissen plötzlich, warum wir krank oder depressiv sind, und lernen, damit umzugehen.«

»Geben Sie persönlich auch solche Stunden?«

»Vor einem halben Jahr habe ich damit angefangen, natürlich unter Aufsicht eines erfahrenen Auditors. Es ist immer wieder ein Wunder zu erleben, welche Aha-Erlebnisse ein Suchender erfährt.«

Paul schaute unauffällig auf die Uhr. Hier vergeudete er seine Zeit. Mehr würde er im Augenblick aus Charles Manson nicht herausholen. Er musste auf das Ergebnis der Untersuchung warten, ob sie überhaupt irgendeinen Beweis lieferte, um ihm etwas anhängen zu können. Er verabschiedete sich und verließ dann ziemlich rasch die Wohnung. Dort drinnen hatte er das Gefühl gehabt, als würde ihm die Luft abgeschnürt. Zu seiner Freude stand sein Wagen immer noch im Halteverbot. Als sich mit Getöse die nächste Straßenbahn wie eine abgeschossene Rakete näherte, hielt er dieses Mal einen Respektabstand von gut drei Metern, bevor er in seinen Wagen stieg und erst einmal durchlüften ließ – sowohl den Wagen als auch sein Gehirn. Er saß ganze fünf Minuten da, in denen er das zuvor geführte Gespräch Revue passieren ließ.

Schließlich lenkte er den Wagen aus der Parkverbotszone, durch den Berufsverkehr quer durch die Stadt und über die Triester Straße hinaus aus Wien.

Nach langer Zeit freute er sich wieder einmal auf sein beschauliches, von *clear* meilenweit entferntes Zuhause in Keltenberg, mitten im schönen grünen Wienerwald!

***

Als Paul spät am Nachmittag und bei einsetzender Dunkelheit in der Dienststelle eintraf, lief ihm Maja Fröschl über den Weg. Sie war klein und drahtig, trug eine uneitle Kurzfrisur und war von der energischen Sorte. Sie blieb stehen und ließ ihre gerümpfte Nase seine Gestalt entlangfahren.

Er rief: »Hey! Willst du mich vernaschen?«

Sie schnupperte an ihm wie ein Kaninchen an der Rübe. »Du stinkst!«

Automatisch schnupperte Paul in seinen Hemdkragen hinein. »Ich habe heute Morgen geduscht«, protestierte er.

»Warst du in einer Opiumhöhle?«

»Ach so, ich dachte schon … nein, ich komme gerade aus unserer Bundeshauptstadt. Dort habe ich einen Ausflug in mein Unterbewusstsein gemacht und bin darauf gekommen, dass ich seit sechs Jahren rasend in dich verliebt bin!«

Maja Fröschl reagierte entsprechend. »Ich glaube, du musst zum Arzt! Du siehst sowieso nicht gut aus.«

Paul blickte tief in ihre Augen. »Jetzt weiß ich endlich, was ich mich in all diesen Jahren nie getraut habe, dir zu sagen …«

»Ich könnte deine Mutter sein!«, rief sie schrill und sorgte sich nun echt, ob er noch alle Tassen im Schrank hatte. »Ich bin über vierzig, du Bubi!«

»Ich dachte …«

»Sag mal«, wollte Maja nun ernsthaft wissen, »was genau haben die in Wien mit dir gemacht? Du redest wie ein Gestörter.«

Paul zog sich seine schwarze Lederjacke aus, warf sie auf seinen Bürosessel und seufzte: »Ich war heute bei diesem Psycho von Scientology …«

»Jetzt versteh ich!«

Er grinste. »Du bist trotzdem meine liebste Kollegin.«

»Kein Kunststück, ich bin ja die einzige.«

Paul liebte diese Neckereien unter Kollegen. Das war so schön normal. Dabei konnte er sogar nachdenken.

»Und wie ist er so, dein Psycho?«, wollte Maja wissen.

»Ein Spinner, aber nicht ganz ungefährlich.«

»Und sonst?«

»Auf meiner Liste der Verdächtigen steht er jedenfalls an der Spitze.«

»Wie viele Verdächtige hast du schon auf dieser Liste?«, fragte sie spöttisch.

»Im Moment ist er so ziemlich der einzige«, räumte Paul ein.

»Du würdest ihm einen Mord zutrauen?«

»Jederzeit. Was mir richtig Sorgen macht ist, dass Stefanie ihm mit Haut und Haaren verfallen zu sein scheint.«

»Und was hast du nun vor?«

»Ich muss noch einmal mit ihr reden, aber allein, ohne Beisein ihrer Eltern. Vielleicht weiß sie etwas. Im schlimmsten Fall war sie sogar selbst mit dabei …«

»Glaubst du, sie wäre zu einem Mord fähig?«

»Sie ist sehr leidenschaftlich, ausschließen kann ich es leider nicht.«

STEFANIE

»Sie waren gestern bei Charles in Wien!«, rief Stefanie schrill. »Was denken Sie sich eigentlich dabei, meinen Freund hinter meinem Rücken zu interviewen?«

Paul hatte sie angerufen und aufgefordert, auf die Polizeiwache zu kommen. Sie war gerade von der Schule nach Hause gekommen und außer Gertrud war noch niemand im Haus.

»Ich habe Charles nicht interviewt«, erwiderte er beherrscht. »Ich habe ihn befragt. So nennt man das bei der Polizei. Und Sie werde ich ebenfalls noch einmal befragen müssen.«

»Mich? Weswegen? Wegen dem Wallner? Ich weiß nichts.«

»Oh, ich glaube, Sie wissen viel mehr, als Sie mir sagen. Kommen Sie her, oder ist es Ihnen lieber, wenn ich Ihren Eltern erzähle, was ich jetzt über Charles weiß?«

Kurzes lärmendes Schweigen, in dem Paul sie heftig atmen hörte, dann: »Erpresser!«

Paul betrachtete seine Reflexion in der Spiegelung des Bürofensters, zog den nicht vorhandenen Bauch ein und hob grinsend eine Augenbraue.

»Na gut, Sie Mistkerl!«, hörte er sie sagen. Dann hatte sie ihn auch schon weggedrückt.

Gertrud war in der Küche mit Kartoffelschälen beschäftigt. Sie hatte Carla dazu überredet, ihr die Küche an den Tagen zu überlassen, an denen sie länger im Verlag arbeiten musste. *Was für eine Küche!* Hier machte das Kochen richtig Spaß. Sie hatte schnell gelernt, wie man diese modernen Geräte bediente, und fühlte sich wie im Schlaraffenland. In ihrem Fundus zu Hause hatte sie eine Küchenschürze ausgegraben, worauf in grüner Wolle gestickt war: *Hier kocht Gertrud.* Die Schürze war mittlerweile zu klein geworden, weil Gertrud im Hüftbereich ziemlich in die Breite gegangen war und auch obenherum zugelegt hatte. Aber die Schürze war ohnehin nur symbolischer Natur und sollte lediglich ausdrücken, wer hier und heute das Sagen hatte.

Sie hatte das Gespräch im Wohnzimmer mitgehört und trat jetzt, Kartoffelschäler in der rechten Faust, Kartoffel in der linken, aus ihrem Wirkungsbereich heraus und runzelte die Stirn.

»Wer war das?«, wollte sie wissen.

»Ach, der doofe Polizeiinspektor! Er will, dass ich zu ihm auf die Wache komme.«

Jetzt war Gertrud neugierig geworden. »Wegen dem toten Wallner?«

»Das nehme ich stark an! Und erpressen wollte er mich auch!«

»Mit was denn?« Gertrud witterte ein Geheimnis. *Gab es da etwas, von dem sie noch nichts wusste?*

»Ich habe einen Freund und mit dem will er mich erpressen.«

»Meinen Sie diesen Charles?« Gertrud spitzte die Ohren.

»Ja.«

»Und – wie ist er so, Ihr Charles?«

Stefanie grinste frech. »Na ja, nicht gerade der Liebling aller Schwiegermütter!«

»Und wie alt ist er?«

»Über dreißig.«

Gertrud riss die Augen auf. »Der könnte Ihr Vater sein!«

»*Der* und mein Vater?« Stefanie lachte schallend. »Charles kann ich mir beim besten Willen nicht als meinen Vater vorstellen!«

»Ist er wenigstens berufstätig?«

»Was denken Sie denn! Natürlich ist er berufstätig. Er arbeitet bei Scientology.«

»Und wo ist das?«

»Das ist eine weltweite religiöse Bewegung, mit dem Ziel, *clear* zu werden.«

»Versteh nur Bahnhof.«

»Ist auch ziemlich kompliziert.«

»Aber wieso religiös? Kann man denn heutzutage mit Religion auch schon Geld verdienen?«

»Er schon, er gibt nämlich Auditing-Stunden.«

»Au...?« Gertrud gab auf. Mit dieser Generation konnte sie nicht mehr mithalten, die sprach nur noch Kauderwelsch. »Machen Sie lieber, dass Sie zum Inspektor kommen«, riet sie Stefanie deshalb, »bevor er noch hier antanzt und Ihre Eltern gegen Charles aufhetzt.«

Stefanie schnappte sich ihr Handy, ihre Schultertasche und winkte Gertrud zu. »Bis später.«

Gertrud fuchtelte mit dem Kartoffelschäler hinter ihr her. »Heut gibt's Naturschnitzel mit Erdäpfeln und Gurkensalat!«

»Geil!«, tönte es aus dem Vorzimmer, dann war Stefanie auch schon fort.

Gertrud starrte ihr hinterher. *»Geil?«*, murmelte sie.

DAS VERHÖR

Stefanie war mit dem Fahrrad gekommen. Sie war in ein dunkelbraunes knöchellanges Wollkleid gehüllt, dazu trug sie schwarze klobige Stiefel und eine dicke Bomberjacke. Ihre schwarzen Haare hatte sie zu einem langen Zopf geflochten und die Lippen blutrot bemalt – der einzige Farbtupfer an einer sonst ziemlich tristen Gestalt.

Paul bat sie, ihm gegenüber Platz zu nehmen. Er griff zum Telefon, um Maja zu bitten, ihnen Wasser zu bringen.

Kurz darauf trat Maja durch die Tür. »Bitteschön!« Sie stellte eine Wasserkaraffe und zwei Gläser auf den Tisch. Beim Hinausgehen warf sie Paul einen komischen Blick zu.

»Hübsch sehen Sie heute aus!«, log Paul.

»Wollen Sie flirten oder mich ausfragen?« Stefanie strich sich über ihren langen Zopf und brachte die zahlreichen Armreifen an ihrem Handgelenk zum Klimpern.

»Ich möchte mich mit Ihnen unterhalten.«

»Sie wollen mich weichklopfen, das kenn ich schon.«

»Und woher kennen Sie das?«

Stefanie verdrehte die Augen. »Das sagt man doch bloß so.«

»Also gut, Stefanie. Charles hat mir erzählt, dass Sie ebenfalls bei Scientology sind.«

»Aha, daher weht der Wind. Ich dachte, Sie wollen mich über den alten Wallner ausfragen.«

»Gut, dann bleiben wir bei Herrn Wallner. Waren Sie schon einmal in seinem Haus?«

»Ich? Nie! Diese Bude hätte ich freiwillig doch nie betreten.«

»Charles vielleicht?«

»Warum sollte Charles seine Bude betreten?«

»Weil Charles Ihre Katze rächen und sich bei Ihnen beliebt machen wollte.«

»Was Sie sich alles ausdenken!« Sie lachte. »Das ist doch total bescheuert! Außerdem lebt Charles in Wien und war erst ein einziges Mal hier.«

»Ausgerechnet in der Nacht, in der Herr Wallner getötet wurde.«

»Na und? Zufall!«

Paul blickte sie scharf an. »Als ich Charles in seiner Wohnung aufsuchte, habe ich dort einen ganz bestimmten Geruch wahrgenommen. Es war derselbe Geruch wie in Herrn Wallners Haus. Ein sehr markanter Geruch, süßlich und etwas faulig. So riecht nur Charles, und, wenn ich das so sagen darf, Sie auch ein bisschen.«

Stefanie schaute ihn ausdruckslos an. »Sind Sie ein Spürhund?«

Paul lächelte. »Ich habe eine feine Nase.«

»Charles lag die ganze Nacht neben mir im Bett!«, trumpfte sie auf.

»Wie spät war es, als er bei Ihnen zu Hause eintraf?«

»Nach halb elf, wegen meiner Eltern, Sie wissen schon … um diese Zeit schlafen sie meistens.«

»Und jetzt erzählen Sie der Reihe nach, was genau Sie in dieser Nacht gemacht haben.«

Stefanie verdrehte die Augen. »Zuerst haben wir eine geraucht.«

»Einen Joint?«

»Nein, eine Selbstgedrehte aus Indonesien. Eine, die so schöne Funken macht, wenn man daran zieht.«

»Und dann?«

»Jetzt wird's aber intim!«

»Gut, dann lassen wir diesen Teil beiseite.«

Stefanie grinste spöttisch. »Jetzt kneifen Sie! *Nachher* wollten wir ein Bier trinken, aber es war keins mehr da. Deshalb fuhr Charles zur Tanke, aber dort hat er auch keins mehr bekommen.«

»Er war bei der Tankstelle?«

»Ja, er wollte sowieso dorthin, weil er auch noch etwas anderes einkaufen wollte, hat er gesagt. Chips, glaube ich.«

»Wo war eigentlich Ihr Bruder zu dieser Zeit?«

»Der hat sich mit seinen Kumpels in Mödling herumgetrieben. Wann der heimgekommen ist, weiß ich nicht. Wahrscheinlich wie immer spät in der Nacht.«

»Wie spät war es, als Charles zur Tankstelle gefahren ist?«

»Halb zwölf, die Tanke an der Hauptstraße hat ja bis Mitternacht geöffnet.«

»Wie lange war er weg?«

»Zwanzig Minuten oder so …« Jetzt erst schien ihr etwas zu dämmern. »Hey, wollen Sie Charles daraus einen Strick drehen?«

»Ich muss es genau wissen, Stefanie. Wenn Sie mir alles erzählen, was Sie wissen, kann es Charles auch entlasten.«

»Entlasten? Von was denn? Charles bringt doch den Wallner nicht um, der kennt ihn doch gar nicht.«

»Charles hat an der Tankstelle kein Bier mehr bekommen. Hat er wenigstens die Chips mitgebracht?«

»Äh, hab ihn nicht danach gefragt.«

»Wollten Sie denn keine Chips?«

»Chips machen fett.«

»Dann wissen Sie gar nicht, ob er auch wirklich bei der Tankstelle war? Er hat kein Bier mitgebracht, keine Chips. Wo war er?«

»Sie werden es mir gleich sagen!«, zischte sie. »Er hat in dieser Zeit den Wallner umgebracht, ist ja klar!«

»Ganz unbegründet ist dieser Verdacht nicht.«

Paul betrachtete das Mädchen und dachte nach. Herr Wallner wurde aber nicht zwischen halb zwölf und Mitternacht getötet, sondern, laut Rudolf Wehrschütz, am frühen Morgen zwischen vier und halb sechs. War es möglich, dass Charles Manson drüben war, während Stefanie schlief?

»Wenn Charles in der Nacht zwischen vier und halb sechs aufgestanden wäre, als Sie geschlafen haben, hätten Sie das doch gar nicht bemerkt.«

»Doch, hätte ich!«

»Und wie?«

»Weil …«

Nun wurde sie tatsächlich ein wenig rot. »Weil wir während dieser Zeit einen Quickie hatten.«

Paul geriet über diese ungenierte Offenherzigkeit ein wenig in Verlegenheit. »Einen Quickie«, hüstelte er, »von mir aus. Aber wie der Name schon sagt, so ein Quickie dauert doch nur wenige … äh … Minuten, und nicht eineinhalb Stunden.«

Da hatte er gerade noch die Kurve gekratzt. Sein letzter Quickie war nämlich nach gerade mal sechzig Sekunden vorbei gewesen.

»Wir waren dann noch duschen und hinterher haben wir geredet …«

»Über Scientology?«

»Auch darüber. Um viertel sechs oder so sind wir noch einmal eingeschlafen und als wir munter wurden, war es nach acht und ich kam zu spät in die Schule.«

»Und Ihre Eltern haben gar nichts gemerkt?«

»Nein, die waren längst aus dem Haus. Außerdem kümmern sie sich nicht darum, was ich mache. Die vertrauen mir und sagen, ich bin ja bald erwachsen.«

Paul blickte sie vorwurfsvoll an. »Und Sie missbrauchen einfach so dieses Vertrauen Ihrer Eltern?«

»Was habe ich denn groß angestellt! Ich habe einen Freund, wie alle in meiner Klasse, und bin einmal zu spät in die Schule gekommen! Da gibt's Schlimmeres, das kann ich Ihnen versichern. Ich bin eine gute Schülerin, nehme keine Drogen …«

»Sie sind bei Scientology!«

»*So what!*«

»Das ist eine sehr gefährliche, weltweit verbreitete Pseudoreligion, Stefanie. Unterschätzen Sie bitte diese Leute nicht. Wer einmal dort andockt, kann sich nur sehr schwer wieder von ihnen lossagen. Die sind wie Blutegel …«

»Ich habe dort ein paar Leute kennengelernt und die waren alle sehr nett.«

»Was genau machen Sie eigentlich, wenn Sie dort Ihre Zeit verbringen?«

»Wir machen Übungen zur Stärkung unseres Selbstbewusstseins.«

»Wie muss ich mir das vorstellen?«

Stefanie grinste. »Wir können die erste Übung gleich hier ausprobieren, wenn Sie es wirklich wissen wollen.«

»Äh, nun … warum eigentlich nicht?« Er musste dem Mädchen vermitteln, dass er nicht ihr Feind war, sondern es gut mit ihr meinte.

»Okay, kommen Sie mit Ihrem Sessel hinter dem Schreibtisch hervor und setzen Sie sich mir gegenüber.«

Sie überraschte Paul immer wieder aufs Neue. Schließlich tat er, was sie verlangte, obwohl er sich dabei ziemlich albern vorkam.

Sie saßen sich in einem Abstand von einem Meter gegenüber.

»Und jetzt?«, fragte er.

»Jetzt legen Sie die Hände in den Schoß, halten die Augen offen und schauen mich an.«

»Gut.« Nach einer Weile fragte er: »Und was jetzt?«

»Nichts. Wir schauen uns einfach in die Augen, ohne eine Miene zu verziehen.«

»Und was soll das bringen?«

»Das werden Sie bald merken. Schauen Sie mir in die Augen!«

Paul saß und guckte.

Er guckte eine Minute, zwei, dann drei. Dann öffnete sich die Tür und Maja Fröschl trat ins Zimmer.

Sie riss den Mund auf und blickte von einem zum anderen. »Entschuldigt, aber …«

Paul biss sich auf die Lippen. Er erhob sich und sagte: »Es ist nicht so, wie es aussieht …«

»Wie sieht es denn aus?«, grinste Maja unverschämt.

»Wir gehen gerade eine Übung durch.«

Stefanie grinste von einem Ohr zum andern.

»Was gibt's, Maja?«, fragte Paul ungeduldig.

»Ach, das hat Zeit bis später. Lasst euch nicht stören.« Maja verließ das Zimmer, draußen hörte er sie kichern und kurz darauf die Tür zu Felix Vielnaschers Büro zufallen.

Das würde ihm noch lange nachhängen!

»Jetzt mal ehrlich, Herr Inspektor!«, sagte Stefanie und lächelte gütig wie ein Guru. »Wie haben Sie sich in diesen letzten drei Minuten gefühlt?«

»Ungemütlich«, gab Paul zu.

»Sehen Sie? Diese Übung ist aber erst dann geschafft, wenn Sie Ihr Gegenüber so lange ansehen können, bis Sie selbst völlig entspannt sind. Das kann Stunden dauern. Wir haben uns in der Kirche mit wechselnden Partnern täglich eine ganze Stunde lang in die Augen gestarrt, bis jeder von uns so entspannt war, dass wir die nächste Übung in Angriff nehmen konnten.«

»Und was hat man davon?«

»Einen unschätzbaren Vorteil dem anderen gegenüber. Dem geht es nämlich genauso wie Ihnen vorhin. Er wird nervös und verlegen, während Sie völlig gelassen bleiben. Was glauben Sie, wie irritierend das auf den anderen wirkt!«

Paul fiel ein, dass auch Charles stets so einen starren Blick draufhatte. Damit wollte er ihn wohl verunsichern und sich selbst einen Vorteil verschaffen.

»Dann zielt diese Übung also darauf ab, den anderen auszutricksen, zu irritieren und zu dominieren? Nicht sehr freundlich.«

»Was wollen Sie? Im Geschäftsleben und gerade in Ihrem Beruf ist das ein unschätzbarer Vorteil.«

»Hm«, machte Paul. »Ziemlich abgebrüht.«

»Ich finde es voll cool!«

»Und wie weit sind Sie persönlich schon mit diesen Übungen?«

»Diese Stufe habe ich hinter mich gebracht, obwohl man sie immer wiederholen sollte, um im Flow zu bleiben. Die nächste Stufe ist schwieriger.«

»Als da wäre?«

»Ich muss es Ihnen demonstrieren, wenn Sie es wirklich wissen wollen.«

»Komme ich dabei zu Schaden?«, grinste Paul.

»Je nachdem wie empfindlich Sie sind!«

Das klang nicht gut, dachte Paul, aber jetzt wollte er es wissen. Selbst auf die Gefahr hin, dass sich seine Kollegen an der Tür draußen die Ohren plattdrückten!

»Setzen Sie sich wieder auf Ihren Stuhl!«, befahl Stefanie und Paul gehorchte. Eine innere Stimme meldete sich leise, die fragte, wer hier eigentlich den Ton angab. Ein sechzehnjähriges Mädchen im Vampirlook oder ein gestandener Polizeiinspektor mit Ambitionen auf eine Karriere in der Bundeshauptstadt.

Er sah sie abwartend an.

Stefanie befahl: »Schließen Sie die Augen! Ich spiele den aktiven Part, damit Sie sehen, worum es geht. Danach tauschen wir die Rollen, wenn Sie dann noch Lust verspüren. Okay?«

»Okay! Aber verraten Sie mir bitte, worauf ich mich einstellen muss.«

»Wir suchen jetzt Ihre Buttons.«

»Meine was?«

»Wir nennen es Buttons. Das heißt, wir suchen Ihre Schwachpunkte, oder das, was ich für einen Ihrer Schwachpunkte halte. Verstehen Sie das?«

»Nein.«

»Wenn ich denke, Ihr Schwachpunkt könnte zum Beispiel, na sagen wir mal, Eitelkeit sein ...«

Er öffnete alarmiert die Augen.

»... dann reite ich auf diesem Punkt solange herum, bis es Ihnen am Ende nichts mehr ausmacht, was ich sage oder tue. Bis Sie völlig immun gegen meine Angriffe sind. Dabei ist absolut alles erlaubt. Verbal und tätlich. Sind Sie bereit?«

»Ja.«

»Machen Sie die Augen zu! Ab jetzt dürfen Sie sie nicht öffnen, nicht reden, nicht lachen, nicht fluchen. Sie sitzen einfach nur da und lassen alles über sich ergehen. Das wird Ihnen nicht gelingen, das sage ich gleich dazu. Aber sobald Sie die Augen aufmachen oder zu lachen anfangen, ist es vorbei.«

Mit geschlossenen Augen wartete er auf ihren ersten Angriff. Er fühlte, wie sein ganzer Körper zu kribbeln anfing. Seine Sinne konzentrierten sich auf ihre leise klimpernden Armreifen. *Wann passiert endlich was?* Er zwang sich, ruhig atmend dazusitzen und auf irgendeine Aktion zu warten.

Plötzlich erfolgte ein Angriff auf sein Geschlechtsteil!

Paul riss die Augen auf und protestierte: »Das war aber so nicht ausgemacht!«

Stefanie bog sich vor Lachen. »Schon verloren!«, quietschte sie.

Vor der Tür zu seinem Büro hörte Paul leise Schritte. Bald würde das Telefon läuten.

»Das war unfair von mir«, gab Stefanie zu. »Normalerweise beginnen wir mit verbalen Attacken, das gibt Ihnen wenigstens einen Vorgeschmack auf das, was Sie erwartet.«

»Okay, aber jetzt mal ehrlich, was haben Sie gegen mein Geschlechtsteil? Meinen Sie, das ist einer meiner Schwachpunkte?«

»Das weiß *ich* doch nicht! Aber ich wollte es herausfinden.«

»Und was wissen Sie jetzt, was Sie vorher nicht gewusst haben?«

»Dass Sie, was Ihr Geschlecht betrifft, empfindlich sind.«

»Na hören Sie mal! Sie greifen einem Polizeiinspektor zwischen die Beine und der soll dabei gelassen bleiben? So einen finden Sie auf der ganzen Welt nicht.«

»Das gebe ich zu, aber Sie sind ja auch kein gewöhnlicher Polizeiinspektor. Ein gewöhnlicher Polizeiinspektor würde sich auf dieses Spiel gar nicht erst einlassen.«

Damit hatte sie wahrscheinlich recht.

»Bin ich jetzt mit dem aktiven Part an der Reihe?«, fragte er.

»Wenn Sie das Spiel weiterspielen wollen? Ich sollte nur möglichst zum Essen zu Hause sein.«

Jetzt war er aber echt neugierig geworden. »Und es ist alles erlaubt, sagen Sie? Verbal und tätlich?«

»Alles.«

»Na gut, dann machen Sie sich auf etwas gefasst!«

»Nach vierzehn Stunden Praxis bin ich so gelassen, wie ein tibetanischer Mönch!«, erwiderte sie mit einem tiefen Augenaufschlag.

Hier war die Chance, sie aus ihrer Reserve zu locken!

Das Telefon läutete, wie vorhergesagt. »Entschuldigen Sie, Stefanie, nur einen kleinen Moment.« Er sprang auf, hob ab und sagte: »Nicht jetzt!« Dann knallte er das Telefon zurück.

»Bin schon wieder hier!« Er nahm seinen Sitzplatz ein.

Stefanie wartete mit geschlossenen Augen.

Er sammelte sich und dachte nach, wie er beginnen sollte. Schließlich fing er mit hohler Stimme zu sprechen an. »Stefanie Burkhardt, ich weiß, dass Charles Manson ein Mörder ist!«

Stefanie rührte sich keinen Millimeter.

»Er war in der Mordnacht im Haus des Opfers und hat es mit einem stumpfen Gegenstand erschlagen.«

Sie machte keinen einzigen Mucksar. Nur ein einziges Mal glaubte er, ein herablassendes Grinsen erkannt zu haben.

Okay, er machte es ihr wahrscheinlich zu einfach.

Er wechselte seine Stimme zu leise und eindringlich. »Wenn es nicht Charles war, Stefanie, dann warst du selbst es vielleicht? Hast du dich heimlich in der Nacht in das Haus des alten Mannes geschlichen? Ich verstehe dich ja, Stefanie, er hat deine Katze auf so grausame Weise getötet. Aber du bist ein sechzehnjähriges Mädchen, du allein bist doch zu einer so abscheulichen Tat gar nicht fähig.«

Jetzt sah er, dass sie leicht transpirierte.

»Was haben die bei Scientology mit dir gemacht, Stefanie? Haben sie dich zu etwas gezwungen? Oder dir irgendetwas suggeriert? Solltest du vielleicht eine Mutprobe bestehen und dich auf diese Weise für deinen armen Blacky rächen? Mit einem Mord etwa …?«

Stefanie schlug die Augen auf und in ihrem Blick spiegelte sich blankes Entsetzen. »Haben Sie sie noch alle?«, rief sie. »Mir hat keiner was suggeriert …«

»Denk nach, Stefanie! Haben sie auf dich eingeredet, immer und immer wieder, bis du geglaubt hast, ihre Gedanken sind deine Gedanken? Vielleicht wusstest du gar nicht, dass sie dir einen Mord einreden wollten, du warst ganz im Bann von Charles …«

»Was reden Sie da für einen Psychoscheiß! Wollen Sie mich manipulieren? Wollen Sie, dass ich Charles beschuldige, mir einen Mord eingeredet zu haben? Ich dachte, Sie wären auf meiner Seite. Dabei sind Sie auch nur so ein Arschloch wie all die anderen!«

Paul lehnte sich zurück und atmete einmal tief aus. Dieses Spiel war verdammt anstrengend.

»Du hast verloren, Stefanie!«, sagte er ruhig.

»Das waren nicht die Regeln …«

»Doch, das waren die Regeln. Du hast mir erklärt, wir sollen dort ansetzen, wo wir einen Schwachpunkt vermuten, das habe ich getan.«

»Sackgasse!«

»Wenn ich in einer Sackgasse war, warum hast du dich dann so aufgeregt? Du hättest doch völlig gelassen bleiben und mich solange reden lassen können, bis wir beide eingeschlafen wären. Stattdessen …«

»Weil ich nach Hause muss!«

Paul betrachtete sie scharf und überlegte. War sie es oder war sie es nicht? In diesem Moment läutete das Telefon schon wieder. Paul erhob sich und ging um den Schreibtisch herum. »Was gibt's, Maja?«

»Fritz Gärtner ist da.«

»Wer ist Fritz Gärtner?«

»Der Tierschützer! *Du* wolltest doch, dass wir ihn vorladen, wenn wir etwas über ihn rausfinden?«

»Und – habt ihr?«

»Ja, er hat vier Monate gesessen wegen Widerstands gegen die Staatsgewalt. Er hat eine Halle aufgebrochen, wo sie zwanzigtausend Batteriehühner gehalten haben, und er ist in einen Schlachthof eingedrungen und hat illegal fotografiert. Als die Polizei eintraf, ist er gewalttätig geworden.«

»Gut, sag ihm, dass ich gleich bei ihm bin.« Paul legte auf und wandte sich wieder Stefanie zu.

Von dem Mädchen heute noch etwas Sinnvolles zu erfahren, war wahrscheinlich nicht mehr möglich. »Sie können gehen, Stefanie«, sagte er.

»Fritz Gärtner?«, fragte sie. »Den kenn ich auch. Das ist doch der Tierschützer, der für die *Vier Pfoten* arbeitet. Kommt der jetzt vorbei?«

»Ja.«

»Dann haben Sie ja jetzt endlich Ihren verdammten Mörder!«, rief sie schrill. Mit Tränen in den Augen sprang sie auf, ergriff ihre Umhängetasche und lief aus dem Zimmer.

EIN UNGEBETENER GAST

Es läutete an der Tür und Gertrud eilte aus der Küche, um zu öffnen. Augenblicklich verfinsterte sich ihr Blick und sie knallte die Tür sofort wieder zu. Seit sie hier arbeitete, hatte sie es sich zur Aufgabe gemacht, selbst die Tür zu öffnen. Als Zensor quasi. Wer ihr nicht passte, kam hier auch nicht rein. Und der schwarze Mann vor der Tür kam hier ganz sicher nicht rein!

»War das der Freund von Stefanie, Gertrud?«, rief Carla von oben herunter. »Es ist bald neunzehn Uhr.«

Carla eilte nach unten. Heute trug sie einen eleganten schwarzen Bleistiftrock und eine graublaue Seidenbluse. Ihre Haare glänzten wie Gold und waren hochgesteckt.

Die Arme vor der Brust gekreuzt, blockierte Gertrud mit gespreizten Beinen die Eingangstür. Sie stand da, grimmig und entschlossen, wie der Wächter des Heiligen Grals.

»Das war irgendein Landstreicher, Frau Carla, oder so was in der Richtung. Heutzutage muss man ja höllisch aufpassen, wem man die Tür öffnet. Das war sicher einer, der hier nur ausspionieren will und dann einbrechen kommt.«

Es läutete wieder und dann noch einmal. Nun schob Carla ihre Haushaltshilfe sanft aber bestimmt von der Tür weg. »Ich schau mal selbst nach.«

Carlas Blick wanderte über einen kleinen mageren Mann in einem knöchellangen schwarzen Mantel und mit zotteligen Haaren. Seine Hände steckten tief in den Manteltaschen und aus dem schneeweißen Gesicht glühte ihr ein Paar schwarzer Augen entgegen. Im Licht der Straßenlaterne erkannte sie auf der Straße hinter ihm einen schwarzen VW Käfer aus den Achtzigerjahren.

»Kann ich Ihnen helfen?«, fragte sie verwundert.

»Ich bin Charles, der Freund von Stefanie. Ich bin zum Essen eingeladen.«

Aus dem Eck, wo Gertrud stand, kam ein unterdrückter Hilfeschrei.

Carla riss die Augen auf und stammelte: »Sie … *Sie* sind Charles?«

»Charles Manson.«

Carlas Gehirn spielte im Schnelldurchlauf die letzte Dokureihe im Fernsehen über abnorme Rechtsbrecher in den USA ab. Sie stand wie angewurzelt und vergaß zu atmen.

»Darf ich reinkommen?«, fragte Charles ungeduldig. »Ich habe Hunger.«

Hinter Carla rückte Stefanie ins Bild. »Charles, cool! Komm doch rein, ich stell dich meiner Familie vor. Mami, das ist Charles.«

Carlas Lippen teilten sich zu einem geschockten Lächeln. »Entschuldigen Sie wegen vorhin …« Sie reichte ihm die Hand und Charles bequemte sich dazu, die seinige aus der Manteltasche zu nehmen.

»Bitte gehen Sie doch ins Wohnzimmer weiter«, bat Carla.

Auf dem Weg dorthin musste Charles an Gertrud vorbei, die sich von ihrem Schock erholt hatte und mit grimmigem Gesicht und verkniffenem Mund in der Tür zum

Wohnzimmer stand. Sie vermittelte den Eindruck eines Felsens, den zu überwinden so leicht nicht werden würde.

Charles verharrte vor ihr und wartete schweigend mit starrem Blick.

»Gertrud, *bitte!*«, raunte Carla leise.

»Ich stell dich gleich meinem Vater vor, Charles. Übrigens, das ist Gertrud, sie hilft meiner Mutter im Haushalt.«

Stefanie schob die störrische Gertrud einfach von der Tür weg. Gertrud wandte sich beleidigt ab und marschierte in die Küche zurück. Dort musste sie erst einmal ein Glas Wasser trinken. *Was war denn das für eine abgefahrene Figur!* War der überhaupt echt? Warum um Himmels willen konnte das Mädchen nicht einen Freund haben wie andere Mädchen in ihrem Alter? Ein achtzehnjähriges Pickelgesicht, schüchtern und linkisch … Die Eltern taten ihr jetzt schon leid.

Martin Burkhardt hatte das Läuten gehört und sein Arbeitszimmer verlassen. Er verharrte mitten auf der Wendeltreppe. Wie andere Väter pubertierender Töchter auch hatte er sich auf das Schlimmste gefasst gemacht. Was ihm aber vom Wohnzimmer entgegenstarrte, überstieg seine schlimmsten Erwartungen. Martins linke Hand umfasste das Geländer, bis seine Knöchel weiß hervortraten. Für einen Moment schloss er die Augen, aber es half nichts. Er konnte hier nicht länger herumstehen. Am Fuß der Treppe hielt er inne und blickte stumm abwechselnd den fremden Mann und seine Tochter an. Seine Augen fragten: *Das ist Charles?*

»Dad, das ist Charles!«

Martin wurde leicht schwindelig. Er murmelte eine Begrüßung und musste sich gleich danach auf die Couch setzen.

Carla hatte Charles den Mantel abgenommen und ihn mit spitzen Fingern ins Vorzimmer getragen, wo sie ihn an einem Haken aufhängte. Der Mantel stank fürchterlich. Sie verharrte eine Weile vor der Wohnzimmertür und vernahm Martins Stimme, der sich nun doch zu einem Gespräch aufgerafft hatte.

»Was machen Sie beruflich, Charles, wenn ich fragen darf?«

»Ich bin bei Scientology.«

Da Martin nicht sogleich antwortete, rief Stefanie: »Cool, Dad, was? Kein 08/15-Job!«

Martin schaute seine Tochter an und in seinen Blick mischte sich so etwas wie schwarze Verzweiflung. »Das kannst du laut sagen! Und wo haben Sie Stefanie kennengelernt, Charles?«

»In Wien. Sie ging an unserer Kirche vorbei und hat sich für unser Programm interessiert. Da sind wir ins Gespräch gekommen.«

»Und … und seid ihr jetzt ein Paar?«, wollte Martin mit brüchiger Stimme wissen.

Stefanie kicherte.

»Drück dich nicht so geschwollen aus, Dad! Wenn du damit sagen willst, ob Charles und ich …«

An dieser Stelle trat Carla energisch ins Wohnzimmer. Sie hatte die letzte Frage gehört und wollte die Antwort aus dem Munde dieses Mannes gar nicht hören.

»Es gibt gleich etwas zu essen. Bitte nehmt am Esstisch Platz und hol mir doch einer den Tobias herunter.«

»Tobi!«, brüllte Stefanie so laut nach oben, dass Carla sich die Ohren zuhielt. »Essen ist fertig!«

Im oberen Stock ging eine Tür auf und Tobias' blonder Wuschelkopf erschien am Treppengeländer. »Hi, Charly!«, rief er nach unten.

»Ihr kennt euch?«, fragte Carla mit gerunzelter Stirn.

Während Tobias im Zeitlupentempo nach unten kam, sagte er: »Nicht direkt, aber wir haben uns vor ein paar Tagen kurz gesehen, als wir gerade beide aufs Klo wollten.«

Carla lief rot an. Warum sagte ihr Sohn nichts, wenn er einen fremden Mann aus Steffis Zimmer kommen sah? Das war ja ungeheuerlich! Hatten sie und Martin in diesem Haus überhaupt nichts mehr zu vermelden?

Tobias ließ sich auf seinem Platz nieder und rieb sich die Hände. »Und, was hat uns Gertrud heute Gutes gekocht?«

Carla antwortete schroff: »Gertrud und ich haben uns für Tafelspitz mit Röstkartoffeln, Apfelkren und Schnittlauchsauce entschieden.« Sie wollte nicht, dass alle dachten, es koche nur noch Gertrud. »Wir haben das Essen gemeinsam zubereitet.«

Wenn sich Carla jedoch diesen Charles ansah, tat ihr diese Entscheidung bereits leid. Er machte den Eindruck, als ob er mit Tafelspitz nicht viel am Hut hätte. Eintopf oder ein handfestes Nudelgericht wären wohl passender gewesen. Aber sie hatte Stefanie beweisen wollen, dass sie ihrem Freund Respekt entgegenbrachte und keine Mühe scheute, ihn fürstlich zu bewirten … da hatte sie wohl falsch gedacht!

Aus der Küche drangen Geräusche, als würde dort jemand mit dem Geschirr um sich schmeißen.

In der Zwischenzeit war im Wohnzimmer die Temperatur auf den Nullpunkt gesunken. Carla erhob sich. »Ich sehe mal nach, ob ich Gertrud helfen kann«, entschuldigte sie sich und ging rasch in Richtung Küche. Sie schob die Küchentür auf und gleich wieder zu.

Drinnen tobte sich Gertrud gerade an einer Schüssel mit Kartoffeln aus. »Ich Rindvieh!«, schimpfte sie. »Wegen diesem Menschen hab ich mir solche Mühe gemacht! Das ist ja ein Neandertaler und kein zivilisierter Mitteleuropäer!«

»Entschuldigen Sie, Gertrud, ich habe ja selbst nicht gewusst, wen wir uns da ins Haus geladen haben …«

»Und *das* ist Stefanies Freund? Können Sie da überhaupt nichts dagegen machen?«

»Ich kann ihn doch nicht rauswerfen! Damit erreiche ich bloß das Gegenteil und Steffi schaltet auf stur. Im Moment bildet sie sich diesen Charles ein, aber sie wird schon selbst darauf kommen, dass er nicht der Richtige ist. Da bin ich ganz zuversichtlich.«

»Hoffentlich ist es dann nicht zu spät!«

»Sie ist ja nicht dumm.«

»Hoffentlich nimmt sie die Pille! Stellen Sie sich vor, Stefanie wird schwanger und bringt so ein haariges schwarzes Monster zur Welt …!«

Carla wurde bleich. »Bitte hören Sie auf! Das klingt ja furchtbar.«

»Wissen Sie überhaupt, ob Ihre Tochter verhütet? Haben Sie sich darum eigentlich schon gekümmert?«

»Ich … ich … sie ist doch noch so jung!«

»Zum Kinderkriegen ist man nie zu jung. Nichts in der Birne, aber schon Eltern! Wäre ja nicht das erste Mal.«

»Ich helfe Ihnen das Essen hinauszutragen«, bot Carla an und hoffte dieses unangenehme Thema auf ein anderes Mal verschieben zu können.

»Ich schlage vor«, sagte Gertrud, »dass wir meine preisgekrönte Kürbiscremesuppe heute weglassen. Da haben Sie morgen alle mehr davon. Wir wollen den Abend ja nicht unnötig in die Länge ziehen.«

»An was Sie alles denken …«

»Und die zwei Flaschen teuren Rotwein servieren wir heute auch nicht«, bestimmte Gertrud trotzig.

»Dann stellen Sie wenigstens ein paar Flaschen Bier und Wasser raus«, bat Carla.

Sie ergriff die Schüssel mit den Kartoffeln und die anderen Zutaten, Gertrud schnappte sich ein Tablett mit den Hauptspeisentellern und der Fleischplatte, und gemeinsam trugen sie alles ins Esszimmer.

Dort erwartete sie eine angespannte Atmosphäre. Charles Manson saß mit dem Rücken zur Wand. Er schälte sich gerade aus einem überdimensionalen Schafswollpullover und saß am Ende mager und hässlich im schwarzen Poloshirt da. Von den Handgelenken bis zum Kragen hinauf war er mit Fabelwesen tätowiert. Carla wollte sich den Rest des Körpers gar nicht vorstellen. Während sie und Martin sich von Mansons Anblick noch erholten, fragte sich Gertrud allen Ernstes, wie Carla und Martin diesen Menschen als Freund ihrer Tochter akzeptieren konnten? Selbst kinderlos, schob sie das auf die späte 68er-Generation und die Erziehung ihrer Kinder. Deren Kinder wiederum durften sich einfach alles erlauben. Die Eltern ordneten sich widerspruchslos unter, damit sie vor ihrem eigenen Nachwuchs nicht als uncool dastanden – die Folgen des antiautoritären Erziehungswahns! Gertrud war überzeugt, dass sich das noch bitter rächen würde.

Sie selbst wollte sich jedoch von der schlechten Aura, die der ungebetene Tischgast verströmte, nicht einschüchtern lassen. Für sie war er bloß ein vertrottelter Spät-Hippie.

Mit einem verächtlichen Blick auf die tätowierten Handgelenke trat sie neben ihn, knallte ihm den Teller hin und fragte: »Wollen Sie heute noch zu einem Perchtenlauf?«

In das nachfolgende Schweigen hörte man Tobias leise in seinen Teller kichern. Stefanie rief: »Gertrud, Sie sind *böse!*«

Martin starrte mit versteinerter Miene ein Loch in das Tischtuch, während sich Tobias schon mal das größte Stück vom Tafelspitz sicherte. Gertrud brachte noch die Getränke herein und wollte anschließend in der Küche verschwinden, aber Carla bestand darauf, dass sie mit ihnen aß.

»Gertrud, bitte setzen Sie sich zu uns!«

Gertrud hob abwehrend die Arme. »Ich kann nicht … ich muss noch …«

»Gar nichts müssen Sie! Sie setzen sich zu uns an den Tisch und essen mit uns.«

Insgeheim war Carla froh über ihre Gesellschaft, denn Gertrud war nicht so gehemmt wie sie und ihr Mann und nahm auch kein Blatt vor den Mund.

Mit einem griesgrämigen Gesicht holte Gertrud aus der Küche Teller und Besteck und nahm am äußersten Tischrand Platz.

»Mahlzeit!«, wünschte sie mürrisch.

Stefanie war das angespannte Klima nicht entgangen. »Was habt ihr gegen Charles?«, beschwerte sie sich laut. »Glaubt ihr, ich merke nicht, wie ihr ihn anstarrt? Wie einen Außerirdischen! Wir lieben uns, und ich verlange von euch, dass ihr das respektiert.«

Herausfordernd blickte sie dabei ihre Eltern an, entschlossen, Charles bis aufs letzte Lacoste-T-Shirt zu verteidigen. Charles nahm mit leuchtenden Augen ihre Hand und hielt sie für einen endlos scheinenden Moment zwischen seinen Skelettfingern.

Carla drehte es den Magen um.

Als niemand auf ihre Ansage reagierte, begann Stefanie zu nörgeln. »Außerdem mag ich kein gekochtes Rindfleisch!«

Carla vermutete, dass sie damit bloß ihre Eltern und Gertrud verärgern wollte.

»Das ist der feinste Tafelspitz!«, verteidigte Gertrud sofort ihr Abendessen und beobachtete mit Argusaugen, wie sich Charles von der Fleischplatte bediente und reinzuhauen begann, als hätte er seit Tagen gehungert, um sich auf Kosten der Burkhardts die Wampe vollzuschlagen.

Charles kippte ein Bier nach dem andern hinunter und Carla musste Nachschub aus der Küche holen. *Der Kerl soff ja wie ein Loch!*

»Eigentlich will ich Vegetarierin werden«, setzte Stefanie ihren Feldzug gegen die Erwachsenen fort und stocherte lustlos auf ihren Teller ein. Sie pickte an einer Röstkartoffel herum und tunkte sie in die Schnittlauchsauce. »Mir tun die gequälten Tiere leid. Außerdem ist Fleisch ungesund.«

»Papperlapapp!«, rief Gertrud mit vollem Mund. »Proteine braucht der Mensch! Wir ticken immer noch wie die Urzeitmenschen, Jäger und Fleischfresser …«

Charles ergriff für Gertrud Partei. »Da muss ich Frau Gertrud recht geben, Steffi. Vegetarisch essen ist nicht gesund.«

»Wer sagt denn so was!«

»Vegetarier nehmen einseitige Nahrung zu sich, der Mensch braucht Fleisch.«

»Dass du ein Fleischtiger bist, hast du mir verschwiegen!«

»Wir haben ja auch nie über Fleisch geredet!« Charles lächelte und entblößte seine braunen Zahnstummel.

»Wahrscheinlich habt ihr überhaupt nicht geredet«, bemerkte Tobias süffisant.

»Du bist ätzend!«, rief seine Schwester.

»Im Anfangsstadium der Liebe kommt dem Fleisch ja auch noch eine ganz andere Bedeutung zu«, behauptete Tobias und kaute mit vollem Mund.

»Und was verstehst du von Liebe, du hormongesteuerter Milchbubi?«

»Jetzt ist es genug!« Entnervt hob Martin eine Hand. Die Vorstellung, dass seine Tochter in Verbindung mit diesem Zombie von Liebe sprach, war mehr, als er ertragen konnte.

»Diese Woche war ich beim Polizeiinspektor!«, wechselte Stefanie blitzschnell das Thema. »Ihr wisst schon, der junge …«

»Und was wollte er?«, fragte Carla, augenblicklich alarmiert.

»Stellt euch vor, er will Charles den Mord am alten Wallner in die Schuhe schieben!« Sie genoss die schockierten Gesichter ihrer Eltern. Alle Köpfe flogen in Richtung Charles, der mit gefalteten Händen entspannt dahockte und sinnentleert lächelte. Gertrud war vor Aufregung dunkelrot geworden, enthielt sich aber mit eiserner Disziplin jeder Bemerkung.

»Wie kommt er ausgerechnet auf Sie?«, wollte Martin mit heiserer Stimme wissen.

Charles suchte den Tisch nach einem weiteren Bier ab und Carla brachte ihm schließlich eins, da Gertrud keine Anstalten machte, aufzustehen.

Zuerst nahm Charles einen gierigen Schluck, dann zuckte er bloß mit den Schultern. »Er hat zu viel Fantasie, der junge Inspektor. Er muss halt rasch einen Erfolg verbuchen und braucht ein Opfer.«

»Aber natürlich täuscht sich der Inspektor!«, wollte Carla so einen Verdacht erst gar nicht an sich ranlassen. Wenn sie sich vorstellte, dass ihre Tochter mit einem *Mörder* …

»Es wird sich bestimmt alles aufklären«, sagte Charles gelassen und rülpste einmal kurz und ohne Genierer.

Als das Essen endlich beendet war, erhob sich Gertrud ächzend und verkündete: »Ich servier jetzt die Teller ab und hol die Nachspeise rein. Dann sind wir alle müde und gehen schlafen!«

»Hey«, rief Stefanie, »wir sind noch keine Rentner wie Sie! Für uns fängt der Abend erst an.«

»Apropos schlafen«, unterbrach Martin. »Wissen Sie schon, wo Sie übernachten werden, Charles? Sie haben heute viel zu viel getrunken, um noch bis Wien zu fahren. Die Polizei führt in letzter Zeit vermehrt Kontrollen durch …«

»Ich schlafe oben bei Stefanie«, unterbrach Charles mit einer Selbstverständlichkeit, dass Martins ansonst so attraktives Gesicht sich grau verfärbte. Spontan griff er in seine Hosentasche, holte ein paar Euroscheine aus seiner Geldbörse und warf sie auf den Tisch.

»Das sind siebzig Euro. Ich rate Ihnen dringend, sich ein Hotel zu nehmen.« Er schob Charles das Geld zu, das Charles einsteckte, ohne mit der Wimper zu zucken.

Stefanie schaute Charles mit aufgerissenen Augen an. »Wie kannst du *Geld* von meinem Vater nehmen?«, fragte sie entgeistert.

»Ich bin hier nicht willkommen, Steffi.«

»Dann komme ich mit dir …!«

»Du bleibst hier, *Fräulein!*«, donnerte Martins Stimme wie ein Gewitter durch den Raum. Dieses eine Mal musste er sich durchsetzen. Viel zu lange hatten sie die Zügel schleifen lassen. *Es reichte!*

Stefanie brach in hysterisches Geheul aus: »Dann zieh ich zu Charles nach Wien! Ihr könnt mich alle mal!« Sie sprang auf, stieß dabei ihren Stuhl um und stürmte hinauf in ihr Zimmer.

»Und dort oben bleibst du bis morgen früh!«, brüllte ihr Vater hinterher. »Und wenn ich die ganze Nacht Wache schieben muss!«

»Martin!«, versuchte Carla ihren aufgebrachten Mann zu beschwichtigen und legte ihm eine Hand auf den Arm. »*Bitte!*«

»Wenn sie mir dieses Mal nicht gehorcht, vergesse ich mich!« Zu Charles gewandt, bestimmte er: »Bitte gehen Sie. Sie finden ein preiswertes Hotel keine vier Kilometer von hier kurz vor der Autobahn.«

Charles' buschige Augenbrauen zogen sich unmerklich zusammen. Er musterte sein Gegenüber mit einem unergründlichen Blick und sagte gelassen: »Dann geben Sie Steffi einen Kuss von mir.« Er deutete mit der Hand einen Gruß an, erhob sich schon ziemlich schwankend und verließ den Raum.

Carla eilte ihm ins Vorzimmer nach und überreichte ihm seinen stinkenden Mantel. »Entschuldigen Sie meinen

Mann, aber Sie müssen uns auch verstehen. Stefanie ist erst sechzehn, wir können sie nicht mit einem zwanzig Jahre älteren Mann ausgehen lassen …«

Charles verabschiedete sich ohne Gruß.

Als sie hinter ihm die Tür ins Schloss drückte, lehnte sich Carla aufatmend dagegen. Heute Nacht würde sie sich um ihren Mann kümmern müssen. Der Arme hatte sich furchtbar aufgeregt. So außer sich kannte sie ihn gar nicht.

In der Zwischenzeit hatte Gertrud das Geschirr weggeräumt und die Teller in den Geschirrspüler geschichtet. »Mir reicht's für heute!«, stöhnte sie. »Ich geh nach Haus. Meine Nerven halten das nicht länger durch.«

Carla fragte ängstlich: »Ich hoffe, Sie bereuen nicht schon, dass Sie bei uns angefangen haben?«

Gertrud nahm ihre Küchenschürze ab und zerknüllte sie in der Hand. Mit der anderen klopfte sie Carla beruhigend auf die Schulter. »Solange mir dieser Charles nicht wieder ins Haus kommt, ist alles gut.«

UNHEIMLICHE BEGEGNUNG

Es war fast halb zehn, als Gertrud vom Haus der Burkhardts auf die Straße trat. Es regnete wie aus Kübeln. Nörgelnd über diesen unerfreulichen Abend und müde von der ganzen Aufregung, spannte sie ihren Regenschirm auf. Ausgerechnet jetzt kam auch noch ein Sturm auf, und sie machte, dass sie heimkam.

Auf dem nass-silbrigen Asphalt spiegelten sich die Straßenlaternen wie goldene Monde, und die Pappeln rauschten dazu ein trauriges Lied, was zu ihrer schlechten Laune passte. Zwischen dem Rascheln der Äste und dem Heulen des Windes fiel ihr auf, dass sie schon seit längerer Zeit von einem Wagen verfolgt wurde, der sie nicht überholen wollte. Aus dem Augenwinkel bemerkte sie einen schwarzen VW Käfer, und Gertrud wurde ein wenig unruhig. Fuhr dieser Charles nicht so ein altes Ding? Sie hatte gedacht, der sei längst über alle Berge. Wenn sie es zuließ, dass er weiter hinter ihr herfuhr, würde er schließlich wissen, wo sie wohnte. Das wollte sie aber auf keinen Fall, denn sie war überzeugt, dass ihr dieser Mensch Angst einjagen wollte. Es war ratsam, ihn gleich hier und jetzt zu konfrontieren und nicht erst zu warten, bis sie vor ihrem Haus standen. Vielleicht würde er sie dort in den Hauseingang drängen, ihr den Mund zuhalten und sie bedrohen – wenn nicht gar noch viel Schlimmeres mit ihr anstellen!

Sie blieb abrupt stehen, drehte sich um und blickte dem Wagen herausfordernd entgegen. Ihr Gefühl hatte sie nicht getrogen. Hinter dem Lenkrad erkannte sie das bleiche Gesicht von Charles. Seine Augen glitzerten durch die Windschutzscheibe wie zwei Kugelblitze. Was wollte der unheimliche Mensch von ihr? Wollte er sich revanchieren, weil sie ihn so abfällig behandelt hatte?

Jetzt hielt er an und stieg aus. Plötzlich bekam es Gertrud doch noch mit der Angst zu tun.

Er machte ein paar Schritte auf sie zu, und sie blickte ihm mit verkniffenem Mund entgegen. Er blieb so knapp vor ihr stehen, dass sie seinen Bieratem riechen konnte. Der Wind wehte ihm eine zottelige Haarsträhne ins Gesicht, die nur ein Auge freiließ. Mit diesem einen Auge starrte er sie so stechend an, dass es Gertrud durch den Kopf schoss: *Jetzt sieht er wie der Teufel persönlich aus!* Sie musste sich zusammenreißen, denn von diesem Giftzwerg wollte sie sich keine Angst einjagen lassen! Der wollte sie bloß einschüchtern. *Mich machst du nicht fertig, du Knilch*, ermunterte sie sich selbst. Blitzschnell hob sie die Handtasche über ihren Kopf und hätte sie ihm ohne zu zögern über seine Birne gehauen, hätte er sich nicht rechtzeitig weggeduckt.

Es gelang ihm gerade noch, sie am Handgelenk zu packen, und Gertrud japste laut. Mit der Linken, die den Regenschirm hielt, holte sie aus und ließ ihn ein paarmal auf seinen Kopf niederkrachen. Fluchend gab Charles ihre Hand frei und stolperte vom Gehsteig auf die Straße hinunter. Dabei folgten ihr seine Glutaugen so voller Hass, dass er sie damit fast hypnotisierte. Um sich selbst Mut zu machen, holte sie gleich noch einmal aus, abwechselnd mit Schirm und Handtasche. Er duckte sich weg, floh aber nicht. Sie erhielt den Eindruck, dass er nur etwas mehr Abstand benötigte, um zum finalen Sprung anzusetzen. Sein Gesicht war jetzt richtig böse und die schwarzen Zottelhaare verstärkten den Eindruck, dass hier der Teufel persönlich vor ihr stand.

Der bringt mich glatt um, wenn ich jetzt nicht bald die Mücke mache, durchzuckte es Gertrud. Eine kräftige Sturmbö fuhr durch die Bäume und die Äste neigten sich tief zur Seite. Der Regen strömte über sie, und Gertrud dachte: *Genau wie in jener Nacht, als ich Black Sabbath gefunden habe.*

Von der Straße näherten sich zwei grelle Scheinwerfer. Ein dunkelgrauer BMW bremste ab und Charles hielt im Sprung inne. Beide verfolgten mit den Augen die große Frau, die dem Wagen entstieg.

»Was ist hier los?«, fragte die Frau mit einer Stimme, die sich anhörte, als wäre sie gewohnt, rasch Antworten auf ihre Fragen zu erhalten. Die Frau schlug die Wagentür zu und eilte mit wenigen schnellen Schritten auf sie zu.

Charles fixierte die Fremde argwöhnisch, Gertrud jedoch blickte ihr mit beträchtlicher Erleichterung entgegen.

»Dieser Mann hat mich angegriffen!«, rief sie.

»Mir hat sich das vom Wagen aber anders dargestellt!«, widersprach die Fremde.

Charles begann zu grinsen.

Gertrud verschlug es förmlich die Sprache. Jetzt war *sie* die Täterin?

»Sind Sie blind?«, fuhr sie die Frau an. »Ich hab mich nur verteidigt!«

»Und wie war's jetzt wirklich?«, wollte die Frau wissen.

»Sie ist mit ihrer Handtasche auf mich losgegangen«, gab Charles schließlich Auskunft, »und als ich sie abwehrte, hat sie mich mit dem Regenschirm attackiert!«

Die Frau ließ ihre Augen zwischen Charles und Gertrud hin und her wandern, und Gertrud befürchtete, dass von dieser fremden Tante keine Hilfe zu erwarten war. Sie rüstete zum Gegenangriff.

»Was gibt Ihnen eigentlich das Recht, mich mitten auf der Straße und mitten in der Nacht zu beschuldigen, wenn Sie die Hintergründe nicht kennen?«, fuhr sie die Fremde an.

Die Frau zückte stumm einen Polizeiausweis.

»*Hallo?*«, rief Gertrud erbost. »*Ich* bin das Opfer!«

Die Augen der Polizistin fixierten Charles.

»Sie ist ganz ohne Grund auf mich losgegangen«, beeilte sich dieser mit einer Antwort. »Vielleicht dachte sie ja, dass ich sie belästigen wollte, aber glauben Sie wirklich, *sie* fällt in mein Beuteschema?«

Er lachte richtig hässlich.

»Werden Sie jetzt nicht auch noch beleidigend!«, rief Gertrud zornig. »*Sie* haben mich doch die ganze Zeit verfolgt. Dort steht er, mit diesem schwarzen VW Käfer.«

»Stimmt das?«, fragte die Frau.

»Das streite ich gar nicht ab. Ich wollte sie fragen, ob ich sie bei diesem Regen nach Hause fahren soll.«

»Lügner!«

»Kennen Sie sich?«, fragte die Frau.

Gertrud wartete ab, ob Charles etwas sagte.

»Sie arbeitet als Putzfrau bei den Eltern meiner Verlobten«, erwiderte er schließlich.

»*Verlobten!*« Gertrud blieb fast das Wort im Hals stecken. Auch die abfällige Bezeichnung *Putzfrau* würde sie ihm bei Gelegenheit noch heimzahlen.

»Wie heißen die Eltern Ihrer Verlobten?«, fragte die Polizistin.

»Burkhardt. Sie wohnen zweihundert Meter die Straße hinauf. Ich war zum Essen eingeladen.«

Da sie um diese Zeit nicht überprüfen wollte – und im Moment auch nicht überprüfen konnte –, wer nun die Wahrheit sagte, holte die Frau ein kleines Notizbüchlein aus ihrem Auto und zückte einen Kugelschreiber. »Ihre Namen und Anschriften bitte.«

Als die beiden zögerten, fragte sie: »Oder müssen wir das auf der Polizeiwache klären?«

Gertrud hielt es für besser, der Aufforderung nachzukommen, bevor das Ganze eskalierte und am Ende *sie* mit einer Anzeige rechnen musste. Charles schien an einem drohenden Alkoholtest auch nicht interessiert zu sein, und so nannten beide ihre Namen und Adressen.

»Ich werde das überprüfen«, sagte die Polizistin. Sie wandte sich ab, stieg in ihren BMW und brauste davon.

Gertrud starrte dem Wagen hinterher. Jetzt begann sie sich zu fragen, ob es so klug gewesen war, die Polizistin wegfahren zu lassen und mit diesem Kotzbrocken alleinzulassen. Der Wagen hinterließ nämlich eine plötzliche und ganz unheimliche Stille. Auch die Straße war ohne das Scheinwerferlicht so dunkel und menschenleer wie zuvor.

Während Gertrud dem Wagen hinterherblickte, prasselte der Regen auf sie herab und auch der Sturm wurde kräftiger. Die störrische Art, die sie gegenüber der Polizistin an den

Tag gelegt hatte, kippte plötzlich in ein Gefühl von Beklemmung um. Sie stand Charles ganz allein gegenüber und sein hämisches Gesicht machte ihr wieder Angst.

Ehe Gertrud überlegen konnte, ob sie ihm noch ein paar forsche Worte an den Kopf werfen oder sich besser wortlos vom Acker machen sollte, ließ er eine Bemerkung fallen, die das Blut in ihren Adern gefrieren ließ.

»Stefanie gehört mit Haut und Haaren mir!«, zischte er leise. »Wenn Sie die Burkhardts weiter gegen mich aufhetzen, Sie alte Furie, schicke ich Ihnen den Teufel persönlich vorbei. Ich weiß jetzt, wo Sie wohnen. Nehmen Sie sich in Acht.«

EIN TOTER KOMMT SELTEN ALLEIN

Seit Tagen regnete es. Der Himmel war dunkel und wolkenverhangen und die dichten Mischwälder rund um den kleinen Ort Keltenberg trieften vor Nässe. Die Nadelbäume standen dicht an dicht mit den Laubbäumen, und die nackten Äste reckten sich schwarz wie Tinte in den grauen Himmel. Zwar tat der Dauerregen gut nach dem extrem heißen und trockenen Sommer, aber schön langsam breitete sich im Dorf eine Depression aus.

Im Haus von Herrn Wallner waren keinerlei verwertbare Fingerabdrücke gefunden worden, bis auf seine eigenen. Der Mann musste unbeschreiblich einsam gewesen sein und dürfte nie Besuch gehabt haben – außer seinem Mörder. Der jedoch hatte keine Spuren hinterlassen.

Fritz Gärtner, der Tierschützer, so hatte sich herausgestellt, dürfte mit diesem Fall nichts zu tun haben. Er konnte mit einem Monatsticket belegen, dass er täglich den Weg nach Wien angetreten hatte, und sagte aus, an besagtem Tag zehn nach fünf im Bus gesessen zu haben. Davor hatte er zu Hause gefrühstückt, das bezeugte zumindest seine Mutter. Sie gab zu Protokoll, dass ihr Sohn das Haus kurz vor fünf Uhr verlassen hatte. In dieser Viertelstunde ging sich ein Mord einfach nicht aus, davon war Paul überzeugt.

Abgesehen davon war Fritz Gärtner nicht der Typ, der alte Männer umbrachte. Er war Pazifist und kein radikaler Anarcho, wenn er auch für die Befreiung von Batteriehühnern schon mal Gefängnis in Kauf genommen hatte. Außerdem wusste er über Blackys Tod gar nicht Bescheid. Fritz Gärtner konnte Paul als Mörder ziemlich sicher ausschließen.

Es war zwei Uhr am Nachmittag, als Paul in seinem Dienstzimmer zum ersten Mal Christoph Wallner gegenübersaß. Ein ungehobelter Mann von fünfunddreißig Jahren, der, ähnlich wie sein Vater, in seinem Leben nichts auf die Reihe gebracht hatte. Er hockte da, vornübergebeugt, hemdsärmelig, mit schütteren blonden Haaren und einem aufgedunsenen Gesicht, das ständig die Farbe wechselte. Ihm war untersagt worden, das Haus seines Vaters zu räumen, solange es von der Polizei nicht freigegeben worden war.

Was jedoch gar nicht für Wallner Junior sprach, war die Tatsache, dass Maja Fröschl herausgefunden hatte, dass er eine Woche vor dem Tod seines Vaters einen Immobilienmakler damit beauftragt hatte, herauszufinden, wie viel das Haus wert war und wie die Chancen für einen Verkauf stünden. Das war ziemlich verdächtig und ziemlich dumm. Dadurch hatte der Junior nämlich ein handfestes Motiv.

»Wohin wollten Sie Ihren Vater entsorgen, falls es Ihnen gelungen wäre, das Haus zu verkaufen?«, lenkte Paul das Gespräch direkt auf diesen heiklen Punkt. »Wollten Sie ihn in ein Heim abschieben?«

Christoph Wallner sah ihn abweisend an. »Ich hätte das Haus doch gar nicht verkaufen können, denn es gehörte ja noch immer meinem Vater.«

»Wie praktisch, dass er jetzt tot ist!«

Christoph Wallner wechselte mal wieder die Farbe, diesmal von blassgelb zu friedhofsgrau. »Er kam allein doch sowieso nicht mehr zurecht!«, rief er heiser. »Haben Sie gesehen, wie das Haus von innen aussieht? Ich wollte gar nicht mehr reingehen, so dreckig ist alles.«

»Da hätte sich für Ihren Vater so ein Heim direkt angeboten, wenn er dem Verkauf zugestimmt hätte.«

»In einem Heim wäre er doch viel besser aufgehoben gewesen! Und mit dem Erlös des Hauses hätte ich die Heimkosten bezahlt.«

Pauls Lippen verzogen sich zu einem ironischen Grinsen. »Was für ein fürsorglicher Sohn Sie doch sind! Und beim Verkauf des Hauses wäre für Sie rein gar nichts rausgesprungen? Das nehme ich Ihnen nicht ab. Außerdem hätte Ihr Vater aus freien Stücken doch nie eingewilligt, in ein Heim zu gehen.«

»Ich hätte ihn überzeugt …«

»Aber jetzt hat sich die Überzeugungsarbeit praktischerweise erübrigt.«

»Sein Tod ist nichts als ein böser Zufall. Ich liebte meinen Vater.«

»Deshalb haben Sie sich ja auch so fürsorglich um ihn gekümmert! Zeugen haben ausgesagt, dass Ihr Wagen höchstens zweimal im Jahr vor dem Haus gesehen wurde. Und wenn Sie sich ausnahmsweise einmal nach Keltenberg bewegt haben, haben Sie Ihren Vater gedrängt, dass er das Haus auf Sie überschreibt. Und da er das verweigert hat, haben Sie kurzen Prozess gemacht. War es nicht so?«

Christoph Wallner wurde rot wie ein Granatapfel. »Nein! So war es nicht!«

»Wie war es dann?«

»Das letzte Mal, als ich mit ihm gesprochen habe, hab ich ihm einen Vorschlag gemacht. Wenn er mir das Haus überschreibt, habe ich ihm versprochen, werde ich es nicht verkaufen, sondern renovieren. Dann hätte er so oft er gewollt hätte, ein paar Tage dort verbringen dürfen. Ich werde doch selbst bald Vater! In Mödling haben meine Frau und ich eine winzige, sauteure Wohnung gemietet, und hier steht mein Elternhaus für meine zukünftige Familie, das immer mehr verfällt.«

»Da kommt der Tod Ihres Vaters ja wie gerufen.«

»Scheiße!« Der Junior begann zu schwitzen.

»Sie müssen zugeben, dass Sie ein verdammt gutes Motiv haben.«

Christoph Wallners Gesicht zuckte. »Kann es nicht ein ganz gewöhnlicher Einbrecher gewesen sein, der meinen Vater erschlagen hat?«

»Es gab keinerlei Einbruchsspuren. Hat im Haus irgendwas gefehlt?«

Christoph Wallner zögerte. »Nicht, dass ich wüsste«, gab er schließlich zu.

»Sehen Sie? Wer würde auch schon bei Ihrem Vater einbrechen wollen?«

Christoph Wallner vergrub sein Gesicht in den Händen. Als er wieder aufblickte, war sein Blick verzweifelt. »*Ich* war es jedenfalls nicht, der das Haus so hat verlottern lassen.«

»Die Verletzung, die Ihr Vater davongetragen hat«, informierte Paul ihn über das Ergebnis der gerichtlichen Untersuchung, »ist weder für ein Messer noch eine Axt typisch. Er wurde mit einem stumpfen Gegenstand erschlagen.«

Wallner fuhr sich mit dem Handrücken über die schwitzende Stirn. »Und was bedeutet das für mich?«

»Was machen Sie eigentlich beruflich?«, wollte Paul wissen.

»Ich bin angelernter Koch.«

Paul stutzte. »Ein Fleischschlägel ist Ihnen daher nicht gänzlich unbekannt?«

Beim jungen Wallner dauerte es eine Weile, bis die Bedeutung dieser Worte einsickerte. »Sind Sie verrückt?«, brach es schließlich aus ihm hervor.

»Wir haben auch einen Baseballschläger im Haus Ihres Vaters gesichert«, fuhr Paul fort. »Wenn wir Ihre Fingerabdrücke nehmen, werden wir sie darauf finden?«

Christoph Wallner lief rot an. »Den Baseballschläger habe ich seit mindestens zehn Jahren nicht mehr in der Hand gehabt.«

»Dürfen wir uns bei Ihnen zu Hause in Mödling einmal umsehen?«

Der junge Wallner erschrak. »Bei mir zu Hause? Warum?«

»Vielleicht finden wir dort etwas, das uns weiterhilft.«

»Ich habe meinen Vater nicht umgebracht! Hören Sie, ich werde bald selbst Vater! Glauben Sie, ich begehe gerade jetzt einen Mord?«

»Wenn nicht jetzt, wann dann? Gerade jetzt war Ihnen Ihr Vater im Weg. Mit dem Kind, das bald kommt, die kleine Wohnung. Ein Haus käme da gerade gelegen.«

»Sie sind ja wahnsinnig!«

»Spielen Sie noch Baseball?«

»Nein, also ab und zu.«

»Dann könnten wir bei Ihnen zu Hause einen Baseballschläger finden?«

Christoph Wallner schaute ihn erschrocken an.

»Oder einen Fleischschlägel?«, setzte Paul eins drauf. »Ich rufe jetzt den Kollegen Vielnascher herein. Gemeinsam werden wir zu Ihnen nach Hause fahren und uns dort ein wenig umsehen.«

Wallner erschrak heftig. »Polizei in meiner Wohnung? Was sage ich meiner Frau?«

»Die Wahrheit.«

»Die ist im siebten Monat! Die steht das nervlich nicht durch.«

»Haben Sie etwas zu befürchten?«

»Nein, aber bei mir werden Sie natürlich einen Baseballschläger und einen Fleischschlägel finden.«

»Und vielleicht noch einen anderen Gegenstand, an dem wir das Blut Ihres Vaters finden? Heute verfügen wir über Methoden, Blut nachzuweisen, auch wenn es vorher gründlich weggewaschen wurde.«

Wallner Junior schnappte nach Luft.

Paul richtete sich kerzengerade auf. »Jetzt bin ich echt neugierig auf Ihre Wohnung geworden. Kommen Sie, wir fahren gemeinsam hin, oder haben Sie etwas dagegen?«

»Ja, habe ich!«, rief Wallner verzweifelt und blieb sitzen.

»Ich kann es mit einem Durchsuchungsbeschluss auch erzwingen, wenn Ihnen das lieber ist. Das macht Sie aber erst recht verdächtig.«

Christoph Wallner war den Tränen nahe. »Machen Sie doch, was Sie wollen!«, rief er schließlich resigniert.

In diesem Moment stürmte Felix Vielnascher ohne anzuklopfen in Pauls Büro und winkte ihn stumm nach draußen. Paul entschuldigte sich bei Wallner und erhob sich.

»Was gibt's denn?«, fragte er auf dem Flur, während er die Türklinke in der Hand behielt.

»Halt dich fest. Wir bekamen gerade die Meldung rein, dass Mansons Leiche gefunden wurde!«

Für einen Moment verschlug es Paul die Sprache. »Wo?«, fragte er dann.

»In dem Hotel an der Ausfallstraße nach Wien. *Waldschlösschen* heißt es. Das Zimmermädchen hat ihn gefunden.«

»Weiß man, wie lange er schon dort gelegen hat?«

»Noch nicht, aber als Manson bis 12 Uhr noch immer nicht ausgecheckt hatte, hat das Zimmermädchen nachgesehen, und da lag er. Sie steht unter Schock.«

»Verdammt!«

»Die Spurensicherung und die Gerichtsmedizin sind jedenfalls schon verständigt worden.«

Paul kratzte sich am Kinn und fuhr sich nervös durch die Haare. Rudolf Wehrschütz würde er früher sehen als befürchtet. Sein ganzes Leben hatte er es nie mit Leichen zu tun gehabt. Er machte Fortschritte!

»Und was mach ich jetzt mit dem jungen Wallner? Den werde ich wohl nach Hause schicken müssen, bis wir näheres über Mansons Tod wissen.«

Felix Vielnascher nickte bedauernd. »Mit diesem Mord können wir ihn unmöglich in Verbindung bringen.«

»Okay, danke Felix. Ich werde mich um alles Weitere kümmern.« Paul öffnete die Tür zu seinem Büro, wo Christoph Wallner ihn mit nervösem Blick empfing.

»Sie dürfen vorerst gehen, Herr Wallner.«

Christoph Wallners Gesicht wechselte zu blassrosa. »Meinen Sie das im Ernst?«

»Ja. Aber halten Sie sich zu unserer Verfügung. Wir sind noch lange nicht fertig miteinander.«

Wallner erhob sich zögernd, als könne er es noch nicht glauben. »Ich darf wirklich gehen?«

»Vorerst ja. Schönen Tag noch.«

Wallner verschwand durch die Tür ohne ein weiteres Wort.

Paul wartete, bis er fort war, dann griff er sich seine Lederjacke und machte sich auf den Weg ins Waldschlösschen, wo er außer einer neuen Leiche schon wieder Rudolf Wehrschütz begegnen würde.

DAS WALDSCHLÖSSCHEN

Das Waldschlösschen lag am Rande eines kleinen Wäldchens rund fünfhundert Meter vor der Auffahrt zur A21. Der pastellgrüne Verputz bröckelte und das Gebäude machte alles in allem einen recht verwahrlosten Eindruck. Vor dem Hotel standen außer einem Streifenwagen nur noch ein Rettungswagen und ein Skoda, sowie Mansons schwarzer VW-Käfer. Zwei Polizisten hielten vor dem Hotel Wache und Paul zückte seinen Ausweis.

In der kleinen Hotellobby ging der Hoteleigentümer nervös auf und ab, ein verhutzeltes Männchen mit dicken Brillengläsern, das andauernd die Hände rang. Er stellte sich Paul als Arnold Rosenkranz vor. Paul ließ seinen Blick durch die schäbige Hotelhalle wandern und plötzlich leuchteten seine Augen auf. Direkt über dem Hoteleingang sah er eine Überwachungskamera. *Glück gehabt!* Der Mörder war praktisch schon überführt.

Er wies mit dem Finger auf die Kamera. »Kann ich davon die Aufzeichnung der letzten vierundzwanzig Stunden haben?«

Rosenkranz zuckte bedauernd die Schultern. »Das ist eine Attrappe.«

»Ach! Es hätte uns die Arbeit sehr erleichtert.«

»Das Hotel kann sich eine echte doch gar nicht leisten. Tut mir leid.«

Wäre ja auch zu schön gewesen.

Das Zimmermädchen saß mit einer Decke über den Schultern zusammengekauert in der Küche und stierte vor sich auf den Boden. Ein Sanitäter kümmerte sich gerade um sie. Ohne Dolmetscher war aus ihr nicht mehr zu erfahren, als dass sie das Opfer gegen zwölf Uhr fünfzehn auf dem Boden liegend gefunden und gleich darauf laut schreiend Herrn Rosenkranz verständigt hatte. Herr Rosenkranz bestätigte dies. Svetlana hatte auch nichts angerührt, weil sie sofort weggelaufen war, als sie merkte, dass sie sich mit einer Leiche im Zimmer befand.

Herr Rosenkranz ging Paul in den ersten Stock voran, wo im Zimmer 110 die Leiche auf dem verschlissenen Teppich auf dem Rücken lag. Das kleine Hotelzimmer war ganz in Hellgrün gehalten, wie der Rest des Hotels, und es war kalt und ungemütlich herinnen. Paul fröstelte. Er starrte auf Manson herab und fand, dass er im Tod eigentlich nicht viel schlimmer aussah als zu Lebzeiten. Das Gesicht genauso totenbleich und eingefallen, nur die sonst so stechend schwarzen Augen starrten leblos und doch seltsam nach innen gekehrt zur Zimmerdecke. Der Kopf lag unnatürlich verdreht auf dem Boden.

Immerhin war Charles Manson jetzt zu hundert Prozent *clear*, schoss es Paul durch den Kopf. Gott dürfte er jetzt ebenfalls sehr nahe sein, falls es einen solchen gab. Sonst halt dem Teufel. Ja, so schnell kann's gehen!

Paul zog in Erinnerung an Wehrschütz' letzten Anschiss seine eigens mitgebrachten Einweghandschuhe über und wendete Mansons Kopf ein wenig zur Seite. Es sah wiederum sehr nach einem dumpfen Gegenstand aus, soweit er das beurteilen konnte. Nur eines war anders als beim Wallner. Ein einziger Schlag schien mit voller Wucht ausgeführt worden zu sein und hatte Manson seitlich am Ohr getroffen. Die Schläfe war aufgeplatzt. Ausweispapiere und Brieftasche lagen auf dem kleinen Tisch, der mit einem Plastiktischtuch abgedeckt war. Raubmord konnte er daher ausschließen.

Paul wollte nicht allzu viel am Tatort verändern, ehe Wehrschütz sich der Leiche angenommen hatte, und begab sich vor die Tür, wo Arnold Rosenkranz von einem Bein aufs andere trat. Bevor Paul ihn näher zu letzter Nacht befragen konnte, kam Wehrschütz schwitzend und aufgelöst die Treppe heraufgekeucht.

Statt einer Begrüßung keuchte er: »Heute sehen Sie schon um einiges besser aus als bei unserer letzten Leiche.«

»Kann ich von Ihnen leider nicht behaupten.« Paul grinste.

»Haben Sie etwas angerührt?«, bellte Wehrschütz in seiner liebenswürdigen Art, als er wieder Luft bekam.

»Würde ich mich ohne Ihr Einverständnis doch nie trauen.«

Wehrschütz bückte sich zu dem Toten hinunter und murmelte etwas. »Geben Sie mir eine halbe Stunde«, knurrte er schließlich, »dann kann ich vielleicht mehr sagen.«

Herr Rosenkranz bot Paul in der Zwischenzeit Kaffee an, den dieser dankbar akzeptierte. Als sie gemeinsam in die Hotellobby hinuntergingen, trafen eben die Männer der Spurensicherung ein. Sie begrüßten sich.

Fünf Minuten später hatte Paul eine schöne Tasse heißen Kaffee vor sich stehen.

»Ich muss hier alles selber machen«, klagte der Hoteleigentümer. »Seit überall diese Kettenhotels wie Pilze aus dem Boden schießen, kann ich mir kaum noch Personal leisten.«

»Waren Sie die ganze Nacht über hier?«, fragte Paul.

»Ich habe hinter der Rezeption ein Zimmer, dort übernachte ich für gewöhnlich.«

»Darf ich es mir einmal ansehen?«

Der Mann nickte nur müde.

Paul betrat den Raum. Es war ein ungewöhnlich kleines Zimmer. Außer einem uralten Schrank und einem alten Fernseher sah er nur noch ein Regal mit Büchern und ein Klappbett stehen. Vermutlich war das früher ein Büro gewesen. Eigentlich deprimierend, wenn man hier seine Nächte verbringen musste.

»Wenn jemand das Hotel betritt, während sie hier herinnen schlafen, würden Sie das merken?«, fragte er.

»Wenn ich schlafe, wahrscheinlich nicht. Aber dafür haben wir ja eine Glocke.«

»Und so was wie ein Gästebuch, wo Sie die Gäste eintragen, haben Sie auch? Etwa das hier?«

Herr Rosenkranz nickte und Paul nahm das Gästebuch in die Hand, das offen auf dem Pult lag. Der letzte Gast war Charles Manson gewesen, las er, eingecheckt gestern um 21:50 Uhr in das Zimmer 110. Vor und nach ihm kein Gast mehr an diesem Tag. Die Nacht davor war um 22:15 Uhr ein gewisser Mirko Nemec abgestiegen, der Zimmer 105 bezogen hatte, und nach ihm ein gewisser Roland Hübner, der im Zimmer 104 untergebracht worden war.

»Mehr Gäste haben Sie nicht?«, fragte Paul verwundert.

Rosenkranz zuckte die Schultern. »Früher waren wir ausgebucht, aber das ist Jahre her. Da waren wir die einzigen im

Umkreis von vierzig Kilometern. Diese Zeiten sind leider vorbei.«

Paul sagte bedauernd: »Das tut mir leid für Sie.«

»Heute steigt höchstens noch ein Vertreter bei mir ab oder ein Betrunkener, der sich nicht mehr auf die Autobahn traut, seit die Polizei die Auffahrt als neuralgischen Punkt verstärkt kontrolliert. Oder ein Pärchen für ein Schäferstündchen. Aber ich habe schon ein lukratives Angebot erhalten und das werde ich wohl annehmen. Sie wollen ein Laufhaus aus meinem Hotel machen. Man glaubt gar nicht, wofür Männer ihr ganzes Geld ausgeben.«

»Mit einem Wort, jeder der hier hereinspaziert und einen Blick in das Gästebuch wirft, weiß, wer in welchem Zimmer abgestiegen ist?«

»Wenn es jemanden interessiert …« Rosenkranz zuckte unglücklich mit den Schultern. »Aber bei nur einem Gast braucht der Mörder bloß auf das Schlüsselbord zu schauen, dann sieht er sofort, welcher Schlüssel fehlt.«

Das stimmte auch wieder.

»Okay, Herr Rosenkranz, dann sehe ich jetzt nach, wie weit die oben mit ihrer Arbeit sind.«

Rosenkranz nickte. »Geben Sie mir halt Bescheid, wenn Sie fertig sind.«

Oben kniete Wehrschütz vor der Leiche und schwitzte, obwohl es verdammt kalt herinnen war. Die zwei Männer der Spurensicherung waren damit beschäftigt, Fingerabdrücke zu sichern, und deuteten an, dass es da nicht viel zu sichern gab.

»Haben Sie Einbruchspuren an der Zimmertür gefunden?«, fragte Paul einen der beiden.

»Keine. Nur die Fingerabdrücke des Opfers, die anderen gehören wahrscheinlich dem Zimmermädchen. Das werden wir Ihnen aber noch bestätigen.«

»Dann hat das Opfer seinen Mörder womöglich gekannt?«

»In einem Hotel wie diesem?«, zweifelte der jüngere der beiden. »Wen kennt man hier schon? Das sind alles Durchreisende.«

»Und selbst die kommen nicht allzu üppig«, pflichtete Paul ihm bei. Möglich war aber auch, dass sich der Mörder als Personal ausgegeben hatte.

»Gibt es schon neue Erkenntnisse?«, wandte er sich an Wehrschütz, ohne wirklich eine Antwort zu erwarten.

Wehrschütz knurrte.

»Zur Tatwaffe?«, half Paul nach. »Vielleicht wieder ein stumpfer Gegenstand?«

»So sieht es aus.«

»Können Sie schon etwas zur Schlagrichtung sagen?«

»Ich würde sagen, der Schlag wurde nicht von oben ausgeführt, wie beim letzten Opfer, sondern eher aus derselben Höhe. Aber das Opfer starb nicht an dem Schlag, sondern an einem Genickbruch. Es dürfte mit dem Kopf gegen die Bettkante geknallt sein.«

So was Ähnliches hatte sich Paul auch schon gedacht, so unnatürlich verrenkt wie der Kopf am Hals saß. »Können Sie ungefähr sagen, wann er getötet wurde?«

»Irgendwann letzte Nacht.«

»Ginge es auch ein klein wenig genauer?« Paul neigte den Kopf zur Seite und lächelte freundlich, um Wehrschütz nicht unter Druck zu setzen.

»Sagen wir mal zwischen zweiundzwanzig Uhr dreißig und Mitternacht.« Aber er schränkte ein: »Was ich in dieser kurzen Zeit sagen kann. Mehr nach der Obduktion.«

Dass in beiden Fällen eine stumpfe Tatwaffe im Spiel war, trug nicht unbedingt zur raschen Aufklärung bei. Stumpfe Gegenstände gab es wie Sand am Meer. Und wenn er Pech hatte, handelte es sich um zwei Täter mit völlig unterschiedlichen Motiven. Vielleicht hatte der Mord an Manson überhaupt nichts mit dem Mord an Wallner zu tun. Sollte es aber doch ein und derselbe Täter gewesen sein, konnte dies den Auftakt zu einer Serie von Morden bedeuten?

Paul überlegte, ob er Wehrschütz noch etwas Anerkennendes oder ein paar nette Worte zum Abschied sagen sollte, ließ es aber dann doch bleiben. Man musste ihm ja nicht gleich in den Hintern kriechen! Sein erster Weg würde ihn im Anschluss wohl wieder zu Familie Burkhardt führen, um sie von dem Unglück zu unterrichten – und natürlich zu Stefanie! Er machte sich auf eine Szene gefasst, der er nur mit Widerwillen entgegenblickte. Wie würde sie reagieren? Zuerst ihr kleiner Blacky, und jetzt auch noch ihr Freund! Das war ein wenig heftig für eine Sechzehnjährige, aber es half nichts. Was getan werden musste, musste getan werden.

Die Spurensicherer fanden in dem kleinen, nur spärlich möblierten Hotelzimmer nichts, was ihn für den Moment weitergebracht hätte, also verabschiedete er sich von Wehrschütz und machte sich auf den Weg zu Familie Burkhardt. Es war Samstagnachmittag und er würde sie hoffentlich zu Hause antreffen.

BEGRÜNDETE ZWEIFEL

Als Paul vor dem Haus der Burkhardts den Wagen abstellte, dämmerte es bereits. Er läutete. Nach einer geraumen Zeit ging das Licht an und in der Tür stand Gertrud. Paul wunderte sich, dass sie selbst an einem Samstag hier zu arbeiten schien. Gertruds Gesicht glänzte. In der einen Hand hielt sie eine Flasche Möbelpolitur, in der anderen einen Putzlappen.

»Entschuldigen Sie die Störung, Frau Klampfl,« hob er an. »Sind Herr und Frau Burkhardt zu Hause?«

Gertrud wischte sich mit dem Handrücken über die laufende Nase und maß ihn von oben bis unten. »Heute ist Samstag!«, stellte sie fest.

»Ich weiß. Den ganzen Tag.« Paul grinste leutselig.

»Kann uns die Polizei nicht einmal am Wochenende in Ruhe lassen?«, begehrte sie auf.

»Es ist leider dringend.«

»Herr Burkhardt ist in seinem Arbeitszimmer«, ließ sie ihn schließlich wissen. »Und Frau Burkhardt arbeitet heute ausnahmsweise im Verlag.«

»Wissen Sie, wann sie heimkommt?«

»Wenn sie mit ihrer Arbeit fertig ist.«

Paul rüstete sich für einen längeren Kampf. Er wollte die Alte zwar nicht vergrämen, aber sich auf der Nase herumtanzen zu lassen, dazu hatte er auch keine Lust.

»Frau Klampfl!«, sagte er und hob die Stimme. »Holen Sie bitte Herrn Burkhardt aus seinem Arbeitszimmer. Es ist dringend.«

Endlich trat sie von der Tür weg. »Kommen Sie rein!«

»Vielen Dank.« Paul hielt es für besser, ihrer schroffen Art mit Freundlichkeit zu begegnen. Die Alte schien sich immerhin viel Einfluss über die Familie gesichert zu haben.

»Ist Stefanie in ihrem Zimmer?«, fragte er.

»Steffi ist Eis essen«, antwortete sie widerwillig.

»Bei diesem Wetter?«

»Steffi isst Eis bei jedem Wetter.«

»Wissen Sie, mit wem sie Eis essen ist?«

»Das entzieht sich meiner Kenntnis.«

»Na gut, wenn Sie jetzt bitteschön …«

Sie drehte sich wortlos um und schlich betont langsam und schnaufend die Wendeltreppe hoch, wahrscheinlich um zu demonstrieren, was ihr die Polizei selbst an einem Samstag abverlangte.

Paul schaute ihr hinterher. Sie klopfte an eine Tür und er hörte sie sagen: »Herr Burkhardt, die Polizei ist schon wieder an uns interessiert.«

Mit Befremden registrierte Paul den Ausdruck *an uns*. Anscheinend hielt sie sich bereits für ein gleichberechtigtes Familienmitglied. Aus dem Zimmer drangen Geräusche zu ihm herunter, als ob hastig eine Schublade geschlossen würde. Ein wenig später ging die Tür auf und Martin Burkhardt trat auf den Flur. Er trug eine legere Trainingshose, dazu einen leichten beigefarbenen Pullover, und sah aus, als käme er gerade vom Joggen.

Von oben begrüßte er Paul mit einem Lächeln. »Gibt es gute Nachrichten, Herr Inspektor? Konnten Sie schon den Mörder von Herrn Wallner dingfest machen?«

Am Fuß der Treppe angekommen, schüttelte er Paul die Hand.

»Das leider nicht«, musste Paul bekennen, »im Gegenteil. Es gibt einen zweiten Toten.«

Martin Burkhardt blickte ihn mehr überrascht als bestürzt an. Gertrud gab ein Geräusch von sich, das sich wie das Knurren eines hungrigen Tigers anhörte. Beide warteten auf weitere Informationen.

Paul holte tief Atem und sagte: »Es handelt sich dabei um Karl Manson.«

Gertrud fiel die Kinnlade herab, aber über Martin Burkhardts Gesicht huschte ein Ausdruck, den Paul nur als zufrieden und erleichtert deuten konnte. Er wurde ein wenig misstrauisch.

Eine seiner schön gezeichneten Augenbrauen hob sich leicht, als Martin fragte: »War es auch diesmal wieder Mord?«

Paul nickte.

»Wie furchtbar.« Das klang so, als hätte Paul ihm erzählt, im fernen China sei ein Fahrrad umgefallen.

Gertrud, die vor der Ankunft des Inspektors im Schweiße ihres Angesichts gerade die Möbel poliert hatte, stand neben den beiden Männern wie eine zerrupfte Vogelscheuche. Sie wischte sich mit beiden Händen übers Gesicht, so als könne sie nicht glauben, was sie soeben erfahren hatte.

»Wollen wir uns setzen und ein Glas Wein trinken?«, bot Martin an.

Paul zögerte. »Eigentlich bin ich im Dienst …«

»Ein Gläschen kann sicher nicht schaden. Heute ist Samstag!«

Nach nur drei Sekunden hatte Paul den Kampf gegen seinen inneren Schweinehund verloren. »Aber nur eines«, betonte er und schob das schlechte Gewissen souverän beiseite.

Paul blickte zu Gertrud, die unbeweglich wie ein Buddha dastand und sich immer noch nicht zum Tod von Charles Manson geäußert hatte.

»Gertrud, könnten Sie so gut sein und die Weißweinflasche aus dem Kühlschrank holen?«, bat Martin.

Gertrud erwachte zum Leben.

»Den Grünen Veltliner oder den Weißburgunder?« Martin wandte sich fragend an Paul. »Oder ist Ihnen ein Roter lieber?«

Paul winkte ab. »Mir ist jeder recht.«

»Bringen Sie uns bitte den Veltliner, Gertrud.«

Paul blickte ihr nach, wie sie in die Küche hechelte.

Im Vorzimmer wurde ein Schlüssel ins Schloss gesteckt und Carla trat ein. Sie hatte Pauls Wagen vor dem Haus wiedererkannt und blickte den beiden lächelnd, aber fragend entgegen.

»Herr Inspektor! Gibt es etwas Neues?«

Paul erhob sich. Irgendwie war er erleichtert, dass es nicht Stefanie war. »Gut, dass ich Sie beide antreffe«, sagte er.

»Was ist denn passiert?« Carla nahm neben ihrem Mann auf der Couch Platz. »Hallo Schatz!« Sie gab ihm einen Kuss und er drückte abwesend ihre Hand.

Paul setzte sich wieder und räusperte sich. »Heute Mittag hat man Charles Manson tot in einem Hotel aufgefunden.«

Carlas Augen weiteten sich vor Schreck.

Im selben Moment kam Gertrud mit einer Weinflasche und zwei Gläsern aus der Küche. Sie hatte die letzten Worte gehört und schien sich wieder gefasst zu haben. Mitfühlend wie ein Eiswürfel bemerkte sie: »Ein böser Mensch weniger.« Sie stellte die Gläser ab und fragte: »Frau Carla, darf ich Ihnen auch etwas bringen?«

Carla schüttelte nur den Kopf. »Nein, danke, und wenn der Herr Inspektor nichts dagegen hat, können Sie nach Hause gehen.«

»Auf mich wartet aber niemand!« Für Gertrud war klar, wo die Musik spielte.

Paul registrierte, dass Martin Burkhardt seiner Putzfrau einen aggressiven Blick zuwarf. Es war unschwer zu erkennen, dass ihn Gertrud Klampfl gehörig nervte. Carla schwieg und wollte offenbar gegen keinen der beiden Partei ergreifen.

Gertrud stand noch eine Weile im Zimmer herum. Schließlich bequemte sie sich zu einer Bemerkung: »Ich weine diesem Mann keine Träne nach, das sag ich hier ganz offen – auch vor der Polizei. Mir tut nur die arme Stefanie leid! Zuerst ihr Blacky und jetzt auch noch …« Sie schniefte.

»Gehen Sie nach Hause, Gertrud«, wollte Carla ihre Putzhilfe endlich loswerden.

Gertrud widersetzte sich der Aufforderung. »Ich bin noch nicht fertig mit meiner Arbeit.« Sie drehte sich um und begann die Wendeltreppe hoch zu stapfen. Dann hörten sie eine Zimmertür ins Schloss fallen.

»Halten Sie mich nicht für herzlos, Herr Inspektor«, bekannte Martin, sobald Gertrud nicht mehr im Zimmer war. »Aber mir geht der Tod dieses Herrn auch nicht wirklich nahe.«

Paul nickte, das konnte er sogar verstehen. »Soviel ich weiß, waren Sie beide mit seiner Verbindung zu Ihrer Tochter nicht einverstanden?«

»Es war eine Schande! Dieser Mann hat unser Mädchen für seine Zwecke instrumentalisiert und diese dumme Gans hat weiß Gott was in ihm gesehen!« Carla senkte die Augen. »Ich darf gar nicht daran denken, wie Stefanie reagieren wird, wenn sie das erfährt.«

»Wann haben Sie Herrn Manson das letzte Mal gesehen?« Paul sah abwechselnd Martin, dann Carla an.

»Er war noch gestern bei uns zum Essen eingeladen«, antwortete Carla schuldbewusst. »Wenn wir gewusst hätten, mit wem wir es da zu tun bekommen, hätten wir diese Einladung niemals ausgesprochen. Aber erstens wollten wir Steffi eine Freude machen und zweitens wollten wir diesen Freund einmal kennenlernen.«

»Als wir ihn dann aber kennengelernt haben«, ergänzte Martin, »waren wir schockiert. Dann wollte er auch noch bei unserer Tochter übernachten!«

»Offensichtlich ist er aber nicht geblieben«, erwiderte Paul, »sonst wäre er jetzt nicht tot.«

Carla zupfte an ihrer Bluse herum und hatte plötzlich ein schlechtes Gewissen.

Martin zuckte unbeeindruckt mit den Schultern. »Ich habe ihm noch siebzig Euro gegeben und ihm geraten, sich ein Hotelzimmer zu nehmen. Er hatte schon ziemlich viel getrunken …«

»Und er hat das Geld angenommen?«

»Ohne zu zögern! Das allein sagt doch schon viel über den Charakter dieses Menschen aus.«

»Wussten Sie, wo er absteigen wollte?«

»Ich habe ihm ein kleines Hotel kurz vor der A21 empfohlen. Sie werden es sicher kennen, es heißt Waldschlösschen.«

»Im Waldschlösschen wurde seine Leiche gefunden.«

»Was Sie nicht sagen!« Jetzt war Martin Burkhardt doch ein wenig erschrocken. »Muss ich mich jetzt dafür verantworten?«

Paul sah ihn nachdenklich an. »Manson wurde wahrscheinlich zwischen zweiundzwanzig Uhr dreißig und Mitternacht getötet«, sagte er langsam. »Ich nehme an, Herr Burkhardt, dass Sie um diese Zeit geschlafen haben?«

Martins Brauen zogen sich zusammen, aber beherrscht erwiderte er: »Ich weiß, dass Sie das fragen müssen, Herr Inspektor. Meine Frau und ich sind tatsächlich schon kurz nach halb elf schlafen gegangen. Gegen halb sieben bin ich aufgestanden und um sieben habe ich uns allen ein Frühstück gemacht. Meine Frau kann das bestätigen.«

Während ihr Mann sprach, war Carla ein eisiger Schreck in die Glieder gefahren. Letzte Nacht war sie nämlich aufgewacht und ihr Mann hatte nicht in seinem Bett gelegen. Da war es kurz vor Mitternacht gewesen. Erst eine halbe Stunde später war er wieder da, hatte sich leise neben sie gelegt und so getan, als schliefe er. Aber er hatte mit offenen Augen an die Decke gestarrt.

Wo war er gewesen?

»Sie können das bestätigen, Frau Burkhardt?«

Die Stimme des Inspektors schnitt mitten in Carlas Gedanken hinein. Langsam kehrte ihr Blick zu Paul zurück und er erkannte in diesen kornblumenblauen Augen Angst.

»Ja, natürlich kann ich das bestätigen!«, antwortete sie lebhaft. »Mein Mann war die ganze Nacht neben mir. Zuerst konnte ich nicht einschlafen, weil ich noch auf die Toilette musste.« Sie brachte es sogar fertig, mädchenhaft verschämt zu lächeln. »Da war es ungefähr dreiundzwanzig Uhr. Dann habe ich mir einen Kräutertee gemacht und über den Verlag nachgedacht. Um Mitternacht bin ich wieder ins Bett gegangen. Da hat Martin geschlafen.«

Alles eine Lüge!

Sie wagte nicht, ihren Mann anzusehen, aus Furcht, sie könnten sich beide verraten.

Paul bemerkte ihre Angst. *Sie log.*

Plötzlich ging mit einem lauten Krach das Licht im Zimmer aus und alle zuckten zusammen. »Was war das denn?«, rief Carla erschrocken.

»Ein Kurzschluss.« Martin wollte sich erheben, um der Ursache auf den Grund zu gehen, als Gertrud oben auf der Treppe erschien.

Mit einer brennenden Kerze in der Hand schaute sie mit vor Schreck geweiteten Augen nach unten. »Dieser Haushalt bringt mich noch eines Tages um!«, zeterte sie.

Carla war aufgesprungen. »Was ist denn passiert, Gertrud?«

»Die Steckdose in Steffis Zimmer!«

»Was ist mit der Steckdose?«, fragte Martin misstrauisch.

»Waschen wollt ich sie und plötzlich hat's gekracht! Das ist ja unverantwortlich, da gehört ein Elektriker her …«

Martins Gesicht lief rot an.

Carla stieß hervor: »Sie wollten die Steckdose waschen? Wer bitte tut denn so was?«

»Sie war voller Spinnweben. So kann ich doch nicht heimgehen!«

Noch während sie sprach, war Martin mit einer Taschenlampe in den Keller geeilt, wo er den Sicherheitsschalter umlegte. Oben ging das Licht wieder an. Als er ins Wohnzimmer zurückkehrte, stand Gertrud mitten im Raum und schaute drein wie eine gerade noch Überlebende.

Martin blickte fuchsteufelswild auf die kleine Frau herunter. Er hob den Finger und sagte streng: »Wenn Sie noch einmal die Steckdosen waschen – und es überleben sollten! – sind Sie entlassen! Haben wir uns verstanden?«

»Martin!«, bat Carla leise. »Sie hat es doch nur gut gemeint.«

Gertrud stemmte die Fäuste in die Hüften und verzog weinerlich das Gesicht. »Da meint man es gut und als Dank wird man schon wieder zusammengeschissen.«

»Gertrud«, redete Carla ihr gut zu, »wenn Wasser in die Steckdose läuft, kann das lebensgefährlich sein. Das dürfen Sie bitte nie wieder tun. Versprechen Sie es mir?«

»Und was ist mit dem ganzen Dreck da drinnen?«, beharrte sie.

»Wenn Sie schon meinen, die Steckdosen saubermachen zu müssen, dann bitte nur mit einem trockenen Tuch.«

Gertrud schniefte.

Paul blickte von einem zum anderen und musste heimlich grinsen. In diesem Moment schwor er sich: *Sein* Haus würde eine Putzfrau niemals betreten!

»Ist ja gut«, gab Gertrud schließlich klein bei. Ob aus Überzeugung oder bloß aus Angst, ihren Job zu verlieren, wusste man nicht so genau.

»Gehen Sie bitte nach Hause, bevor es einen dritten Toten gibt!«, empfahl ihr Martin mit eisiger Stimme.

Gertrud wandte sich beleidigt ab und steuerte das Vorzimmer an. Bevor sie dort ankam, vernahm sie in ihrem Rücken Pauls Stimme. »Einen Augenblick, Frau Klampfl!«

Gertrud blieb stehen.

»Besitzen Sie einen fahrbaren Untersatz?«

»Wie bitte?« Gertrud drehte beinahe eine Pirouette, so sehr überraschte sie die Frage. »Warum fragen Sie mich das?«

»Besitzen Sie einen?«

»Ich hab nicht mal einen Führerschein!«

»Ein Fahrrad vielleicht?«

»Nicht einmal einen Tretroller!«

»Es war nur eine Frage. Danke, Frau Klampfl.«

Vor sich hinschimpfend, hechelte Gertrud ins Vorzimmer, wo ihre Sachen lagen. Noch vom Wohnzimmer aus konnte man deutlich hören, wie sehr sie diese Frage erboste. Sie nahm ihren Mantel vom Haken und verließ grußlos das Haus.

TOBIAS

Kurz nachdem sie Gertrud losgeworden waren, kam Tobias heim. Er blieb in der Tür zum Wohnzimmer stehen und schwankte leicht. Seine Eltern starrten ihn an und er starrte zurück. Er schien angeheitert zu sein. Seine blonden Haare hatten sich von dem feuchten Wetter zu Locken gekringelt, seine Wangen glühten wie zwei Stopplichter, die blauen Augen blitzten übermütig.

Er musste sich am Türpfosten abstützen, als er ausrief: »Hi, Mister Cop! Alles okay?«

Paul grinste: »Ging mir nie besser, Tobias.«

»Du hast *getrunken* ...«, stellte Martin abgestoßen fest.

Tobias trat ins Zimmer und lallte: »Können Sie mir sagen, Herr Inspektor, was der Unterschied zwischen einer Frau und einem Nilpferd ist?«

»Tobias!«

Das war die Stimme seiner Mutter.

Tobias hickste. »Eine hat ein breites Maul und einen dicken Arsch, das andere lebt im Wasser. Hahaha!«

Martin erhob sich fuchsteufelswild und packte seinen Sohn am Arm. »Du bist ja sternhagelvoll! Du entschuldigst dich sofort bei deiner Mutter und dem Herrn Inspektor!«

Tobias grinste: »Was macht ihr eigentlich für komische Gesichter? Hat euch die Gertrud geärgert oder ist schon wieder jemand gestorben?«

Martin überließ es Paul, seinen Sohn über den neuesten Stand zu informieren.

Paul räusperte sich und sagte ernst: »Karl Manson ist tot.«

»Äh? Charly?«

»Er wurde ermordet«, ergänzte Carla mit zitternder Stimme. »Und du kommst völlig betrunken heim und führst dich auf wie …«

»'tschuldige, aber das konnte ich doch nicht wissen!«

»Wie bist du eigentlich heimgekommen?«, fragte Martin. »In deinem Zustand!«

»Ein Kumpel hat mich gefahren. So blöd bin ich nicht, dass ich nach drei Bier Auto fahre.«

»Leg noch mindestens drei Bier drauf!«, knurrte sein Vater.

»Weißt du vielleicht etwas, das dem Inspektor weiterhelfen kann?«, fragte Carla der Form halber.

»Ich? Bei was soll ich ihm weiterhelfen?«

»Ist dir vielleicht irgendetwas aufgefallen, als Charles hier zum Essen war? Eine Bemerkung vielleicht, die dem Inspektor weiterhilft, oder eine Beobachtung?«

»Mir ist nur aufgefallen, dass er zu viel gesoffen hat und ihr ihn rausgeworfen habt. Aber wieso kommen Sie damit zu uns, Mister Cop?«

»Weil statistisch gesehen, der Täter im Bekanntenkreis des Opfers zu finden ist. Deshalb fängt die Polizei dort als erstes zu suchen an.«

Tobias schielte ihn an. »*Ich* bin kein Bekannter von dem«, protestierte er. »Außer, dass ich ihn einmal auf dem Klo getroffen hab, kenne ich ihn doch gar nicht. Weiß meine Schwester überhaupt schon davon?«

»Noch nicht«, antwortete Paul.

Carla musterte ihren Sohn kritisch. »Du bist doch, kurz nachdem Charles fort war, noch einmal ausgegangen. Ist dir aufgefallen, ob ihm vielleicht jemand gefolgt ist? Warum bist du übrigens noch einmal fortgewesen?«

»Ich? Ich hab mich mit der Zuckerpuppe getroffen.«

»Und wer ist die Zuckerpuppe?«, fragte Martin streng.

»Sie studiert mit mir.«

»Wie heißt die Zuckerpuppe mit Namen?«, schaltete sich Paul ein.

»Angelika.«

»Und wie noch?«

»Blümel. Wieso wollen Sie das wissen?«

»Nur so.«

»Ist *sie* der Kumpel, der dich heute heimgebracht hat?«, fragte sein Vater.

Tobias grinste geheimnisvoll.

»Denken Sie nach, Tobias«, drängte Paul. »Haben Sie gestern vielleicht nicht doch irgendeine Beobachtung gemacht?«

Tobias schüttelte den Kopf, was einen Schwindel auslöste, und er musste sich am Türpfosten festhalten. »Hatte nur Augen für die Zuckerpuppe.«

»Du gehst jetzt besser auf dein Zimmer!«, empfahl Martin ihm. »Aus dir ist heute sowieso kein vernünftiges Wort mehr herauszubekommen.«

»Mir ist schlecht.«

Carla blickte ihrem Sohn besorgt in die Augen. »Du nimmst doch nicht irgend so ein Zeugs?«, fragte sie beunruhigt.

Tobias schielte seine Mutter mit gespielter Entrüstung an. »Ich nehme kein *Zeugs!*«

»Dann geh jetzt bitte in dein Zimmer, ich bring dir einen Tee nach. Aber wir sprechen uns noch!«, drohte sie ihm, als er sich die Treppe hinaufzuquälen begann. »Das geht doch hoffentlich in Ordnung, Herr Inspektor?«

Paul nickte. Von Tobias würde er im Moment sowieso nichts erfahren, betrunken oder nüchtern. Den Jungen beschäftigten momentan andere Dinge.

Nach einer Weile erhob sich Paul und das Ehepaar Burkhardt geleitete ihn zur Tür.

»Ich überlasse es Ihnen, wie Sie Stefanie die traurige Nachricht beibringen«, sagte Paul, bevor er sich verabschiedete. Insgeheim aber war er erleichtert, dass er sich diese Szene ersparen durfte.

***

Paul lenkte den Wagen direkt nach Hause. Während er fuhr, grübelte er nach. Martin Burkhardt hatte zugegeben, dass ihn der Tod Mansons nicht sonderlich leidtat, im Gegenteil. Für ihn war der Tod des Scientologen ein wahrer Segen. Frau Burkhardt wiederum hatte nicht ganz die Wahrheit gesagt, als er sie fragte, wo ihr Mann letzte Nacht gewesen war. Dort musste er ansetzen. Martin Burkhardt rutschte auf seiner Liste plötzlich ganz nach oben. Paul runzelte angestrengt die Stirn. Andererseits, mit dem Mord an Wallner konnte er ihn unmöglich in Verbindung bringen. Hatte er plötzlich doch zwei Täter an der Backe?

Das Häuschen in der Lavendelgasse, welches er von seiner Oma geerbt hatte, stand am Ende des Siedlungsgrabens am

Rande eines Mischwaldes. Hinter dem Haus wuchs eine steile Böschung etwa hundert Meter hoch hinauf, und von der Straße konnte man dahinter die Aussichtswarte sehen, die er unzählige Male bestiegen hatte. Das Häuschen war weiß getüncht, besaß meeresblaue Fensterläden, eine ebensolche Eingangstür, und hätte eher auf eine griechische Insel gepasst. Seine Oma war zu Lebzeiten ein großer Griechenland-Fan gewesen, deshalb war innerhalb der Familie gemunkelt worden, sie könnte dort nach dem frühen Tod ihres Mannes eine Liebschaft gehabt haben. Die Wahrheit aber hatte sie mit ins Grab genommen.

Als Paul die Haustür aufsperrte, musste er sich eingestehen, dass die Luft aus ihm heraußen war. Er hatte sich so in Charles den Schrecklichen als Mörder des alten Wallner verbissen, dass er nun mit leeren Händen dastand. Wie wollte er jetzt noch den Mord an Wallner beweisen? Und wie Martin Burkhardt den Mord an Manson anhängen, wenn dieser keinerlei Spuren hinterlassen hatte und seine Frau ihm ein Alibi gab? Außerdem widerstrebte es ihm zutiefst, Martin Burkhardt als potenziellen Mörder in Betracht zu ziehen. Aber das Wiener LKA trat ihm bereits auf die Zehen und drohte ihm einen der ihrigen zu schicken und ihn zum Assistenten zu degradieren.

Als er in die rustikale Wohnstube seiner verstorbenen Oma trat und sich ein Bier aus dem Kühlschrank genehmigen wollte, läutete sein Handy. Er blickte aufs Display – Kriminalrat Kurt Brösel. Das konnte nur Bad News bedeuten!

Paul holte aus der Schublade einen Flaschenöffner und kappte den Verschluss. Zur Stärkung nahm er erst einmal einen großen Schluck und sammelte sich, bevor er den Anruf beantwortete.

»Herr Kriminalrat!«, rief er mit gespielter Fröhlichkeit. »Was verschafft mir die Ehre an einem Samstag?«

Am anderen Ende schien die Stimmung weniger aufgeräumt. Kurt Brösel ersparte sich auch den Small Talk und kam gleich zur Sache. »Gibt es schon neue Erkenntnisse zu den beiden Morden, Junghans?«

Zu den *beiden* Morden? Manson war vor gerade einmal sechs Stunden aufgefunden worden! Was erwartete Kurt Brösel von ihm? Der Mord am Wallner lag zwar schon eine Woche zurück. Trotzdem.

»Es gibt in der Tat Hinweise, denen ich nachgehe«, sprach Paul selbstbewusst und nahm schnell noch einen großen Schluck aus der Flasche. Er schluckte leise, damit Brösel am anderen Ende der Leitung nicht mitkriegte, dass er trank.

»Ich räume Ihnen achtundvierzig Stunden ein, Junghans«, drohte Kurt Brösel unverhohlen. »Wenn Sie dann nichts Handfestes vorweisen können, schicke ich Ihnen einen unserer Wiener Kollegen vorbei. Karl Manson fällt immerhin in unsere Zuständigkeit.«

Paul begann zu schwitzen. Ein hochnäsiger Wiener Kollege, der glaubte, sich in der Provinz aufspielen zu müssen. Der hatte ihm gerade noch gefehlt!

»Wenn Sie mir schon drohen, dann schicken Sie mir wenigstens eine *Kollegin!*«, entgegnete er kämpferisch.

Stille am anderen Ende der Leitung. Schließlich dröhnte Brösels Stimme triefend vor Hohn über den Äther. »Sie denken wohl, mit einer Frau können Sie leichter umspringen, stimmt's? Na, dass Sie sich da mal nicht täuschen. Sie kennen die heutigen Ermittlerinnen nicht.«

Dass Kurt Brösel so von ihm dachte, kränkte Paul. »Ich will mit niemandem umspringen«, widersprach er, »ich arbeite mit Frauen einfach besser zusammen. Das kann für unsere Arbeit doch nur von Vorteil sein.«

»Mit wem Sie sich vertragen, ist für die Polizeiarbeit irrelevant. Ein Verdächtiger muss her, und dann müssen Beweise her, sonst zählt gar nichts! Schon gar nicht Ihre persönlichen Befindlichkeiten. Klar?«

»Klar.« Noch ein tiefer Schluck.

»Achtundvierzig Stunden, Junghans!«

Paul warf das Handy auf die Küchenkredenz und kratzte sich am Kopf. Das lief ungünstig für ihn. Wie sollte er in den nächsten achtundvierzig Stunden einen oder gar zwei Täter aus dem Hut zaubern? Die in Wien machten es sich sehr einfach. Zugegeben, zwei Morde in einer Woche waren keine Kleinigkeit, da konnte selbst Perchtoldsdorf nicht mithalten. Aber wie den Täter identifizieren und dann auch noch überführen? Und das in nur achtundvierzig Stunden? Paul grübelte verbissen und kam im Denken nicht weiter.

WIEN LÄSST GRÜSSEN

Achtundvierzig Stunden waren seit dem Telefonat mit Kurt Brösel vergangen und Paul Junghans hatte immer noch keinen Mörder. Und wie von ihm gewünscht, stand sie achtundvierzig Stunden später in der Tür. Feuerrote Haare, eins-achtzig groß, klapperdürr und Ende vierzig.

»Lena Schwertführer, Landeskriminalamt Wien!«

Paul fiel vor Schreck die Computermaus aus der Hand.

Lena Schwertführer betrat das Büro, warf ihre Handtasche von der Größe eines Trolleys auf einen Stuhl und trat auf Paul zu, dass dieser unwillkürlich einen Schritt zurückwich.

»Inspektor Paul Junghans«, stammelte er und ergriff die ihm dargebotene Hand. Ihr Händedruck zermalmte ihm beinahe die Finger.

»Sie wollten eine Frau, hat mir der Chef erzählt«, sagte sie mit einer rauchigen Stimme, die ihn direkt an Marlene Dietrich denken ließ. »Und rücksichtsvoll, wie Kurt Brösel nun mal ist, wollte er Ihnen diesen Gefallen tun. Freuen Sie sich?«

»Und wie!«

Langsam fand Paul seine Stimme wieder. Weil ihm nichts anderes einfiel, fragte er: »Soll ich Ihnen einen Kaffee bringen lassen?«

»Gute Idee! Stark, schwarz, ohne Zucker.«

Das passt zu ihr, dachte er. Stark wie ihr Händedruck, schwarz und bitter wie wahrscheinlich auch ihre Seele.

Als Maja Fröschl gut gelaunt den Kaffee hereinbrachte, stutzte sie.

Paul stellte vor. »Kollegin Maja Fröschl – Lena Schwertführer vom Landeskriminalamt Wien.«

Maja sperrte die Augen auf. »Sie werden Paul in seiner Arbeit unterstützen?«, fragte sie und kaschierte ihre Skepsis hinter einem netten Lächeln.

»Ich fürchte umgekehrt.«

Maja warf Paul einen vielsagenden Blick zu. »Ich verstehe. Dann herzlich willkommen in Keltenberg!« Sie reichte Lena Schwertführer den Kaffee und rauschte aus dem Zimmer.

Lena Schwertführer nippte zweimal hintereinander an ihrer Tasse. Da Paul noch immer nicht sprach, sagte sie: »Sie himmelt sie an.«

Er blinzelte. »Wer?«

»Kollegin Fröschl.« Sie blickte ihm durchdringend in die Augen. »Sagen Sie bloß, das ist Ihnen noch nie aufgefallen.«

Pauls Gesicht wurde dunkel vor Ärger und er sah sich veranlasst, Maja Fröschl zu verteidigen. »Sie ist eine hervorragende Kollegin! Dass sie mich anhimmelt, ist mir in den sechs Jahren, seit ich mit ihr zusammenarbeite, kein einziges Mal aufgefallen!«

Innerlich tobte er. *Was für eine impertinente Person!* Noch keine zehn Minuten da und schon hatte sie sich über jeden und alles ein Urteil gebildet! Er wollte gar nicht wissen, welches Urteil sie bereits über ihn gefällt hatte.

»Sie werden später auch noch den Kollegen Felix Vielnascher kennenlernen«, sagte er und fragte sich gleichzeitig, was Kurt Brösel geritten hatte, ihm ausgerechnet diese

Person zu schicken. Wenn er Frau gesagt hatte, hatte er eine *Frau* gemeint – und keinen Drachen!

»Ich kenne Keltenberg ziemlich gut«, unterbrach Lena Schwertführer seine Gedanken. »Meine Schwester wohnt hier.«

»Ach so!« Langsam begann er zu begreifen. Sein Pech! »Wie heißt sie denn?«, fragte er.

»Auch Schwertführer, wie sonst?«

Paul fuhr sich kurz durch die Haare. »Ich dachte nur, wenn sie verheiratet wäre, dann …«

»Sie *ist* verheiratet!«

»Oh! Dann hat wohl ihr Mann …?«

»Wir leben im 21. Jahrhundert, *Kollege*!«

So wie sie Kollege aussprach, wurde ihm direkt kalt ums Herz. »Dann sollte ich sie vielleicht kennen?«

»Nicht unbedingt, sie wohnt in der Birkengasse und arbeitet in Mödling als Lehrerin. Mit der Polizei hat sie nichts am Hut. Darf man hier rauchen?«, fragte sie unvermittelt.

»Bis jetzt nicht.«

Sie lächelte zum ersten Mal und entblößte lange kräftige Zähne, die perfekt zum Rest der Frau passten. Sie begann in ihrem Trolley zu wühlen und brauchte geschlagene zwei Minuten, bis sie ein rotes Päckchen Marlboro gefunden hatte.

»Murphy's Law«, sagte sie und begann nun nach dem Feuerzeug zu suchen.

»Wie bitte?«

»Wenn das Butterbrot zu Boden fällt, landet es immer auf der gebutterten Seite. Das nennt man Murphy's Gesetz.«

»Echt?« Paul fragte sich, ob er in seinem bisherigen Leben Ähnliches beobachtet hatte, und musste kapitulieren.

»Bedeutet auch, dass immer das, was man gerade sucht, in der tiefsten Falte einer jeden Tasche versteckt ist.«

Paul gab ein meckerndes Lachen von sich.

Endlich hatte sie das Feuerzeug gefunden. Sie holte eine Zigarette aus der Packung und zündete sie an.

Paul hob in stummer Warnung den Zeigefinger gegen die Zimmerdecke.

Ihre Stimme war herablassend. »Voll oder halb?«

»Wie?«

Während sie zum Fenster ging und es öffnete, erklärte sie: »Denken Sie, ich bin eine Voll- oder eine Halbidiotin?«

Paul begann zu stottern. »Wie kommen Sie auf so was? Weder denke ich das eine noch das andere!«

»Ich weiß durchaus, dass jeder Raum mit einem Feuermelder ausgestattet ist!« Sie stellte sich an das offene Fenster und blies den Rauch in die feuchtkalte Morgenluft hinaus.

Er hatte es doch nur gut gemeint. Warum war sie eingeschnappt?

Der erste Zug war tief und ließ auf schwere Sucht schließen. Sie schloss dabei kurz, aber hingebungsvoll die Augen, und Paul konnte sie intensiver betrachten. Sie trug Jeans und einen engen roten Pulli, unter dem sich nur ansatzweise so etwas wie Brüste abzeichneten. Sie besaß grüne Katzenaugen mit braunen Einsprengseln und einen verkniffenen, schmallippigen Mund. Ihre Haut war gelblich blass, der Körper drahtig und die Hände groß wie Bierdeckel, rot und kräftig. Alles in allem eine Frau, der man nur unter Androhung von Folter ein Kompliment machen würde.

»Karl Manson«, sagte sie plötzlich und ließ die Zigarettenasche zum Fenster hinaus in den Hinterhof fallen, wo sie langsam torkelnd auf das Fensterbrett einen Stock tiefer fiel. Dort, wo der Kollege vom Streifendienst sein Büro hatte – ein militanter Nichtraucher.

»Was haben wir über ihn? Alter 36, wohnhaft in Wien, ledig, seit 2012 bei Scientology, keine Strafakte, unauffällig.«

»Außer, dass er ermordet wurde.«

Sie ignorierte das nicht einmal. Paul zog den Kopf ein. Humor dürfte ebenfalls keine ihrer hervorstechenden Eigenschaften sein. Wenn sie hier länger tätig sein sollte, musste er ihr unbedingt ein eigenes Büro freimachen oder wenigstens einen Raumteiler aufstellen.

»Übrigens«, sagte sie, »ich kenne Karl Manson persönlich. Beziehungsweise kannte ihn.«

»Woher kannten *Sie* Karl Manson?«, fragte er überrascht.

Sie schien sich über sein verdutztes Gesicht zu amüsieren. »Als ich bei meiner Schwester zu Besuch war, habe ich ihn am Vorabend seines Hinscheidens an der Straße angehalten. Er hatte einen handfesten Streit mit einer gewissen Gertrud Klampfl gehabt. Ich habe von beiden die Daten aufgenommen.«

Das waren ja Neuigkeiten!

»Es war reiner Zufall«, gab sie zu. »Erst als ich erfahren habe, dass ich in Keltenberg ermitteln soll, bin ich diesem Zwischenfall nachgegangen, und siehe da – schon hatte ich einen Volltreffer!«

Gertrud Klampfl hatte Streit mit Karl Manson? Sie hatte dieses Treffen bei seinem Besuch im Haus der Burkhardts mit keinem Wort erwähnt. Vielleicht war sie deswegen so seltsam einsilbig geblieben.

»Sie beschuldigte ihn, dass er sie auf der Straße belästigt hätte. Er wiederum sagte aus, dass sie völlig grundlos mit Regenschirm und Handtasche auf ihn losgegangen sei. Er aber habe nur angehalten, weil er sie bei dem Regen nach Hause fahren wollte, hat er behauptet.«

»Das kann ich mir jetzt ehrlich gesagt nicht vorstellen.«

»Warum nicht?«

»Die haben sich doch nicht leiden können. Es ging um Stefanie, die Tochter der Burkhardts. Das ist die Familie, wo Frau Klampfl als Haushaltshilfe arbeitet. Sie dachte, er sei für das Mädchen nicht der richtige Umgang.«

»Und die Eltern?«

»Die dachten natürlich dasselbe.«

»Sie war seine Verlobte, hat er gesagt.«

Paul prustete. »Das hat er wirklich gesagt?«

»Wörtlich.«

»Völlig abwegig. Der Mensch war doch ein Spinner.«

»Einen sehr vertrauenerweckenden Eindruck hat er auf mich auch nicht gemacht«, räumte sie ein. »Und was wissen Sie über Frau Klampfl? Könnte sie ein Mordmotiv haben?«

Paul zögerte. »Motiv sehe ich nicht wirklich eines, sie kannten sich ja kaum. Außerdem hat sie keinen fahrbaren Untersatz. Nicht einmal einen Führerschein. Ihre Aussage stimmt, das habe ich bereits überprüft.«

»Und was wissen Sie über die Familie?«

»Es gibt einen älteren Bruder namens Tobias. Der aber hat meines Erachtens noch weniger ein Motiv. Auch die Mutter ist nach meinem Dafürhalten völlig unverdächtig. Außerdem kann ich mir die beiden als Mörder einfach nicht vorstellen. Aber Martin Burkhardt hat Manson, als er bei ihnen zum

Essen war, Geld für ein Hotel gegeben, weil er zu viel getrunken hatte. Er wollte unter keinen Umständen, dass er bei seiner Tochter übernachtete. Immerhin ist sie erst sechzehn.«

»Wusste Martin Burkhardt, in welchem Hotel er absteigen wollte?«

»Er sagte freiwillig aus, dass er ihm ein Hotel an der Ausfallstraße nach Wien empfohlen hatte«, musste Paul zugeben. »Und dort gibt es nur das Waldschlösschen.«

»Hat der Vater für die Tatzeit ein Alibi?«

»Frau Burkhardt behauptete, er lag zwischen halb elf und Mitternacht neben ihr im Bett.«

»Muss sie ja sagen, selbst wenn es anders gewesen wäre.«

Obwohl Paul ganz und gar nicht von der Unschuld Martin Burkhardts überzeugt war, sagte er: »Wenn Sie mich fragen, Martin Burkhardt traue ich einen Mord einfach nicht zu. Er hat einen Doktortitel in Geschichte, arbeitet in Wien als Historiker beim Stadt- und Landesarchiv und ist ein ausgesprochen kultivierter Mann.«

»Das sind oft die schlimmsten!«

»Die Arbeit in Wien scheint Sie ja ordentlich verdorben zu haben!«

»Ich lebe in der Realität, Kollege.«

»In Keltenberg stehen aber Mord und Totschlag nicht an der Tagesordnung, wie vielleicht bei Ihnen zu Hause!«, widersprach Paul und war das erste Mal ein klein wenig stolz auf seinen friedlichen Heimatort. »Bei uns ticken die Uhren anders. Vor den letzten Morden war ich noch nicht mal auf der Welt.«

»Und nun sind es gleich zwei innerhalb einer Woche, haha.«

Ihr Lachen war nicht herzlich, befand Paul, nicht einmal spöttisch, sondern boshaft.

»Deswegen sind ja jetzt *Sie* da«, erwiderte er patzig. »Um uns Hinterwäldlern zu zeigen, wo der Bartl den Most holt.«

»Na, jetzt seien Sie nicht gleich so empfindlich! Sie sind ja eine richtige Mimose! Das hätte ich gar nicht von Ihnen gedacht.«

»Was *haben* Sie denn gedacht?«, fragte Paul herausfordernd und hielt gleichzeitig die Luft an. In einem Anfall von Masochismus war er bereit für die Wahrheit. Zumindest für *ihre* Wahrheit.

Mit ihren grünbraun gesprenkelten Augen blickte sie starr wie eine gelangweilte Katze durch ihn hindurch. »Wollen Sie es wirklich wissen?«

»Ja!«, antwortete er tapfer. Jetzt wollte er wissen, was die Frau Chefinspektor vom LKA in Wien von diesem kleinen Provinzinspektor hielt. Was immer sie jetzt zu ihm sagte, würde an ihm abperlen, wie das Wasser an der Ente.

»Na gut, wie Sie wollen.« Sie machte einen letzten Zug von ihrer Marlboro, drückte sie mangels Aschenbecher am Fensterbrett aus und steckte die Kippe zurück in das Päckchen. Dann wedelte sie mit der Hand die letzte Rauchwolke aus dem Zimmer.

»Ich dachte, da steht ein gestandener Inspektor vor mir. Noch ziemlich jung zwar, aber einer, der mit beiden Beinen im Leben steht. Und wenn er seine Eitelkeit in den Griff kriegt und sich keine gröberen Schnitzer erlaubt, hat er mit Sicherheit eine vielversprechende Karriere vor sich.«

Paul starrte sie an. *Das hatte sie wirklich gedacht?* Das mit der Eitelkeit traf ihn zwar schon ein wenig, und er fragte sich, woher sie diesen Eindruck hatte, aber damit konnte er leben. Hoffentlich machte sie sich nicht bloß lustig über ihn.

MARTIN BURKHARDTS GEHEIMNIS

Gertrud war gerade dabei, Martin Burkhardts Arbeitszimmer aufzuräumen, obwohl er ihr das streng verboten hatte. Er bewahrte dort wertvolle historische Dokumente auf, und wollte nicht, dass Gertrud in ihrem Putzwahn alles in Unordnung brachte. Das aber konnte Gertrud nicht versprechen.

Wie unter Zwang nahm sie alles unter die Lupe und entdeckte unter einem Stapel aktueller Zeitungen und Wochenmagazine eine Zeitschrift vom letzten Jahr, ein uraltes Magazin von 2003 und – sie traute kaum ihren Augen! – eine völlig vergilbte Zeitung aus dem Jahre 1989!

Ungläubig schüttelte sie den Kopf. Entschlossen sammelte sie die nicht mehr aktuellen Zeitungen ein und warf sie auf den Stapel für das Altpapier. Kaum zu glauben, was manche Leute so horteten! *War Martin Burkhardt ein heimlicher Messie?* Energisch wischte und putzte sie das Zimmer, bis es vor Sauberkeit nur so blitzte. Zufrieden begutachtete sie ihr Werk, als ihr Blick auf die Schubladen fiel. Eine war leicht geöffnet und sie entdeckte Staub auf den Leisten!

Der bereits weggesteckte Putzlappen wanderte zurück in Gertruds Hand. Sie öffnete die oberste Lade und Schreibpapier mit handschriftlichen Notizen quoll ihr entgegen, die sie sogleich sorgfältig zusammenfaltete. In der zweiten Lade fand sie Zeitungsartikel. Sie kontrollierte das Datum und die aus den Jahren 1976 bis 1990 sortierte sie kopfschüttelnd aus und warf sie zu den anderen auf den Stapel für die Tonne.

Aus der dritten Lade lugte ein roter Fetzen Stoff heraus. Sie zupfte daran und ihre Hand gefror in der Luft. Der Fetzen stellte sich als ein knallroter String-Tanga heraus, so ein Ding, wie es nur leichte Mädchen tragen. Mit spitzen Fingern zog Gertrud die wenigen Zentimeter Stoff aus der Lade und hielt ihn angeekelt hoch. *Bitte, was machte so ein anstößiges Teil in Herrn Burkhardts Arbeitszimmer?* Sie öffnete die Lade ganz und fand die dazugehörigen Strapse sowie einen roten Spitzen-BH!

Ging Herr Burkhardt am Ende fremd? Hob er sich diese Teile auf, um an ihnen zu schnuppern und sich daran aufzugeilen? Gertrud schluckte schwer. Dieser kultivierte, intelligente und weltgewandte Mann hob Unterwäsche fremder Frauen auf, wo er doch selbst eine schöne, intelligente und ausgesprochen liebe Frau hatte? Ratlos und geschockt verharrte Gertrud auf ihrem Fleck. Sollte sie Frau Carla davon erzählen oder es besser für sich behalten? Schließlich warf sie die Teile zurück in die Schublade und knallte sie angewidert zu.

Nach einer längeren Nachdenkphase beschloss sie, Frau Carla nichts von ihrem Fund zu erzählen. Sie wollte damit warten, bis sich vielleicht eines Tages eine Gelegenheit ergab, um ihr Wissen auszupacken. Schließlich wusste man nie, wie und wann man dieses Wissen eventuell einmal verwenden konnte. Im Moment wollte sie Frau Carla damit nicht belasten und am Ende auch noch Stefanie mit hineinziehen. Das Mädchen litt ohnehin schwer genug unter dem Verlust ihres Charles.

Das ganze Wochenende über war sie nicht aus ihrem Zimmer gekommen, hatte nichts gesagt, nichts gegessen, bis ihre Eltern vor lauter Kummer weder ein noch aus gewusst hatten. Kein Blacky, kein Charles, die ganze Welt war schwarz und leer. Gertrud hatte schon Angst gehabt, sie könnte sich etwas antun. Montag war sie dann zur Schule gegangen und hatte zum ersten Mal feste Nahrung zu sich genommen. Von da an war es mit ihr bergauf gegangen, und Gertrud begann zu hoffen, dass sie ihren Charles überwunden hatte. Bei so jungen Menschen ging das ja viel schneller als bei den Erwachsenen. Es war oft erstaunlich zu sehen, wie rasch sie Ersatz für *die große Liebe ihres Lebens* fanden.

Gertrud seufzte. Wenn ihr das nur ebenso leichtgefallen wäre, damals, als ihr erster und einziger Mann sie nach neun Jahren Ehe verlassen hatte, weil er ihren angeblichen Putzfimmel nicht länger ertrug. Danach schmorte er noch eine ganze Weile in einer heruntergekommenen Bude und war schließlich an seinem eigenen Dreck erstickt. Recht geschah ihm!

Sie lauschte. Aus Stefanies Zimmer drangen leise Geräusche. Wahrscheinlich glotzte sie, wie so oft in den letzten Tagen, in ihren Computer. Sie hatte ihr gezeigt, wie ein Computer funktionierte und was man damit alles machen konnte. Gertrud war aus dem Staunen gar nicht mehr herausgekommen. Zu gern hätte sie gewusst, was Stefanie gerade tat. Sie *chattete*, hatte sie ihr noch gestern erklärt, was immer das hieß. Gesund war es sicher nicht. Teuflisches, neumodisches Zeug!

Energisch packte sie das Bündel für die Tonne unter den Arm, so als wollte sie an dem unschuldigen Papier ihren ganzen Zorn auslassen. Vorsichtig tappte sie damit ins Wohnzimmer hinunter. Bei jedem Schritt dachte sie: *Eines Tages breche ich mir auf dieser Treppe noch den Hals!*

Unten angekommen, durchquerte sie das Vorzimmer und öffnete die Eingangstür. Sie ging hinter das Haus und warf den Stapel in die schwarze Tonne mit dem roten Deckel. Bevor sie wieder ins Haus trat, putzte sie sich drei Minuten lang die Hausschuhe am Fußabstreifer ab, dabei beobachtete sie, wie ein Wagen an der Straße hielt und eine Frau ausstieg.

Sie musste zweimal hinsehen, dann erkannte sie die Bohnenstange wieder. Es war dieselbe, die sie und Charles an der Straße angehalten hatte. Jetzt, wo sie gedacht hatte, mit dem Tod des schrecklichen Charles sei endlich alles wieder in Butter, stand die Polizei schon wieder vor ihrer Tür.

Die Frau öffnete das Gartentor und durchquerte den Vorgarten. Gertrud sah ihr mit blanken Augen entgegen.

Die Polizistin stutzte für einen Moment, dann zückte sie ihren Polizeiausweis.

»Frau Gertrud Klampfl?«, fragte sie barsch.

Gertrud knurrte zur Bohnenstange hoch. »Ja, immer noch.«

»Darf ich kurz ins Haus kommen?«

»Warum?«

»Ich möchte Ihre Einschätzung über Herrn Manson hören.«

»Das habe ich schon alles dem Herrn Inspektor erzählt.«

»Aber mir noch nicht. Gehen wir rein?«

»Schuhe abputzen!«, befahl Gertrud.

Lena Schwertführer zögerte verdutzt und kam dann mit grimmigem Gesicht der Aufforderung nach. Verdrießlich ging ihr Gertrud voran ins Haus, wo sie mit hängenden Armen demonstrativ in der Mitte des Wohnzimmers stehenblieb.

»Sind Sie nach unserem letzten Treffen wohlbehalten nach Hause gekommen?«, fragte die Bohnenstange in einem Ton, der verriet, dass ihr Gertruds Wohlbefinden herzlichst egal war.

»Bin ich«, antwortete Gertrud mürrisch.

»Ich war Zeugin, als Sie sich mit Herrn Manson gestritten haben«, erinnerte Lena Schwertführer an ihren unerfreulichen Erstkontakt. »Und einen Tag später ist er tot.«

»Ich breche gleich in Tränen aus!«

»Wieso haben Sie dem Inspektor nicht erzählt, dass Sie Streit mit Herrn Manson hatten?«

»Weil er mich nicht gefragt hat und sowieso jeder wusste, dass ich den Typen nicht hab leiden können.«

»Sind Sie nach dem Streit direkt heimgegangen?«

»Natürlich.«

»Gibt es dafür Zeugen?«

»Das Frauerl von der Daisy.«

»Wer ist das?«

»Das Frauerl oder die Daisy?«

»Das Frauerl!«, bellte die Bohnenstange.

»Das ist meine Nachbarin.«

»Wie heißt sie?«

»Marianne Küberl. Aber belästigen Sie sie nicht, die ist nämlich weit über achtzig und seit einer Woche krank.«

»Und die Daisy?«

»Das ist ihre Dackeldame. Mit der geh ich dreimal am Tag Gassi.«

»Und in der Nacht?«

»Wie, in der Nacht?«, schnappte Gertrud. »Da geh ich nicht Gassi, da schlaf ich.«

»Um wie viel Uhr sind Sie bei Ihrer Nachbarin gewesen?«

»Zwanzig vor zehn. Da dreh ich mit der Daisy meine übliche letzte Runde. Punkt zehn hab ich im Bett gelegen – keine Zeugen außer dem Wolf, weil Sie das sicher gleich als Nächstes fragen werden.«

»Wer ist der Wolf?«

»Na, der Armin. Der Nachrichtensprecher von der ZIB 2.«

Lena Schwertführer schoss ihr einen wütenden Blick zu. War die Alte so naiv oder stellte sie sich bloß so? Sie richtete sich zu ihrer vollen Länge auf und verkündete: »Ich würde mich gern einmal bei Ihnen zu Hause umsehen, wenn Sie nichts dagegen haben.«

»Da hab ich aber was dagegen! Und so was von!«

»Haben Sie etwas zu verbergen?«

»Ich? Na, ich sicher nicht! Aber ich mag keine fremden Leute, die den Dreck in meine Wohnung tragen.«

»Ich bin die Polizei!«

»Dann kommen Sie wieder, wenn Sie einen Befehl haben.«

Im ersten Stock ging eine Tür auf und Stefanie steckte den Kopf über das Treppengeländer. Sie sah furchtbar aus, verheult, die schwarzen Haare ungewaschen. Lena Schwertführers Augen zuckten hoch und nahmen das Mädchen in Augenschein.

»Stefanie Burkhardt?«, fragte sie.

»*Jaaaa*«, kam es leise zurück.

Lena holte ihren Ausweis heraus. »Polizei! Darf ich mal raufkommen?« Ohne die Antwort abzuwarten, nahm sie die Treppe nach oben.

Von unten folgte ihr Gertrud mit Argusaugen. »Sie müssen gar nichts sagen«, rief sie zu Stefanie hoch. »Die Polizei hat keinen Befehl dafür.«

Lena Schwertführer warf ihr von oben einen Blick zu, der jeden anderen, außer Gertrud Klampfl, auf der Stelle hätte tot umfallen lassen.

Als sich Lenas Aufmerksamkeit Stefanie zuwandte, war ihr Blick schon freundlicher. »Ist es möglich, einen Moment mit Ihnen allein zu sprechen?«, fragte sie.

Stefanie zuckte mit den Schultern. Sie hielt die Tür auf und ließ die Polizistin eintreten. Über dem ganzen Raum lasteten Traurigkeit und Selbstaufgabe. Auf dem Bett lag ein Laptop, wo sie gerade gechattet hatte, wie es schien. Facebook war offen und Lena Schwertführer erhaschte eben noch eine Nachricht, bevor Stefanie den Deckel zuknallen konnte. Was Lena aber gelesen hatte, alarmierte sie augenblicklich. »*Sei froh, dass Charles tot ist! Er war nicht gut für dich. Ich weiß, wer ihn für dich erledigt hat, meine liebste Steffikatze 21. Ich mag dich auch, willst du dich mit mir treffen?*«

Lena wies mit dem Zeigefinger auf den geschlossenen Laptop und fragte streng: »Wer ist das?«

Stefanie warf sich aufs Bett und begann zu heulen. »Irgend so ein Idiot!«

»Wie heißt der Idiot?«

»Coolesau 233.«

»Ist das ein Internetfreund?«

Stefanie nickte.

»Wie viele solcher komischen Internetfreunde haben Sie eigentlich?«

»Über vierhundert, aber die meisten sind ganz normal.«

»Kein Mensch hat vierhundert Freunde. Wenn ich Ihnen einen Rat geben darf, legen Sie sich besser zwei oder drei echte Freunde zu! Außerdem, woher weiß die Coole Sau überhaupt von Charles' Tod?«

Stefanie schaute störrisch in die Luft. »Weil ich's selber gepostet habe.«

»Warum machen Sie so etwas?«

»Weil ich mit seinem Tod allein nicht fertig werde. Dazu sind Freunde schließlich da.«

»Schöner Freund, der behauptet, er weiß, wer Ihren Lover umgebracht hat und sich jetzt als Ersatz anbietet.«

Stefanie presste störrisch die Lippen zusammen. »Der schreibt das doch nur so, weil er sich wichtigmachen will«, behauptete sie.

»Was ist das überhaupt für eine Unsitte, sich über alles im Internet auszubreiten, wo jeder Psycho mitlesen kann?«, reagierte Lena verärgert. »Ihr wisst ja gar nicht, was ihr damit anrichten könnt!«

Stefanie musterte die große Frau trotzig. Was wusste diese Oma schon davon, was man heutzutage im Internet alles erleben konnte! Es war nicht alles schlecht!

»Ich muss Ihren Laptop konfiszieren!«, machte Lena Schwertführer kurzen Prozess.

Stefanie warf sich schützend über ihren Computer und versuchte die Frau wegzudrängen. »Das lasse ich nicht zu!«, rief sie. »Mein Laptop bleibt hier, verdammte Scheiße!«

Lena ignorierte den Protest und schob das Mädchen mit ihren großen kräftigen Händen zur Seite. »Es tut mir leid, aber das ist nun mal notwendig. Sie erhalten ihn auch wieder zurück, sobald wir wissen, wer hinter *Coolesau 233* steckt.«

Lena packte den Laptop kurzerhand unter den Arm. »Sehen Sie diese paar Tage ohne Ihren Computer als Chance an und tun Sie einmal was Nützliches!« Mit diesen harschen Worten wandte sie sich zum Gehen.

Als sie die Zimmertür öffnete, stieß sie draußen Gertrud um, die gelauscht hatte und nun beinahe die Wendeltreppe hinunterstürzte.

Lena Schwertführer grollte: »Und Sie nehme ich auch gleich mit, wenn Sie sich nicht zu benehmen wissen! Verstanden?«

Gertrud blickte der Polizistin entrüstet nach, als diese nach unten ging und sich selbst zur Tür hinausließ.

Gertrud spähte ins Zimmer hinein, wo Stefanie heulend auf dem Bett lag und die ganze Welt verfluchte. Sie setzte sich zu Stefanie und strich ihr über den Kopf.

»Wir lassen uns das nicht gefallen«, versicherte sie.

»Und was wollen Sie dagegen tun?«, heulte Stefanie.

»Ich geh mich beschweren!«

»Und wo? Beim Salzamt?«

»Beim Inspektor. Gegen diese Beißzange ist unser Inspektor ja der reinste nette Kerl.«

FRAUENPOWER

Der nette Kerl lag gerade mit der Personaltrainerin seines Fitnessstudios im Bett. Eine On/Off-Liaison, die sich seit sechs Monaten hinzog, nichts Ernstes – also nicht, was ihn betraf. Aber seine stattlichen Muskeln musste Paul Junghans sich ebenso erarbeiten, wie jeder andere auch. So ganz von allein kamen sie ihm nicht zugeflogen – das Sixpack war harte Arbeit. Dafür schindete er sich zweimal in der Woche im Fitnessstudio in der Nachbargemeinde ab. Seit den beiden Morden aber hatte er dafür kaum Zeit gefunden, und die unglaublich durchtrainierte Bettina hatte bereits zu murren begonnen, dass sie ihn kaum noch zu Gesicht bekam. Also hatte Bettina kurzerhand beschlossen, ihn an seinem freien Tag zu Hause aufzusuchen, und diese Visite im Studiokalender unter Kundenakquisition eingetragen.

Im Augenblick saß Bettina rittlings auf ihm und ließ ihr durchtrainiertes Becken kreisen. Paul schwitzte und hielt sich an ihren Pobacken fest, während sie auf ihren Höhepunkt hinarbeitete. Sie hatte ihn komplett überrumpelt, als sie plötzlich in der Tür stand und erklärte, dass sie sich sexuell unterfordert fühlte.

Bettina war eine attraktive Frau Anfang dreißig, das musste Paul unumwunden zugeben. Aber irgendwie zu dominant. Weil sie seine Fitnesstrainerin war, bedeutete das ja nicht automatisch, dass sie ihn auch im Bett antreiben musste, wie ein Jockey sein bestes Rennpferd. Er hatte schließlich einen anstrengenden Beruf, zwei Leichen am Hals und keinen Mörder. Daran musste er jetzt denken, als sie an ihm ihre überschüssige Energie abarbeitete.

Lautes Keuchen und Stöhnen deuteten an, dass sich ein Orgasmus anbahnte und aus reiner Notwehr stöhnte und keuchte er mit ihr, in der Hoffnung, dass es dann schneller vorüber war.

»*Oh mein Gott!*«, heulte Bettina. Ihr ganzer Körper begann zu vibrieren.

»Du bist wunderbar!«, keuchte Paul und öffnete ein Auge, um zu beobachten, ob es bei ihr endlich soweit war.

Ein letztes Zucken, ein letztes »*Oh mein Gott!*«, dann brach Bettina über ihm zusammen. Im letzten Moment wandte er sein Gesicht zur Seite und konnte gerade noch verhindern, dass sie ihm mit ihrer Stirn einen Vorderzahn ausschlug.

Sanft schubste er sie von sich und presste einen Kuss auf ihre Nasenspitze.

Bettina rollte sich auf den Rücken und seufzte glücklich: »Das war allerhöchste Eisenbahn!«

Als sich ihr Atem wieder normalisiert hatte, erhob sie sich und stieg aus dem Bett. »Bin gleich wieder da«, drohte sie lächelnd. »Nicht davonlaufen, ich geh nur mal kurz unter die Dusche.«

Paul lächelte zurück und blickte dann verstohlen auf die Uhr. Im Badezimmer hörte er, wie die Dusche aufgedreht wurde. Er stand auf, um sich ein Bier aus dem Kühlschrank zu holen. Plötzlich bildete er sich ein, ein Geräusch an der Haustür gehört zu haben. Er schloss nie ab. Früher hatten sie in Keltenberg auch nachts nie abgeschlossen, aber vielleicht war das ein Fehler in Zeiten wie diesen. Als er mit der Bierflasche aus der Küche zurückkehrte, stand eine schwarzhaarige zierliche Frau Ende zwanzig mitten im Schlafzimmer.

Paul zuckte zusammen und ihm fiel beinahe die Flasche aus der Hand. »Monika?«, rief er, starr vor Überraschung.

»Servus, Paul!« Monika blickte ihn kokett an. Ihr Blick wanderte seine Gestalt entlang und verharrte unterhalb der Gürtellinie. Sie lächelte: »Ganz der Alte!«

Paul ließ sich auf die Bettkante fallen, um erst einmal seinen Schock mit einem tiefen Schluck runterzuspülen. Monika setzte sich neben ihn und gab ihm einen keuschen Kuss auf die Wange.

»Was ist los? Du tust ja gerade so, als wäre ich ein Geist.«

»Monika! Du warst über zwei Jahre weg!«

»Und jetzt bin ich wieder da! Freust du dich?«

Paul blickte sie entgeistert an. »Du glaubst, du kannst so mir nichts dir nichts aus meinem Leben verschwinden und zwei Jahre später wieder hier auftauchen, als wäre nichts geschehen? Wo warst du?«

»Mal hier, mal dort.«

»Seit wann bist du wieder zurück?«

»Seit drei Wochen.«

»Und wo wohnst du jetzt?«

»Vorübergehend wohne ich bei meinen Eltern, aber ich hatte gehofft, dass ich eventuell bei dir …?«

Paul erstarrte. »Bei mir? Du verschwindest ganz einfach so und nach zwei Jahren willst du bei mir einziehen? Ich könnte längst verheiratet sein.«

»*Du* doch nicht!« Sie lachte schallend.

»Hast du Ferien gemacht?«

»Ich habe recherchiert.«

»Wofür?«

»Ich habe zu schreiben begonnen.«

Er riss die Augen auf. »Etwa dein sündiges Tagebuch?«

»Spaßvogel! Ich schreibe jetzt Bücher. Darunter einen Bestseller, um präzise zu sein.«

Paul glaubte ihr kein Wort. »Jetzt mal ehrlich, warum bist du vor zwei Jahren wirklich abgehauen?«

»Ich brauchte innere Einkehr. Ich musste mir erst einmal klarwerden, was ich mit meinem Leben anfangen will.«

»Du hattest einen schönen Beruf, den du leichtfertig aufgegeben hast.«

»Altenpflegerin. Ist nicht so meins, wenn ich ehrlich bin. Und du hast mir auch gefehlt«, bekannte sie lächelnd und kniff ihn zärtlich in die Wange.

Paul sog durch die Nase die Luft ein.

»Ich habe in mich hineingehört«, fuhr Monika fort, »und da ist mir ein Licht aufgegangen. Ich habe erkannt, dass ich dich liebe!« Ihr Schenkel berührte sachte den seinen.

Paul gab ein Meckern von sich. »Ich mich auch!«

»Sei bitte nicht zynisch. Ich breite mein Innerstes vor dir aus und du …«

Beide hatten gar nicht gemerkt, dass es im Bad ruhig geworden war und die Dusche nicht mehr lief. Plötzlich stand Bettina in der Schlafzimmertür. Sie trug ein Badetuch um den Körper gewickelt und hatte dem letzten Teil des Gesprächs gelauscht.

Paul riss den Kopf herum. »Bettina!«, rief er, ganz so als käme ihre Gegenwart als Überraschung daher.

Nun drehte sich auch Monika zu der fremden Frau um.

»Störe ich?« Bettina stieß sich vom Türpfosten ab und schlenderte auf die beiden zu. Ihre brünetten Haare waren hochgebunden und noch feucht vom Duschen, die blauen Augen zusammengekniffen und auf ihrer Stirn standen zwei Falten, die vor dem Duschen noch nicht da gewesen waren.

Paul sah sich in der Klemme. »Äh … Bettina! Das ist Monika – eine Freundin von früher. Monika, das ist Bettina, meine Fitnesstrainerin.«

Die Frauen maßen sich wie zwei Gladiatorinnen.

Nun erst erinnerte sich Paul daran, dass er splitternackt war, und griff nach seinen Boxershorts, die vor dem Bett auf dem Fußboden lagen. Mit fliegenden Händen schlüpfte er hinein, denn mit Unterhose fühlte er sich der Situation eher gewachsen.

Plötzlich hörten sie, wie die Haustür geöffnet wurde. Paul hielt den Atem an. Auch Bettina und Monika fixierten neugierig die Tür. Noch ehe Paul nachsehen konnte, welch ungebetener Gast ihn dieses Mal heimsuchte, platzte Lena Schwertführer ins Schlafzimmer und das Bier in seinem Magen wurde plötzlich schal.

Ein kurzer Blick auf den halbnackten Paul, die Frau im Badetuch und auf die andere, die noch alle ihre Kleider anhatte, ließen Lenas Augenbrauen bis knapp unter ihren Haaransatz hochschnellen.

»Wird das eine Nacktparty, oder was?«, bellte sie.

Paul spürte förmlich, wie ihm bis zu den Ohren heiß wurde.

Mit einem Blick auf seine Ohren, fragte sie: »Haben Sie Fieber, Junghans?«

»Wieso rufen Sie nicht vorher an?«, wollte er mit heiserer Stimme wissen.

»Weil Ihr Handy ausgeschaltet ist.« Sie hielt den Blick auf Pauls Ohren fixiert, als hätte sie noch nie zuvor Ohren gesehen.

»Mein Handy ist aus, weil heute mein freier Tag ist«, rechtfertigte er sich.

»Bei zwei Morden gibt es keinen freien Tag!«

Paul hatte sich von seinem ersten Schreck erholt und fragte angriffslustig: »Klopft man bei Ihnen in Wien nicht an, bevor man ein Haus betritt?«

»Auf dem Land nimmt man das doch nicht so genau«, behauptete sie.

Paul konterte: »Früher vielleicht, als meine Oma noch lebte. Aber die Zeiten haben sich selbst hier geändert.«

Mit dem Kopf wies er auf den Laptop in ihrer Hand. »Und was ist das?«

Lena hob den Laptop hoch und begutachtete ihn mit gespielter Neugier. »Sieht aus wie ein Laptop, oder irre ich?«

Paul knirschte mit den Zähnen. Wenn das ihrer war, sah er Arbeit auf sich zukommen.

Lena ließ die Hand mit dem Laptop sinken. »Er gehört Stefanie Burkhardt.«

»Sie waren bei den Burkhardts?«

»Ich habe zwar nur die Tochter und die Putzfrau angetroffen, aber mein Besuch war nicht ganz umsonst.«

»Stefanie hat Ihnen so ohne weiteres ihren Laptop überlassen?« Das konnte er nicht ganz glauben.

»So ohne weiteres nicht, ich musste schon ein wenig nachhelfen!«

Das *Nachhelfen* konnte er sich gut vorstellen.

»Ich möchte Ihnen etwas zeigen!«, versuchte Lena ihm Beine zu machen.

Paul hatte das Gefühl, als müsste er sich jetzt für eine dritte Boxerrunde rüsten. Bei dieser Gelegenheit sollte er endlich seine beiden Besucherinnen loswerden, die sich in plötzlicher trauter Neugier auf der Bettkante niedergelassen hatten und gespannt dem Dialog lauschten.

»Wollen wir uns jetzt um den Fall kümmern?«, rief Lena ungeduldig. »Oder soll ich mich vorher zu einem flotten Vierer dazulegen?«

Pauls Ohren wurden erneut knallrot.

Bettina und Monika schienen sich blendend zu amüsieren.

»Haben Sie so etwas wie einen privaten Winkel in diesem Haus?«, wollte Lena wissen und schoss einen Blick in Richtung Bettkante, auf der die Besucherinnen so hartnäckig hockten wie zwei Bettwanzen.

Hilflos drehte Paul den Kopf in Richtung Bett.

Endlich erwachte Monika zum Leben und erhob sich. »Wir sehen uns!« Sie lächelte und drückte Paul beim Hinausgehen einen keuschen Kuss auf die Wange. »Mach's gut!«, sagte sie, »wir reden ein anderes Mal.«

Paul nickte abwesend.

Bettina musste sich erst anziehen und tat dies dankenswerterweise im Badezimmer. Als auch sie endlich das Haus verließ – nicht ohne hinter Lenas Rücken eine wilde Grimasse zu schneiden – konnte Paul endlich aufatmen.

»Bitte gehen Sie in die Wohnstube weiter. Zweite Tür rechts«, bat er Lena. »Ich zieh mir nur schnell etwas an.«

»Von mir aus können Sie bleiben wie Sie sind. Schließlich sind Sie hier zu Hause.«

»Angezogen fühl ich mich besser.« Er wartete, bis sie achselzuckend das Feld geräumt hatte.

Während er hastig in seine Jeans und ein T-Shirt schlüpfte, fluchte er lautlos vor sich hin. Er fuhr mit den Fingern durch seine Haare und musste sich erst einmal sammeln, bevor er der Chefinspektorin in die Wohnstube folgte, die noch genauso eingerichtet war, wie sie ihm seine Oma hinterlassen hatte. Lena hatte Stefanies Laptop auf dem mächtigen Eichentisch abgestellt und rümpfte deutlich sichtbar die Nase über die Unordnung, die darauf herrschte. Dann öffnete sie den Deckel. Auf dem Bildschirm erschien der Befehl: *Kennwort eingeben.*

Lena kratzte sich am Kopf.

»Haben Sie das Kennwort nicht erfragt?« Paul verbarg seine heimliche Schadenfreude hinter einem unschuldigen Gesichtsausdruck.

Lena ignorierte ihn. Sie dachte fünf Sekunden nach und gab *Steffikatze 21* ein. Es machte blong – Fehlanzeige. Konzentriert kräuselte sie die Stirn und drehte sich zu Paul um. »Wie hieß Stefanies Katze?«

Paul musste erst nachdenken. »Ich glaube Black Sabbath.«

Sie tippte den Namen ein, es machte blong. Einen Versuch hatte sie noch.

»Versuchen Sie Blacky, das war der Rufname der Katze.«

Lena tippte langsam: *Blacky.* Augenblicklich ertönte ein fröhliches Bling. Der Bildschirmschoner erschien – eine sattgrüne Weide unter einem tiefblauen Himmel mit einer Herde weißer Schafe. In ihrer Mitte stand ein einzelnes schwarzes Lämmchen. Wahrscheinlich entsprach das dem Bild, das Stefanie von sich selbst hatte.

»Gratuliere,« sagte Paul.

»Und jetzt schauen wir uns an, was *Coolesau 233* noch so schreibt«, sagte Lena. Die Vorfreude glitzerte in ihren Katzenaugen.

»Sehr sympathischer Name«, bemerkte Paul. »Wer bitte ist *Coole Sau?«*

»Einer von Stefanies liebenswerten Chatpartnern, der behauptet, dass er weiß, wer Manson umgebracht hat.«

»Nicht Ihr Ernst!«

»Ich arbeite halt – im Gegensatz zu Ihnen!« Sie rief das Chatprotokoll auf und wies mit dem Zeigefinger auf die Stelle, wo *Coolesau 233* schrieb: *»Sei froh, dass Charles tot ist! Er war nicht gut für dich. Ich weiß, wer ihn für dich erledigt hat, meine liebste Steffikatze 21. Ich mag dich auch, willst du dich mit mir treffen?«*

»So blöd kann doch niemand sein!«, entfuhr es Paul. »Niemand, der bei Trost ist, gibt öffentlich zu, dass er den Mörder kennt und bietet sich gleichzeitig als Ersatzlover an!«

»Haben Sie eine Ahnung, was es heutzutage alles gibt!«, rief Lena entzückt.

Paul gab zu: »Mit diesen Internetfreaks habe ich mich noch nie so richtig beschäftigt.«

»Großer Fehler! Wir müssen up-to-date bleiben, sonst kriegen wir den oder die Mörder nie.«

Paul nickte kleinlaut.

»Den Computer schicken wir gleich morgen an unsere Spezialisten in Wien, die werden schon herausfinden, was für ein Früchtchen dahintersteckt.«

Gemeinsam gingen sie die letzten Eintragungen von Stefanies Internetfreunden durch und plötzlich schoss ihr Zeigefinger auf den Bildschirm. »Die kenn ich!«, rief sie. »Die war doch vorhin hier!«

Paul blickte mit zusammengezogenen Brauen über Lenas Schulter und in seinem Hirn begann es zu rattern. Tatsächlich! Das Foto zeigte eindeutig Monika! Woher kannte Stefanie die Monika?

»*Jenny Rose!*«, keifte Lena. »Das ist aber nicht ihr richtiger Name, oder?«

»Nein«, antwortete Paul verdattert. »Eigentlich heißt sie Monika Keckeis.«

Lena suchte sofort ihre Facebookseite auf und las vor: »*Jenny Rose, Schriftstellerin, Bestsellerautorin.*« Sie wandte Paul ihr spöttisches Gesicht zu. »Haben Sie das gewusst?«

Paul kratzte sich am Kinn. »Sie hat vorhin erwähnt, dass sie angefangen hat zu schreiben.«

Lena begann augenblicklich zu recherchieren. Was wusste Google über Jenny Rose: *Jenny Rose (Pseudonym für Monika Keckeis), Selfpublisherin, geboren 1993 in Niederösterreich, ihr letztes Buch* Im Garten der Lust *wurde zum Bestseller …*

»Selfpublisherin bedeutet doch nichts anderes, als dass sie keinen Verlag gefunden hat, der ihren angeblichen Bestseller verlegen wollte«, meinte Lena verächtlich.

»Ich weiß nicht …«, stotterte Paul, dem zu diesem Thema nichts einfiel.

Von Neugier getrieben, gab Lena bei Amazon den Titel ein und suchte nach dem Verkaufsrang ihres Buches. Unter *Liebe und Erotik* stand der Roman im Moment als E-Book tatsächlich an dritter Stelle!

»*Im Garten der Lust* … um Himmelswillen!« Geringschätzig verzog Lena den Mund. »Mit so einem Titel schaff sogar ich einen Bestseller.«

Paul rief sich seine eigenen schriftstellerischen Ambitionen ins Gedächtnis und nahm sich vor, Monika, nach ihrem dreisten Auftritt von heute, doch nicht ganz links liegen zu lassen. Es konnte nicht schaden, sich ein paar Tipps von ihr zu holen. Obwohl – mit der Geschichte Keltenbergs würde er wohl kaum einen Bestseller landen. Außer vielleicht, er änderte den Titel seines Manuskripts auf *Agonie und Ekstase im Dorf der Kelten.* Das klang schon vielversprechender! Ein Pseudonym würde jedoch unumgänglich sein, sonst war er seinen Polizeijob los. Er überlegte sich einen spritzigen Untertitel: *Jack Brown, ein Polizist auf erotischen Abwegen* … Carla Burkhardt würde er damit zwar nicht ködern, aber Monika vielleicht …

»… ich werde verfolgt und habe Angst um mein Leben«, hörte er Lena sagen.

»Wie bitte? Sie werden verfolgt?« Augenblicklich kehrte Paul in die triste Wirklichkeit seiner Wohnstube zurück.

»Ich doch nicht!«, gab Lena verärgert zurück. »Konzentrieren Sie sich bitte auf die Arbeit! Da – lesen Sie! Charles Manson hat das kurz vor seinem Ableben gepostet.«

Paul las und kratzte sich hinterm Ohr. »Könnte er damit *Coolesau 233* gemeint haben?«

»Das werden wir alles herausfinden. Und dann ist die *Coole Sau* dran! Jetzt bin ich wirklich neugierig, wer hinter diesem abgefahrenen Namen steckt.«

DER SUPERGAU

»Warst du in meinem Zimmer?«, fragte Martin Burkhardt seine Frau vorsichtig. Er war vor einer halben Stunde heimgekommen und sofort in seinem Arbeitszimmer verschwunden. Jetzt stand er in der Küche, wo Carla das Abendessen zubereitete, und konnte sich nur mühsam beherrschen.

Carla, die gerade am Herd die Sauce für einen Hirschbraten zubereitete, drehte sich erschrocken zu ihm um. »Du weißt doch, dass niemand von uns dein Arbeitszimmer betritt. Vermisst du etwas?«

»Meine historischen Zeitungen sind weg. Und alles blitzt und glänzt wie in einem Labor …« Nur mit Mühe gelang es ihm, seinen Ärger unter Kontrolle zu bringen. Wenn niemand von der Familie in seinem Arbeitszimmer gewesen war, dann konnte es nur *eine* gewesen sein!

Carla lief vor Aufregung rot an. »Ich werde mit Gertrud reden. Sie putzt gerade das Badezimmer …«

»Wenn sie die Zeitungen weggeworfen hat«, drohte er mit gepresster Stimme, »dann schwöre ich dir, dass sie mir keinen Tag länger in unserem Haus bleibt! Ich hoffe, ich finde diese historischen Stücke. Das sind unersetzbare Zeitzeugen!«

»Ich werde ihr ernsthaft ins Gewissen reden.«

»Ich frage mich schon die längste Zeit, wie oft kommt die eigentlich in der Woche? Du hast sie für zehn Stunden eingestellt.«

»Ich bezahle ihr auch nur zehn Stunden«, versicherte Carla ihm. »Keinen Euro mehr.«

»Aber wie viel Zeit verbringt sie hier? Die weiß doch gar nicht mehr, wie ihre eigenen vier Wände aussehen.«

»Martin, bitte übertreibe nicht.«

»Sie hat hier doch bereits das Zepter übernommen. Die hat uns quasi adoptiert!«

Gegen ihren Willen musste Carla lachen. »Ihr gefällt es halt bei uns. Und sie macht sich ja auch wirklich nützlich. Unser Haus war noch nie so sauber …«

»Übrigens, woher hat sie diesen Monsterstaubsauger, den sie seit Tagen überallhin mitschleppt?«

Jetzt wurde es haarig, denn Carla hatte Martin immer noch nicht gebeichtet, wie viel er gekostet hatte. »Ich habe ihn gekauft«, musste sie schließlich zugeben, fügte aber schnell hinzu: »Er ist ein wahres Wunder!«

»Hast du ihn extra für *sie* gekauft? Das glaub ich jetzt nicht.«

»Nicht für sie, für *uns*, Martin! Du glaubst gar nicht, worauf wir die letzten Jahre geschlafen haben! Auf über zwei Millionen Milben! Das ist so eklig! Davon kann man sogar die Krätze kriegen.«

»Die Krätze ist bei uns vor hundert Jahren ausgestorben.« Er runzelte die Stirn. »Was hat er gekostet? Die Kleinigkeit von fünfhundert Euro?«

Carla wand sich wie ein Wurm. »Ein wenig mehr schon, bei dieser Leistung! Aber den werden wir bis zu unserem Lebensende haben …«

»Wie viel!«

»Zweitausend«, gab sie errötend zu. Die restlichen zweihundertneunzehn Euro unterschlug sie dabei noch.

Martin erstarrte. »*Wie viel*? Carla, ich muss an deinem Verstand zweifeln! Wollten wir mit diesem Geld nicht nach Barcelona fliegen? Wir vier, endlich wieder einmal als Familie! Wie erklärst du das den Kindern?«

»Ach Martin, du tust ja gerade so, als würden wir am Hungertuch nagen. Ich werde im Verlag Überstunden arbeiten, wir haben da gerade ein großes Projekt am Laufen …«

Beinahe hätte Carla die Sauce auf dem Herd vergessen. Sie war bereits ziemlich verkocht und drohte anzubrennen. Schnell goss sie Wasser nach und überlegte fieberhaft, ob sie ihren Mann darauf ansprechen sollte, wo er in der Nacht, als Manson starb, gewesen war.

»Martin«, begann sie zögernd, »als am Samstag der Polizeiinspektor hier war und dich gefragt hat, wo du warst … ich bin in der Nacht aufgewacht und du … du warst nicht im Bett, wie du gesagt hast.«

Martins Gesicht verdüsterte sich. »Was willst du damit andeuten?«

»Nichts, ich wundere mich nur, wo du um Mitternacht warst.« Mechanisch rührte sie weiter in der Pfanne, ohne ihn dabei anzusehen.

In ihrem Rücken hörte sie, wie er den Atem einsog.

»Entschuldige bitte, dass ich das frage.« Sie legte den Kochlöffel zur Seite, drehte sich zu ihm um und blickte ihm offen in die Augen. »Mir ist wichtig, dass ich es weiß.«

Martin ging zum Kühlschrank und entnahm ihm ein Bier. Er suchte in den Schubladen vergeblich nach dem Flaschenöffner und Carla reichte ihm einen. *Warum antwortete er nicht?*

Martin machte sich entgegen seiner Gewohnheit nicht die Mühe, ein Glas zu verwenden. Er nahm einen Schluck aus der Flasche und ihr schien, als wollte er Zeit schinden. Schließlich sagte er: »Carla, ich bin entsetzt, dass du mich nach einem Alibi fragst! Kannst du dir wirklich vorstellen, dass *ich* Manson umbringe? Oder überhaupt einen Menschen töten könnte?«

»Nein, natürlich nicht!«, beeilte sie sich mit der Antwort. »Ich habe mich nur gewundert …«

»Ich kann in letzter Zeit nicht gut schlafen, ich war deswegen sogar beim Arzt. Du kannst ihn fragen, er wird es dir bestätigen. Schlaftabletten will ich keine nehmen, also saß ich über eine Stunde draußen im Wintergarten.«

»Hast du Sorgen, Martin? Berufliche vielleicht? Du kannst mir alles sagen, das weißt du. Egal, was es ist.«

Martin stellte das Bier ab und nahm seine Frau in die Arme. »Ach, Carla. Du bist eine so wunderbare Frau! Was täte ich bloß ohne dich.« Er presste einen Kuss auf ihre Haare und schob sie dann ein Stück weit von sich. Er blickte tief in ihre kornblumenblauen Augen, in denen jetzt ein Anflug von Tränen schimmerte.

»Du brauchst dir wirklich keine Sorgen zu machen. Beruflich läuft alles bestens, und wenn ich einmal Sorgen haben sollte, wirst du die Erste sein, mit der ich darüber spreche.«

Carla schmiegte ihren Kopf an seine breite Brust und fühlte sein Herz pochen. *Sie würde ihm so gern glauben!* Zwar hatten sie seine Worte ein wenig beruhigt, aber ein kleiner Funken Misstrauen blieb trotzdem bestehen. Tapfer sagte sie sich, dass ihr Misstrauen völlig aus der Luft gegriffen sein musste. Sie und Martin kannten sich schließlich seit zwanzig Jahren und vertrauten einander bedingungslos.

Als er sie freigab, wischte sie sich über die Augen und wandte sich wieder dem Herd zu. »Jetzt ist die Sauce endgültig verbrannt«, seufzte sie.

Martin packte sie plötzlich an der Hüfte, schwang sie ausgelassen hin und her und verkündete feierlich: »Dann lade ich dich heute Abend zu einem feinen Essen ein! Nur wir beide. Was sagst du?«

Ein Abend nur für sie allein! »Einen gemeinsamen Abend hatten wir schon sehr lange nicht mehr!« Sie lächelte.

Für den Moment verbannte sie ihre dunklen Gedanken in den hintersten Winkel ihres Gehirns. Und um auch den letzten Schatten auszuräumen, fragte sie: »Und wegen des Staubsaugers – bist du mir deswegen noch böse?«

»Natürlich nicht! Dann müssen wir wenigstens nicht mehr auf den Milben schlafen!« Er lachte. »Ich gehe nach oben und in einer halben Stunde bin ich ausgehbereit, in Ordnung?«

Sie drehte den Herd ab und lächelte. »Ich bin fertig, wann immer du fertig bist. Ich freue mich, Martin. Weißt du schon, wohin du mich ausführen wirst?«

»Lass dich überraschen!«

Während er nach oben ging, schickte er ihr eine zärtliche Kusshand hinunter, was er schon sehr lange nicht mehr getan hatte. Früher hatten sie sich andauernd Küsschen geschickt: übers Telefon, über den Esstisch hinweg, was ihre Kinder stets mit rollenden Augen quittiert hatten: *In diesem Alter!* In den letzten zwei Jahren waren diese kleinen Liebesbezeugungen jedoch immer seltener geworden.

Oben angekommen, verging Martin die Freude, als Gertrud aus dem Badezimmer stampfte und wieder einmal eine

Leidensmiene machte. Augenblicklich verflog seine gute Laune. Wenn sie schon mehr arbeitete, als von ihr verlangt wurde, dann sollte sie ihn wenigstens mit diesem Märtyrergetue verschonen. Niemand zwang sie zur Mehrarbeit – im Gegenteil. Ständig wurde sie daran erinnert, dass sie viel zu häufig kam und viel zu spät ging. Aber anscheinend hatte sie Zeit ohne Ende und auch sonst nichts zu tun. *Sie sollte sich ein Haustier zulegen*, dachte er verärgert, *dann hätte sie wenigstens eine Aufgabe.*

»Gertrud!«, begann er streng, als ihm die alten Zeitungen einfielen. In ihrem Interesse hoffte er, dass sie sie wiederfand, sonst würde er sie ohne Rücksicht auf seine Frau vor die Tür setzen.

»Ja, Herr Burkhardt?« Unschuldig wie ein Lämmchen blickte sie zu ihm hoch, was ihn augenblicklich noch aggressiver stimmte.

»Sie waren entgegen meiner Anweisung in meinem Arbeitszimmer …«

»Aber es war höchste Zeit, dass …«

Seine erhobene Hand brachte sie zum Schweigen, bevor sie wieder anfing, sich damit zu rechtfertigen, dass in seinem Zimmer der Staub fröhliche Urstände feierte.

»Wo sind meine historischen Zeitungen!«, herrschte er sie an. »Wenn Sie sie weggeworfen haben, sind Sie gefeuert!«

Gertrud erschrak. »Wer bitteschön liest uralte Zeitungen aus …«

»Wo sind sie?« Martins Stimme wurde gefährlich leise.

»Ich hab sie in die Tonne für das Altpapier …«

Er erstarrte und flüsterte heiser: »Gnade Ihnen Gott, wenn die Tonne in der Zwischenzeit geleert wurde!«

»Nein, nein!«, rief sie, plötzlich kleinlaut geworden. »Die kommen doch nur alle zwei Wochen.«

»Dann bringen Sie sie augenblicklich her! Und wehe Ihnen, es fehlt eine, haben wir uns verstanden?«

»Ja, aber …«

»Augenblicklich!« Martin ballte die Fäuste.

Gertrud vergrub den Kopf zwischen den Schulterblättern und machte, dass sie davonkam. Sie stürmte aus dem Haus und begann laut jammernd die Altpapiertonne zu durchwühlen. Die Tonne war noch fast leer und so musste sie ihren Oberkörper weit vorbeugen. Der Deckel krachte auf ihren Rücken nieder und Gertrud verlor das Gleichgewicht. Sie fiel in die Tonne und war gefangen. Als sie nach fünfzehn Minuten noch immer nicht zurück war, fürchtete Martin schon, sie wäre getürmt.

Aber Gertrud saß in der Tonne fest. Sie hatte ihr Kreuz verrissen und war bewegungslos. Sie hielt den Deckel offen und schrie um Hilfe.

Martin Burkhardt weigerte sich beharrlich nachzusehen, wo Gertrud geblieben war. Er würde der Putzfrau nicht hinterherlaufen! Sollten seine historischen Zeitungen aber tatsächlich vom Gemeindetransport bereits entsorgt worden sein, blieb ihm nur noch die Möglichkeit, eine Kopie im Archiv anzufordern. Dennoch – der Verlust der Originale wäre ein herber Rückschlag für seine Arbeit.

Er erinnerte sich an das Versprechen, das er seiner Frau gegeben hatte, und verschob vorerst das Problem Gertrud auf später. Er machte sich zum Ausgehen bereit, und als er Carla kurz darauf im Wohnzimmer gegenübertrat, stockte ihm der Atem. Seine Frau sah einfach hinreißend aus. Was für ein Glückspilz er doch war, durchzuckte es ihn. Sie war schön, intelligent, und sie liebte ihn – und das nach zwanzig Jahren! Das war nicht selbstverständlich.

Er hatte einen Tisch im Panoramarestaurant an der Weinstraße reservieren lassen und freute sich nun selbst auf diesen Abend. Warum lud er seine Frau eigentlich nicht öfters ein, fragte er sich, als sie gemeinsam das Haus verließen. Auf dem Weg zur Garage schmiegte sich Carla an ihn, und er nahm sich vor, in Zukunft mehr Zeit in ihre Ehe zu investieren. Das würde auch ihr Sexleben neu beleben, das in letzter Zeit etwas eingeschlafen war.

Plötzlich vernahmen sie ein klägliches Wimmern und stockten mitten im Schritt. Sie blickten sich fragend an und Martin runzelte die Stirn.

»Was war das?«, wollte Carla erschrocken wissen.

»Das klang nach unserer Putzfrau!« Martins gute Laune sackte augenblicklich in den Keller.

»Gertrud?«, wunderte sich Carla. »Die hat sich doch schon von mir verabschiedet.«

Martin schwante Böses. Der Alten war irgendetwas zugestoßen. Das würde auch ihr plötzliches Verschwinden erklären. Er löste sich von Carla und ging dem Wimmern nach. Es führte ihn auf die schmale Seite des Hauses, dort, wo außer Werkzeug und alter Gießkannen auch die Tonnen für den Restmüll und das Altpapier standen. Der Lichtsensor schaltete sich ein und das kalte Licht erinnerte ihn an eine Leichenhalle.

Dann sah er ihn aus der Tonne lugen – diesen wohlbekannten Kopf mit den braunen Rosinenaugen, die ihm jetzt anklagend entgegenstarrten. Gertruds Gesicht war so weiß wie der Mauerverputz hinter ihr. Dazu machte sie eine Miene, als wäre sie am Sterben.

In Martin stieg ungeheure Wut hoch. Verdarb sie ihm nun ausgerechnet einen der seltenen Abende mit seiner eigenen Frau?

»Was machen Sie da drinnen?«, herrschte er sie an.

»Ich hab mir was verrissen!«, wehklagte sie. »Wegen *Ihrer* Zeitungen …«

Jetzt war also *er* schuld!

Carla war ihrem Mann gefolgt. Ungläubig starrte sie auf ihre gefangene Putzfrau und stieß hervor: »Was machen Sie in der Tonne, Gertrud?«

»Herr Burkhardt hat mir aufgetragen, seine Zeitungen zu beschaffen!«

Carla blickte verwirrt zu ihrem Mann.

»Die historischen aus dem Archiv, von denen ich dir erzählt habe! Für die ich die Verantwortung trage!«

»Haben Sie sie weggeworfen, Gertrud?«, fragte Carla fassungslos. »Das sind wertvolle Originale …«

»Was weiß denn ich! Kann ich wissen, dass die so wichtig sind! Die sind aus dem Jahre Schnee, und da hab ich halt gedacht, die liest sowieso kein Mensch mehr.« Sie begann zu heulen.

»Sie werden aber nicht fürs Denken bezahlt, sondern fürs Arbeiten!«, fuhr Martin sie an.

Carla reichte Gertrud die Hand. »Kommen Sie, ich helfe Ihnen da heraus.«

Dankbar griff Gertrud nach Carlas Hand, ließ sie aber augenblicklich wimmernd wieder los. »Mich sticht's im Rücken! Von allein komm ich da nimmer raus!«

»Verdammt!« Martin blickte auf die Uhr. Ihre Reservierung konnten sie vergessen, falls sich Gertruds Beschwerden als gröbere Verletzung herausstellen sollten.

»Haben Sie die Zeitungen wenigstens gefunden?« Mehr schien Martin nicht zu interessieren.

»Das schon, aber die sind ganz unten. Ich hock quasi drauf.«

»Wir rufen einen Krankenwagen!«, bestimmte Carla.

»Ja, bitte!«, schluchzte Gertrud.

Martin lockerte seine Krawatte, da er plötzlich zu wenig Luft bekam. Er nahm sein Handy aus der Anzugtasche und rief den Notdienst an. Als er das Gespräch beendet hatte, sagte er: »Sie werden in zwanzig Minuten hier sein.«

»Und wer leistet mir bis dahin Gesellschaft?«, fragte Gertrud weinerlich. »Ich steck hier seit fast einer halben Stunde fest.«

»Bis der Krankenwagen kommt, bleibe ich selbstverständlich bei Ihnen«, versprach Carla.

»Du bist schlicht zu gut für diese Welt«, seufzte Martin resigniert. »Ich bin in meinem Arbeitszimmer, falls ihr mich braucht.«

Für ihn war der Abend gelaufen.

IM LANDESKRANKENHAUS

Als Gertrud unter lautem Gejammer zwanzig Minuten später von zwei Männern des Rettungsdiensts aus der Altpapiertonne gehievt wurde, bestand sie darauf, vor ihrem Abtransport Spickzettel im Haus zu verteilen. Während Carla und Martin in ihren feinen Abendgarderoben Jagd auf die unersetzlichen Zeitungsoriginale machten, drückte Gertrud dem blutjungen Sanitäter einen Zettel in die Hand. Mit schmerzverzerrtem Gesicht stand sie in der Küche, hielt sich mit einer Hand an der Küchenablage fest und schrieb auf: *Zuerst das alte Brot essen!*

»Den picken Sie auf die Brotdose, junger Mann! Die essen nämlich immer das frische Brot zuerst und das alte werfen sie weg. Typisch Wohlstandsgesellschaft! Und dieser hier kommt auf den Kühlschrank: *Abgelaufenes Joghurt ist auch nach einer Woche essbar!*«

»Geht's noch?«, murrte der zwar willige, aber bereits leicht genervte junge Mann.

Unter Aufbietung all ihrer Kraft erklärte Gertrud: »Die gehen ohne mich sonst vor die Hunde!«

Es folgten zwei weitere, etwas diskreter angebrachte Zettel, die von der Familie sicherlich erst Tage später entdeckt würden, dadurch konnte Gertrud sicherstellen, dass sie auch in ihrer Abwesenheit allgegenwärtig war. Schließlich wurde sie mit sanfter Gewalt in den Rettungswagen geschoben und auf der Liege festgezurrt. Auf ihren Wunsch hin, legten sie noch einen Zwischenstopp vor ihrem Wohnhaus ein, wo der junge Sanitäter den Auftrag erhielt, ein paar ihrer persönlichen Sachen aus ihrer Wohnung in eine Reisetasche zu packen. Für den Fall, dass sie länger im Krankenhaus bleiben musste.

Als er mit der Reisetasche wieder in den Wagen stieg, bemerkte er: »Wohnen Sie eigentlich da oben?«

Gertrud gähnte. Nach diesem anstrengenden Abend fühlte sie sich wie erschlagen. »Ja, wieso?«

»Seien Sie mir nicht böse, aber in Ihrer Wohnung sieht's aus wie in einem Labor. So steril, meine ich.«

Aber Gertrud hatte schon die Augen geschlossen und war vor Erschöpfung eingeschlafen.

Zwanzig Minuten später hielt der Rettungswagen vor dem Landesklinikum Mödling, ein moderner Bau wie mehrere ineinander geschachtelte Würfel. Nach der Aufnahme wurde Gertrud ein Zimmer zugewiesen und man steckte sie in ein weißes Nachthemd mit grünem Karomuster. Wegen ihrer Schmerzen kam sie an den Tropf. Ein Arzt würde sich am nächsten Morgen um sie kümmern, ließ eine freundliche Krankenschwester sie wissen. Zwar schmerzte Gertrud jeder Knochen, das hinderte sie jedoch nicht, ihre drei Zimmergenossinnen misstrauisch zu beäugen: drei bewegungslose, dauergewellte weiße Häupter. Lauter alte Leute zwischen achtzig und neunzig. Dass sie noch am Leben waren, bewies das laute Schnarchen. Gertrud sah sich gezwungen, auf die Glocke über ihrem Bett zu drücken. Damit konnte sie in einem Notfall das Personal verständigen, hatte man ihr erklärt.

Die freundliche Krankenschwester trat ins Zimmer. »Geht's Ihnen nicht gut, Frau …« Sie warf einen Blick auf das Namensschild vorn auf dem Bett. »Frau Klampfl?«

»Hören Sie das nicht?«

»Was?«

»Die da beim Fenster! Die schnarcht so laut, dass ich kein Auge zukrieg.«

Die Krankenschwester, die Gerda hieß, ließ sich nicht anmerken, was sie eventuell von der Neuen hielt. »Tja, Frau Klampfl, dagegen kann ich leider nichts tun. Das müssen Sie aushalten. Vielleicht schnarchen Sie ja auch.«

»Ich? Ich schnarche nie!«

Schwester Gerda kontrollierte Gertruds Tropf und meinte friedfertig: »Das sagen alle. Wollen S' ein Schlafmittel?«

»Nein, sonst bin ich am nächsten Tag wie gerädert.«

»Dann gute Nacht.«

»Können Sie wenigstens …«

Aber die Krankenschwester war schon fort.

Gertrud blickte sich verloren im Zimmer um. Das letzte Mal, als sie in ein Krankenhaus gemusst hatte, war sie gerade mal elf Jahre alt gewesen. Blinddarm! Seitdem war sie stets gesund und munter gewesen. Und jetzt das! Alles wegen ein paar uralter Zeitungen! Und als Lohn erntete sie nichts als Undank von der Familie, für die sie sich geradezu aufopferte.

Die Patientin im Bett ihr gegenüber schmatzte mit dem Mund und begann im Schlaf zu schimpfen. Die am Fenster ließ einen Schnarcher los, dass die in der Mitte aufwachte, und es im Zimmer plötzlich lebendig wurde. Gertruds Bett stand den Betten der drei Frauen gegenüber, daher konnte sie ein kritisches Auge auf sie behalten.

Die am Fenster, die so furchtbar schnarchte, schien ihr eigener Schnarcher aus dem Schlaf gerissen zu haben, denn sie begann augenblicklich zu plappern. Was genau, konnte Gertrud nicht verstehen, weil sie ihr Gebiss nicht im Mund hatte und nuschelte. Das Gebiss lag neben ihr auf dem Nachttisch in einem Wasserglas. Auch sie hing an einem Tropf. Gertrud verstand immerhin so viel, dass sie aufs Klo musste. Die in der Mitte begann in einer fremden Sprache zu lamentieren, worauf die Patientin, die Gertrud gegenüber lag und schmatzte, jetzt ebenfalls wach wurde und noch lauter lamentierte, dass sie nur deswegen ins Krankenhaus abgeschoben worden war, weil ihre Kinder sie besachwaltern lassen wollten.

Gertruds Laune hob sich. Gegen die drei war sie selber ja geradezu ein Ausbund an Gesundheit und geistiger Zurechnungsfähigkeit! Trotz ihres schmerzenden Rückens fühlte sie sich, zumindest in moralischer Hinsicht, schon wesentlich besser als noch vor einer Stunde, als man sie ins Zimmer hereingeschoben hatte. Es kam halt immer darauf an, welchen Maßstab man anlegte.

Die am Fenster machte jetzt einen Versuch, aus dem Bett zu turnen, weil der Urindrang immer heftiger zu werden schien. Dabei schien der Tropf ein unüberwindliches Hindernis auf dem Weg zum Klo. Also läutete die Patientin nach der Schwester.

Schwester Gerda kam auch bald darauf herein und rief: »Frau Moosbacher, jetzt gehen S' aber ganz schnell wieder zurück ins Bett. Sie tun sich sonst noch weh.«

»Aber ich muss mal!«

»Schon wieder? Sie waren doch erst.«

»Was soll ich denn machen, wenn ich muss! Aber der Tropf hängt an mir wie ein Mühlstein.«

Schwester Gerda seufzte. »Na gut, dann halten Sie sich an mir fest. Den Tropf nehmen wir einfach mit, oder soll ich Sie abhängen?«

»Mit Ihnen zusammen wird's schon gehen, aber Sie müssen draußen bleiben ...«

Die Krankenschwester verdrehte lächelnd die Augen. »Mein Gott, glauben Sie, ich hab noch nie jemand auf dem Klo sitzen sehen?«

»Ich genier mich halt.«

»Dann schau ich eben weg, wenn Ihnen das so wichtig ist.«

Frau Moosbacher schwang mit einem beherzten Ruck die Beine aus dem Bett. Ihre Beine waren schneeweiß, fast durchsichtig, mit blauen Adern. Das Nachthemd war ihr bis weit über die Oberschenkel gerutscht, aber sie hatte keine Energie, um es herunterzuziehen.

»So, Frau Moosbacher, und jetzt bewegen wir uns ganz langsam weiter. Geht's?«

»Ja, danke, Schwester. Sie sind so lieb.«

Als sie an der Patientin im mittleren Bett vorbeikamen, verzog die gerade wieder einmal das Gesicht und lamentierte.

»Haben S' schon wieder Hunger, Frau Vesna?«, fragte Schwester Gerda im Vorbeigehen. »Oder tut Ihnen was weh?«

Vesna, die anscheinend kein Wort verstanden hatte, grinste hilflos.

»Ich komm gleich zu Ihnen«, versprach Schwester Gerda.

Im Bett Nummer drei hatte sich die Patientin mithilfe eines Haltegriffs hochgerappelt und verlangte energisch nach ihrem Handy.

»Wozu brauchen S' denn ein Handy mitten in der Nacht, Frau Gruber?«, fragte Schwester Gerda, die mit der einen Hand die Moosbacherin stützte und mit der anderen den Tropf vor sich herschob.

»Ich muss mit meinen Kindern telefonieren! Die müssen auf der Stelle herkommen!«

»Jetzt geben S ' doch eine Ruh. Es ist fast Mitternacht. Ihre Kinder waren doch erst am Abend hier. Die sind alle berufstätig und wollen auch einmal ausspannen.«

»Dann ruf ich die Polizei!«

»Sie rufen gar niemanden an um diese Zeit! Legen Sie sich nieder und versuchen S ' zu schlafen. Morgen kommen alle Ihre Kinder wieder auf Besuch.«

»Polizei!« Die uneinsichtige Frau Gruber begann aus dem Bett zu klettern und so laut zu protestieren, dass der Pfleger vom Nachtdienst ins Zimmer gelaufen kam.

»Frau Gruber!«, schimpfte er. »Wenn Sie sich nicht sofort wieder hinlegen, muss ich Sie sedieren! Sie hört man ja den ganzen Gang runter. Die anderen Patienten brauchen auch ihre Nachtruhe.«

»Man will mich entmündigen! Ich ruf die Polizei!«

In der Zwischenzeit war Schwester Gerda mit der Frau Moosbacher auf dem Klo angekommen. Die Schwester drehte wie versprochen taktvoll den Kopf weg, während die Moosbacherin es plätschern ließ. Als sie damit fertig war und gemeinsam mit der Schwester den Rückweg antrat, beklagte sie sich: »Die Frau Gruber hält uns die ganze Nacht wach mit ihrer Polizei. Ich halt das nicht mehr aus. Ich brauch auch meinen Schlaf.«

»Ich versteh Sie ja, Frau Moosbacher, aber sie lässt sich ja kein Beruhigungsmittel geben. Sie glaubt, die ganze Welt will sie besachwaltern, um an ihr Erbe zu kommen.«

»Geh, das ist doch Blödsinn. Ihre Kinder sind eh so lieb. Die trauen sich schon gar nicht mehr ins Zimmer, so genieren sie sich für ihre Mutter.«

Der Pfleger war mittlerweile in einen Kampf mit der Gruberin verstrickt, die sich mit Händen und Füßen gegen ein Beruhigungsmittel wehrte und drohte, das Krankenhaus zu verklagen.

Vesna jammerte lautstark unverständliches Zeug dazwischen. Aber Schwester Gerda hatte sich in den achtzehn Jahren Krankenhausdienst genug Serbisch angeeignet, um zu verstehen, dass sie ein Zapferl wollte, damit sie endlich auch einmal konnte. Ihr tue schon der ganze Bauch weh.

Als die Moosbacherin endlich sicher in ihrem Bett untergebracht war, kümmerte sich Schwester Gerda um die Vesna. Die dicke Vesna kicherte verschämt, als ihr Gerda das Zapferl verabreichte. Dabei kam Gertrud in den Genuss des Vollzugs aus nur drei Metern Entfernung und sie zog ein angeekeltes Gesicht. Ein Hintern wie ein Elefant! Eine echte Zumutung war das!

Die Schwester half der Vesna, sich wieder auf den Rücken zu rollen und deckte sie fürsorglich zu. »Und jetzt schlafen S'. Wenn das Zapferl zu wirken beginnt, läuten S' nach mir, aber *vorher*, wenn's geht, haben Sie das verstanden, Frau Vesna?«

Vesna nickte und Schwester Gerda konnte nur hoffen, dass sie das auch wirklich kapiert hatte.

Der Pfleger hatte den Kampf gegen die Gruberin für sich entschieden und ihr gewaltsam ein Beruhigungsmittel eingeflößt. Frau Gruber fiel in einen unruhigen, von bösen Dämonen heimgesuchten Schlaf, in dem sie verarmt und entrechtet in einem Pflegeheim langsam vor sich hinsiechte. Zumindest war sie jetzt für eine Weile kampfunfähig, sodass im Zimmer wieder Ruhe einkehrte.

Gertrud lag bis zur Nasenspitze zugedeckt und sinnierte darüber nach, was wohl aus der Familie Burkhardt wurde, sollte sie noch länger in diesem Irrenhaus gefangen gehalten werden.

COOLESAU 233

Lena Schwertführer hatte aus Wien die Information erhalten, dass hinter *Coolesau 233* ein achtundsechzigjähriger Pensionist und Schriftsteller aus Keltenbrunn namens Leo Steinschaden steckte. Lenas Überraschung war entsprechend groß, denn damit hatte sie wahrlich nicht gerechnet. Aber das Facebook-Profil von *Coolesau 233* zeigte ja auch kein Foto von ihm, sondern das eines Spanferkels auf einem rotierenden Griller.

»Den nehmen wir uns gemeinsam an die Brust«, knurrte Lena sofort nach Dienstbeginn. Für Lena war ein zweiter Schreibtisch in Pauls Dienstzimmer aufgestellt worden, weil kein Büro frei war, das sie akzeptiert hätte. *In Besenkammern arbeite sie nicht!,* hatte sie Paul wissen lassen. Sie saß mit übergeschlagenen Beinen auf einem Drehstuhl und Paul konnte den Blick nicht von ihrem wippenden Fuß lassen, an dessen großem Zeh ein flacher Schuh baumelte und jeden Augenblick abzustürzen drohte. Der Schuh wippte auf und ab und hin und her. Er persönlich liebte an Frauen kleine zarte Füße. Lenas Schuhe hatten mindestens Größe zweiundvierzig.

»Träumen Sie noch oder wachen Sie schon?«

Paul riss den Kopf hoch. »Entschuldigung, was haben Sie gesagt?«

»Nichts. Können wir fahren?«

»Ich warte nur auf Sie!«

Paul wollte in seinen schönen, fast neuen Passat Touran steigen, aber Lena bestand darauf, ihren Uralt-BMW zu nehmen und selbst zu fahren. In ihrem Wagen sah es aus wie in einem Saustall. Der Aschenbecher quoll förmlich über und überall war Staub. Paul setzte sich auf den Beifahrersitz und wagte kaum, sich zu bewegen. Er hatte das Gefühl, dass sein wackeliger Sitz jeden Moment aus der Verankerung springen könnte. Lena gab Gas, dass die Räder auf dem nassen Asphalt radierten.

»Werden wir verfolgt?«, brachte er gerade noch hervor, als sein Kopf beim Anfahren in die Nackenstütze gedrückt wurde und er haarscharf an einem Schleudertrauma vorbeischrammte.

Sie grinste. »Müssen S' halt mit Ihrer Fitnesstrainerin Ihre Nackenmuskeln besser trainieren.«

»Sehr witzig.« Paul klammerte sich am Handschuhfach fest, um gegen die Fliehkräfte anzukämpfen, denn der Haltegriff über ihm war abgebrochen.

Leo Steinschaden wohnte weit außerhalb der Ortschaft, dort, wo der Dorfgraben bereits flacher und die Besiedlung immer spärlicher wurde. Nach einer halsbrecherischen Fahrt erreichten sie die Adresse nach wenigen Minuten.

Lena parkte auf einem Grünstreifen neben der Straße. »Und jetzt schauen Sie sich mal diese Bude an!«

Pauls Augen folgten ihrem ausgestreckten Zeigefinger. Leo Steinschadens Haus ähnelte einem abbruchreifen Knusperhäuschen. Es lag ziemlich abgelegen, aber sehr idyllisch – zumindest bis jetzt. Auf dem Grundstück neben seinem Haus hatten nämlich Erdarbeiten begonnen. Dort sollte demnächst eine Reihenhaussiedlung errichtet werden, wie aus dem Schild einer großen Baufirma hervorging. *Hier entsteht für Sie eine neue Wohnhausanlage, gefördert vom Land Niederösterreich.*

»Das wird den Dichter aber nicht freuen!«, bemerkte Paul, »wenn es hier mit der ländlichen Ruhe bald aus und vorbei ist.«

Lena knurrte. »Wenn er darüber angefressen ist, kann ich mitfühlen. Wo bisher Rehe am Waldrand ästen, wird es bald einen Spielplatz für schreiende Kinder geben.« Sie schüttelte sich.

»Sie haben wahrscheinlich selbst keine Kinder?«, mutmaßte Paul.

»Nein. Gott sei Dank nicht!«

Paul beäugte sie unauffällig – der verkniffene schmale Mund, die unordentliche Frisur, diese riesigen Hände … für Kinder benötigte Frau auch einen Mann, resümierte er, aber welcher Mann würde schon …

»Was ist, Junghans? Wollen Sie im Wagen Wurzeln schlagen?« Sie war ausgestiegen und wartete bereits auf ihn.

Paul schwang die Beine auf die Straße, und als sie gerade nicht herschaute, klopfte er sich erst einmal seine Kleider sauber. Sie gingen gemeinsam auf das Häuschen zu und läuteten am Gartentor. Der Garten war ziemlich verwildert, dafür lugte hinter jedem Gebüsch mindestens ein Gartenzwerg hervor. Lebte so jemand, der sich *Coolesau* nannte und junge Mädchen im Internet anbaggerte? Sie hatten recherchiert, dass Leo Steinschaden vor zwei Jahren bei einem Wiener Verlag einen Gedichtband veröffentlicht hatte, und das Jahr zuvor einen historischen Roman über das Leben im Mittelalter. Führte der Dichter am Ende ein Doppelleben?

Sie läuteten ein zweites Mal, aber niemand öffnete. Aus dem Wald auf der anderen Straßenseite hinkte eine schwarzweiße Katze herüber. Sie hatte nur noch drei Beinchen. Ohne Scheu rieb sie sich an Pauls Hosenbeinen. Ihm ging das Herz auf angesichts des kleinen tapferen Tierchens, und er bückte sich, um es zu streicheln. Die leuchtendgrünen Augen der Katze wurden ganz schmal und sie begann zu schnurren.

Eine ältere Frau, die auf einem Fahrrad die Straße entlangradelte, rief ihnen zu: »Das ist die Minka von unserem Dichter. Wollen Sie zu ihm?«

Paul nickte. »Wissen Sie, ob er zu Hause ist?«

»Der ist um diese Zeit immer in seinem Stammcafé.«

»Wissen Sie auch wo?«

»Im *Café Servus* auf dem Pfarrplatz, gleich neben der Kirche.«

»Das kennen wir.«

»Dorthin fährt er jeden Tag um diese Uhrzeit zum Frühstück. Das macht er, seit er in der Pension ist.«

Paul nickte der auskunftsfreudigen Frau freundlich zu. Nachbarn waren immer gut informiert, dachte er dankbar. Sie stiegen wieder in den Wagen und die Katze blickte ihnen noch lange mit wissenden Augen hinterher.

Lena nahm eine Abkürzung über einen Feldweg und Paul überlegte, wie lange es dauern würde, bis der arme alte BMW irgendwann krachend liegenblieb. Wie sie mit ihrem Wagen umging, war eine Schande.

Sie schafften es trotzdem ohne Zwischenfall bis zum Pfarrplatz und Lena stellte den Wagen auf dem Parkplatz ab. So früh am Morgen tummelten sich nur wenige Leute auf dem

Platz. Das Café lag gleich gegenüber dem Gemeindeamt und der Raiffeisenbank. Neben dem Café befanden sich die Pfarrkirche aus dem 17. Jahrhundert und das Pfarramt. In der Mitte des Platzes prangte eine reich verzierte Pestsäule. Ein halbes Dutzend Geschäfte säumten den Platz, die soeben öffneten. Die Ladenbesitzer begrüßten sich, wie an jedem Morgen.

Maja Fröschl hatte ihnen ein Foto des Dichters ausgedruckt, deshalb wussten sie, auf wen sie sich einstellen mussten. Er war eine ziemlich auffällige Gestalt, achtundsechzig Jahre, schlank mit einem eisgrauen vollen Haarschopf und schwarzen buschigen Brauen über wasserhellen Augen. Als sie das Café betraten, erkannten sie ihn sofort. Er saß bei Kaffee und Frühstück und schien mehrere Tageszeitungen gleichzeitig zu lesen. Außer ihm war nur noch eine junge Frau an einem runden Marmortischchen anwesend und eine Gruppe junger Männer in einer Sitzecke.

Während sie das Café durchquerten, bemerkte Lena abfällig: »Haben junge Leute heutzutage keine Arbeit? Als ich in deren Alter war, hatte ich um halb neun in der Früh keine Zeit für ein Frühstück im Café.«

Paul schritt hinter seiner Chefin her und verdrehte die Augen.

Vor Steinschadens Tisch blieben sie stehen. Er hatte den *Kurier* vor sich liegen und las gerade einen Artikel über die politische Umfärbung diverser Ministerien. Er merkte nicht einmal, dass er Besuch hatte, bis Lenas Stimme durchs Lokal knarrte: »*Coolesau 233?*«

Steinschadens Kopf zuckte hoch. »Was?«

Lena hielt ihm ihren Polizeiausweis hin.

Der Dichter wurde blass. Er wischte sich mit der Papierserviette über den Mund, rückte die Lesebrille zurecht und studierte den Ausweis auffällig lang. Seine Hand zitterte leicht.

»Polizei?«, fragte er verwundert.

»Dürfen wir uns setzen?«

»Von mir aus. Was wollen Sie von mir?«

»Jetzt haben Sie genau fünf Sekunden, um sich selbst eine Antwort darauf zu geben.«

Steinschaden begann leicht zu transpirieren. »Ich weiß nicht, was Sie von mir wollen«, blieb er stur. »Ich habe nichts verbrochen.«

»Ganz sicher?«

Er nahm die Lesebrille ab und blinzelte kurzsichtig.

»Dann helfe ich Ihnen auf die Sprünge. Das Stichwort lautet: Stefanie Burkhardt.«

Steinschadens Augen wurden fast so schmal wie die seiner Katze. »Ja und?«, fragte er angriffslustig.

»Sie kennen sich übers Internet.«

»Ist das verboten?«

»Die Fragen stellen nicht Sie, sondern wir, Herr Steinschaden. Was können Sie uns außerdem über Charles Manson sagen?«

Leo Steinschadens rechtes Auge zuckte kaum merkbar, aber Lena war das Zucken nicht entgangen. »Kennen Sie ihn?«

»Gott sei Dank nur virtuell!«, antwortete er.

»Erzählen Sie uns etwas über Stefanie Burkhardt und Charles Manson«, forderte Lena und musterte ihn aufmerksam.

Steinschadens Augen wanderten von Lena zu Paul. »Ihn kenne ich nur, weil ich mit dem Mädchen auf Facebook befreundet bin«, antwortete er widerwillig. »Aber man bekommt natürlich allerhand mit. Dieser Manson war kein Umgang für sie, der war geradezu gefährlich. Und das habe ich ihr auch geschrieben.«

»Bevor Manson getötet wurde, hat er gepostet, dass er verfolgt und bedroht würde.«

»Das wundert mich nicht.«

»Von Ihnen?«

»So ein Schmarren!«

»Wo waren Sie letzten Freitag zwischen zweiundzwanzig Uhr dreißig und Mitternacht?«

Steinschaden stutzte. »Hat man ihn da umgebracht?«

»Ja.«

»Da war ich im Bett.«

»Zeugen?«

»Meine Minka.« Leo Steinschadens Selbstbewusstsein gewann wieder ein wenig an Terrain.

»Die dreibeinige Katze, die wir vor Ihrem Haus gesehen haben?«

»Ja, meine arme Minka. Ich hab sie vor vielen Jahren aus einem Müllcontainer geklaubt. Heute ist sie sechzehn und trotz drei Beinchen eine glückliche Katze.«

»Schön für Minka, weniger schön für Manson.«

»*Ich* weiß nicht, wer ihn umgebracht hat!«, protestierte Steinschaden.

»Warum behaupten Sie dann auf Facebook das Gegenteil?«

Jetzt wetzte Steinschaden auf seinem Sessel herum. »Ich habe gelogen«, gab er schließlich zu. »Aber nur, weil ich Stefanie dazu bringen wollte, sich mit mir zu treffen.«

Lena blickte ihn lauernd an. »Und was wollen Sie von einem sechzehnjährigen Mädchen?«

Die Kellnerin war auf die neuen Gäste aufmerksam geworden und kam an ihren Tisch. »Darf ich Ihnen etwas bringen?«, fragte sie freundlich.

Lena war über die Unterbrechung ungehalten und knurrte: »Einen Kaffee.«

»Mir bitte dasselbe«, bat Paul und nickte der jungen Frau lächelnd zu. Er wollte ihr nicht gleich den Morgen mit unfreundlichen Gästen verderben.

»Nun?«, fragte Lena mit Nachdruck, als die Kellnerin gegangen war.

»Ich will nichts von ihr, aber das Mädchen muss vor solchen Menschen wie diesem Manson beschützt werden.«

»Wenn ich aber lese«, Lena zog ihren Notizblock aus der Jackentasche und zitierte: *»Ich mag dich auch, meine liebste Steffikatze, willst du dich mit mir treffen?* Was glauben Sie, was ich mir dabei denke?«

Als Steinschaden darauf nicht sogleich etwas einfiel, fuhr sie fort: »Dann denke ich, dass junge Mädchen wie Steffikatze vor alten Männern wie *Ihnen* beschützt werden muss!«

»Das ist doch bloß Jugendsprech! Wenn ich mich gleich zu Anfang als den ausgebe, der ich bin, dann bin ich doch sofort passé. Ein achtundsechzigjähriger Opa! Glauben Sie, sie hätte sich dann mit mir treffen wollen?«

»Sie wollte sich überhaupt nicht mit Ihnen treffen. Stefanie Burkhardt gab nämlich an, dass sie Sie bloß für einen der vielen Internetidioten hält!«

Leo Steinschaden machte ein beleidigtes Gesicht.

»Wie kommen Sie übrigens auf einen so wenig originellen Namen wie *Coole Sau*?«

»Da gibt es noch viel weniger originelle Namen«, verteidigte er sich, räumte aber ein: »Ich wollte halt nicht, dass ich wie ein konservativer alter Sack rüberkomme. Ich gebe aber zu, dass ich in meiner Kommunikation die falschen Worte gewählt habe.«

»Sie sind doch Dichter«, mischte sich Paul ins Gespräch ein. »Finden Sie da keine passenderen Worte?«

Leo Steinschaden rang sich immerhin ein geschmeicheltes Lächeln ab.

»Und jetzt sagen Sie uns«, forderte Lena, »was Sie wirklich von Stefanie wollten.«

Steinschaden setzte sich kerzengerade auf. »Also gut. Ich wollte sie vor Scientology warnen! Ich habe dort für eines meiner nächsten Bücher recherchiert und kenne ein paar dieser Brüder persönlich. Bei dieser Gelegenheit wollte ich auch über ihre schwarze Katze reden. Ich hatte nämlich auch mal eine, und die kam genauso ums Leben wie ihre. Ich weiß auch, wer es getan hat. Das wollte ich ihr persönlich sagen, damit ihre Seele Ruhe findet.«

»Und wer hat es Ihrer Meinung nach getan?«

»Der Wallner. Der hat schon mehrere schwarze Katzen auf dem Gewissen, weil er keine schwarzen Katzen mag. Ein Aberglaube, dem er anhing, der von der Kirche seit dem Mittelalter geschürt wurde. Hexen und schwarze Katzen – beides Teufelspack.«

»Jetzt sind wir beim Thema!«, sagte Lena zufrieden. »Sie lesen doch Zeitungen, wie ich sehe. Bestimmt haben Sie auch gelesen, dass Herr Wallner …«

Die Kellnerin brachte ihren Kaffee und Lena unterbrach sich mitten im Wort.

Als die Kellnerin endlich fort war, brachte sie ihren Satz zu Ende: »Dass Herr Wallner ermordet wurde.«

»Natürlich habe ich das gelesen! Außerdem spricht sich das in einem so kleinen Ort schnell herum. Und Sie denken jetzt sicher, dass ich das war! Da muss ich Sie leider enttäuschen.«

Lena nippte an ihrem Kaffee und verbrannte sich die Lippen. Sie fluchte leise.

Als sie wieder sprechen konnte, sagte sie: »Wissen Sie auch, was wir noch über Sie herausgefunden haben?«

Die buschigen Augenbrauen schossen nach oben. »Sie werden es mir gleich verraten.«

»Es betrifft nämlich schon wieder Herrn Wallner. Klingelt da etwas?«

Steinschaden hielt sich spöttisch die Hand an die Ohrmuschel. »Ich höre nichts!«

»Herr Wallner wurde vor zwei Jahren während eines Streits mit Ihnen so schwer verletzt, dass er ins Krankenhaus eingeliefert werden musste!«

»Dass ich einen Streit mit ihm hatte, stimmt. Aber er war hingefallen und hatte sich ein Schädel-Hirn-Trauma zugezogen. Ich bin von dieser Anklage freigesprochen worden. Das wüssten Sie, wenn Sie ordentlich recherchiert hätten.«

»Ein Freispruch mangels Beweisen. Freispruch zweiter Klasse gewissermaßen. Der Staatsanwalt war von Ihrer Schuld überzeugt.«

»Freispruch ist Freispruch. So ist das in unserem Rechtssystem. Ich darf überall und jederzeit behaupten, dass ich unschuldig bin.«

»Sie neigen zu Gewalt, das ist belegt!«

»Frau Kommissarin …«

»Ich bin Chefinspektorin!«

Steinschadens hellblaue Augen bohrten sich in ihre. »Frau Chefinspektorin, ich bin ein ausgewiesener Tier- und Naturschützer, ich engagiere mich für die *Vier Pfoten*, wo ich sogar Mitglied bin. Weder bin ich ein gewaltbereiter Mensch, noch bin ich ein Mörder.«

»Menschen, denen Tiere über alles gehen, verabscheuen oft ihre Mitmenschen.«

»Das ist eine weitverbreitete Pseudo-Psychologie, bitte verschonen Sie mich damit.«

Während Paul zuhörte und in seinen heißen Kaffee blies, kam ihm ein Gedanke. »Wenn Sie Mitglied bei den *Vier Pfoten* sind, kennen Sie vielleicht auch Fritz Gärtner?«

Leo Steinschaden blinzelte überrascht. »Ja, den kenne ich. Schon seit langem. Wir engagieren uns gemeinsam für das Tierwohl.«

»Was können Sie uns sonst noch über Fritz Gärtner erzählen?«

»Was soll ich Ihnen über ihn erzählen? Wir haben uns vor Jahren – also, als ich noch ein paar Jährchen jünger war – während eines Streiks auf einem Baumhaus kennengelernt.«

Wehmütigen Gedanken nachhängend, schnitt sich Leo Steinschaden ein Stück kalt gewordenes Omelette ab. »Die Gemeinde Keltenberg wollte damals einen Teil des Wienerwalds roden, um mehrere Reihenhaussiedlungen darauf zu errichten«, erzählte er. »Aber in diesem Wald brütet bis heute eine seltene Fledermausart. Wir haben uns lange tapfer gewehrt, bis Ihre Kollegen von der Polizei uns mit

Gewalt aus dem Baumhaus abführten und in eine gemeinsame Zelle sperrten. Das war der Beginn einer wunderbaren Freundschaft.«

Paul konnte sich an diesen Vorfall vor sieben oder acht Jahren sogar noch erinnern. Der Siedlungsbau wurde damals tatsächlich abgeblasen.

»Und jetzt kriegen Sie genauso eine Siedlung direkt neben Ihr Grundstück gebaut.«

»Erinnern Sie mich bloß nicht daran!«

»Sind Sie immer noch mit Fritz Gärtner befreundet?«

»Ja, natürlich. Aber warum fragen Sie mich über den Fritz aus?«

»Weil Fritz Gärtner in derselben Straße wohnt wie Herr Wallner und von einer Zeugin gesehen wurde. Das war so gegen fünf Uhr in der Früh, dem Todeszeitpunkt.«

Leo Steinschaden zuckte mit den Schultern. »Der Fritz fährt jeden Tag um diese Zeit mit dem Bus zur Arbeit. Klar, dass er das eine oder andere Mal gesehen wird. Warum sollte der Fritz den Wallner umbringen?«

»Aus Rache an den vielen toten Katzen.«

»Blödsinn. Er hat ihn genauso wenig umgebracht wie ich.«

»Vielleicht hat Stefanie Burkhardt ihn dieses Mal darum gebeten? Die beiden kennen sich nämlich auch.«

»Selbst wenn! Der Fritz ist die Friedfertigkeit in Person. Der macht so was nicht.«

»Immerhin wurde er in zwei Fällen wegen Widerstands gegen die Staatsgewalt rechtmäßig verurteilt. So friedfertig dürfte der Fritz also nicht sein.«

»Ich weiß, worauf Sie anspielen. Auf den Schlachthof und auf den Stall mit den Batteriehühnern. Das spricht doch höchstens für ihn! Bei dieser Aktion ist kein einziger Mensch zu Schaden gekommen, außer ihm selbst. Er musste damals sogar ins Gefängnis und eine empfindliche Geldstrafe bezahlen.«

»Wenn Sie selbst ein so engagierter Tierschützer sind, wie Sie behaupten«, hakte Paul nach, »wieso posten Sie auf Ihrem Facebook-Profil ausgerechnet ein gegrilltes Spanferkel? Finden Sie das nicht ein wenig makaber?«

Steinschadens Augen trübten sich ein. »Das sollte doch bloß der Abschreckung dienen.«

Paul lachte. »Also ehrlich, wenn ich ein Spanferkel sehe, läuft mir eher das Wasser im Mund zusammen!«

Lena meldete sich mit einem Blick auf Steinschadens Frühstücksteller zu Wort. »Wenn ich mir das Stück Speck auf Ihrem Teller ansehe, sind Sie anscheinend den fleischlichen Genüssen selbst nicht ganz abgeneigt. Kann es sein, dass Sie Wasser predigen und Wein trinken?«

»Ich habe nie behauptet, dass niemand Fleisch essen darf! So radikal bin ich auch wieder nicht. Aber es geht mir um artgerechte Tierhaltung, und da gehört Massentierhaltung einfach nicht dazu.«

Lena wollte keine Diskussion darüber anfangen, woher Steinschaden so sicher sein konnte, dass sein Speck zu Lebzeiten artgerecht gehalten wurde, denn das brachte sie in ihrem speziellen Fall auch nicht weiter.

»Na gut, Herr Steinschaden«, sagte sie vage, denn hier gab es im Moment nicht viel mehr zu erfahren.

»War's das?«, fragte Steinschaden und pickte die letzten Brösel Toast vom Teller.

»Für den Moment, ja.«

Paul winkte der Kellnerin, dass er zahlen wollte. Während er zahlte, erinnerte er sich an die Flyer in einem Ständer neben der Pestsäule vor dem Café, auf denen Leo Steinschadens Lesung im Gemeindesaal angekündigt wurde.

»Sie halten nächsten Freitag eine Lesung?«, fragte er.

»Ja«, antwortete Steinschaden nicht ohne Stolz. »Die Gemeinde hat mich darum gebeten.«

»Vielleicht höre ich mir die sogar an.«

»Ach!« Leo Steinschaden schien nicht so begeistert von der Idee.

Beim Anblick der Flyer war Paul jedoch sofort Monika eingefallen, die gestern überraschend angerufen und ihn für nächsten Freitag zu ihrer Lesung eingeladen hatte. Lachend hatte sie ihm erzählt, dass Stefanie Burkhardt die männliche Hauptrolle vorlesen würde. Er hatte es bemerkenswert gefunden, dass dieses Duo auf einer gemeinsamen Bühne auftreten würde, und vielleicht kannten sich Monika und Leo Steinschaden sogar.

Jetzt war er neugierig geworden. »Wenn Sie mit Stefanie auf Facebook befreundet sind«, sagte er, »dann kennen Sie vielleicht auch Jenny Rose? Die beiden tauschen sich ziemlich oft und öffentlich aus.«

Augenblicklich kroch Abscheu in Leo Steinschadens Gesicht. »*Jenny Rose*, wenn ich diesen Namen bloß höre! Sie meinen die Keckeis aus der Hutweidengasse, die den ganzen Schweinekram schreibt.«

Oha!, dachte Paul überrascht. War da gar ein Konkurrenzkampf zwischen zwei Autoren im Gange?

»Ja, die meine ich«, antwortete er und legte noch eins nach. »Jenny Rose, die *Bestsellerautorin*.« Dass sie im selben

Ort zu Hause war wie er, musste einem seriösen Autor, für den sich Leo Steinschaden ohne Zweifel hielt, ganz schön wehtun.

»Mit so einer gebe ich mich doch gar nicht ab«, behauptete Steinschaden hochmütig.

Monika hatte Paul am Telefon erzählt, dass ihre Lesung für zwanzig Uhr angesetzt war. Vor ihr sei der Auftritt eines anderen Autors geplant. Vorsichtig fragte Paul deshalb: »Wissen Sie, ob außer Ihnen noch jemand vorliest?«

Leo Steinschaden zuckte die Schultern. »Darüber war sich die Gemeinde noch nicht einig. Ich jedenfalls stehe seit langem fest.«

»Vielleicht teilen Sie sich den Abend ausgerechnet mit Jenny Rose!« Paul fand diese Vorstellung erheiternd.

»Wenn die eingeladen wird«, schnaubte der Dichter und presste angewidert die Lippen zusammen, »sag ich mein Kommen ab. So viel ist sicher!«

»Das sollten Sie nicht tun!«, riet Paul. »Sie beide sprechen zwei völlig verschiedene Zielgruppen an. Leben und leben lassen. Sie stehen sich doch nicht im Weg.«

Lena raschelte auffällig laut mit ihrer Handtasche. Sie fand, dass sie lange genug zugehört hatte. Die Befragung driftete ins Belanglose ab. Es interessierte sie nicht die Bohne, wer zu welcher Lesung eingeladen wurde. Sie hatte einen, wenn nicht gar zwei Mörder zu fassen, alles andere war Zeitverschwendung.

Als Paul ihre Rechnung beglichen hatte, erhob sie sich ziemlich abrupt.

»Wir sind noch lange nicht fertig miteinander!«, drohte sie Leo Steinschaden.

Aber der hatte sich wieder seine Brille aufgesetzt und demonstrativ dort weiterzulesen begonnen, wo er unterbrochen worden war.

»Junghans«, sagte Lena zu Paul, als sie wieder in ihrem klapprigen BMW saßen, »was sollte das mit der Lesung? Warum schweifen Sie vom Eigentlichen ab?«

»Ich heiße *Paul!*«, protestierte er. Ihre derbe Art störte ihn schon die längste Zeit, und einmal musste er ihr das sagen. »Oder *Herr* Junghans. Ich sag ja auch nicht Schwertführer zu Ihnen.«

»Weil ich Ihre Chefin bin!«

»Aber ein wenig mehr Höflichkeit könnte nicht schaden. Und wenn Sie von den Menschen die Wahrheit erfahren wollen, sollten Sie ein wenig netter zu ihnen sein.«

»Sie sind doch schon nett für zwei!«

Sie presste das Gaspedal bis zur Bodenplatte durch, aber dieses Mal war Paul vorbereitet. Er hielt sich mit beiden Händen am Handschuhfach fest, bis seine Knöchel weiß hervortraten.

Lena nahm eine Abkürzung über einen unbefestigten Feldweg.

»Ich gehe auf alle Fälle zu dieser Lesung«, kündigte Paul mit aufeinanderschlagenden Zähnen an, als Lena mit ihrem Wagen gerade einen Erdhügel platt machte. »Und Sie sollten es auch.«

»Und warum, wenn ich fragen darf? Für *Garten der Lust* verschwende ich doch nicht kostbare Lebenszeit!«

»Es liest auch Stefanie Burkhardt vor, das weiß ich von der Autorin selbst. Sie hat gemeint, wenn zwei hübsche Frauen auf der Bühne aus einem erotischen Roman vorlesen, zieht das jede Menge Publikum an. Vielleicht erfahren wir dort sogar etwas, das uns weiterhilft.«

Lenas Mundwinkel rutschten verächtlich nach unten. »Erzählen Sie mir hinterher, wie es gelaufen ist. Ich kümmere mich in der Zwischenzeit um die wichtigen Dinge.«

DREI DAMEN UND EINE WURSTSEMMEL

Als vor den Fenstern des Landesklinikums Mödling der Morgen graute, begann das Zapferl, das der Vesna in der Nacht verabreicht worden war, seine verhängnisvolle Wirkung zu entfalten. Vesnas geschwollene Beine trugen jedoch nicht das Gewicht von gut fünfundneunzig Kilo, und so schaffte sie es ohne einen Rollator nicht allein aufs Klo. Den Rollator aber hielt die Moosbacherin fest, als wäre sie mit ihm verwachsen. Vesna jammerte und klagte. Da sie das aber den ganzen Tag und die halbe Nacht tat, interessierte es niemanden mehr.

Auch Frau Gruber hatte den plötzlichen Drang verspürt, aufzustehen und aufs Klo zu gehen. Da ihr jedoch von der letzten Sedierung immer noch schwindelig war, war sie vom Pfleger kurzerhand auf den Leibstuhl gesetzt worden. Das Handy hatte er sicherheitshalber außerhalb ihrer Reichweite platziert.

Die Vesna war in der Zwischenzeit vor lauter Verzweiflung aus dem Bett gekrochen, ausgerechnet als sich gerade die Moosbacherin mitsamt dem Rollator auf den Weg vor die Zimmertür machen wollte, um frische Spitalsluft zu schnuppern.

Im Vorbeigehen empfahl die Moosbacherin der Vesna mit gerümpfter Nase: »Gehen S' ins Bett zurück oder läuten S' nach der Schwester!«

Vesna aber hatte es bereits bis vors Bett geschafft und hielt sich krampfhaft am Bettpfosten fest. Sie stand wie festgefroren und auf ihrem Gesicht tobte ein Kampf zwischen quälender Notdurft und göttlicher Erleichterung.

Als die Moosbacherin an ihr vorbeirollte, wurde sie immer langsamer, da sich plötzlich ein elender Gestank im Zimmer ausbreitete. Zu spät. Die Räder des Rollators gerieten ins Rutschen, die Moosbacherin trat in etwas furchtbar Schlüpfriges und verlor das Gleichgewicht. Sie grunzte noch, als sie direkt in Vesnas Hinterlassenschaft stürzte.

Vesna verließen die Kräfte und sie rutschte mit steinerner Miene am Bettgestell entlang zu Boden.

Von dem Krach aus ihrem dösenden Zustand gerissen, richtete sich Gertrud wie elektrisiert in ihrem Bett auf. Frau Gruber wiederum verrenkte sich beinahe den Hals, um zu sehen, woher der Gestank kam, und stürzte dabei aus ihrem Leibsessel.

Geistesgegenwärtig betätigte Gertrud die Glocke.

Schwester Gerda kam ins Zimmer geeilt und schlug die Hände über dem Kopf zusammen. »Was machen Sie denn für Sachen!«, rief sie bestürzt, angesichts der drei betagten Damen, die sich auf dem Fußboden des Krankenzimmers wälzten, und telefonierte augenblicklich nach dem Pfleger um Unterstützung.

Die Moosbacherin und die Gruberin saßen auf den Bodenfliesen und fluchten wie zwei Bierkutscher. Die Vesna hockte da wie paralysiert und erforschte verwirrt ihre eigene Hinterlassenschaft.

Gemeinsam mit dem herbeigeeilten Pfleger gelang es Schwester Gerda, die Damen hochzuhieven und sie erst einmal auf ihren Bettkanten zu deponieren. Der Pfleger eilte mit angefressenem Gesicht um ein frisches Nachthemd für die Vesna. »Habe ich Ihnen nicht aufgetragen zu läuten, wenn Sie müssen?«, tadelte Schwester Gerda die Vesna mit erhobenem Zeigefinger.

»Die versteht doch kein Wort!«, behauptete Frau Moosbacher und klammerte sich an der Bettkante fest.

»So viel sollte sie schon verstehen!«

»Die versteht einen Schmarren. Ich beweis es Ihnen.« Sie rief zur Vesna rüber: »Vesna?«

Vesna drehte fragend den Kopf herum.

»Vesna, du bist eine Drecksau!«

Vesna zog fragend die Schultern hoch.

»Sehen S'?«, sah sich die Moosbacherin bestätigt. »Die versteht gleich null.«

Eine Stunde später fand Frau Gruber schon wieder einen Grund zur Beschwerde. »Ich will endlich auch mein Frühstück!«, forderte sie herrisch. »Und einen Kaffee. Mir staubt's schon aus dem Mund!«

Schwester Gerda stemmte die Arme in die Hüften. »Sie haben doch erst Ihr Frühstück bekommen!«

»Ich habe überhaupt kein Frühstück bekommen! Die lassen mich hier glatt verhungern, weil alle auf meinen Tod warten. Das ist ein abgekartetes Spiel …«

Gertrud kaute an ihrem Käsebrot und mampfte. »Die Frau Gruber hat ihr Frühstück gekriegt, wie wir alle, Schwester«, fiel sie der Mitpatientin in den Rücken. »Das hab ich mit meinen eigenen Augen gesehen.«

»Bei uns kriegen alle ein Frühstück. Auch die Frau Gruber.«

»Wo ist es dann bitte?«, rief Frau Gruber aufgebracht.

»Na, gegessen werden Sie es haben!«

Damit wandte sich Schwester Gerda ihrem speziellen Fall, der Vesna, zu. »Na, Frau Vesna, wieder alles in Ordnung?«

Vesna aß mit großem Appetit und einem glückseligen Gesichtsausdruck. Der Pfleger, der die kauende Vesna in ein frisches Nachthemd gesteckt hatte, entdeckte auf ihrem Leintuch jede Menge Brösel.

»Setzen Sie sich doch das nächste Mal auf, wenn Sie frühstücken«, rügte er sie und schlug die Bettdecke zurück. Plötzlich runzelte er die Stirn. Die Vesna lag in einem gelblichen Fleck.

»Frau Vesna! Sie liegen ja in Ihrer Heilsalbe! Wenn Sie die Beine eingeschmiert haben wollen, läuten S' doch nach uns.«

Frau Moosbacher im Bett nebenan stützte sich auf dem rechten Ellbogen ab und verrenkte sich den Hals. »Igitt!«, rief sie. »Das ist keine Salbe, das sieht aus wie Eiter!«

Alarmiert rollte der Pfleger Vesnas schweren Körper zur Seite. Unter ihrem Hintern fand Schwester Gerda schließlich Reste eines Stanniolpapiers. Sie hielt das Teil hoch und inspizierte es genauer. »Das ist kein Eiter, das ist Butter.« Sie zeigte es der Vesna. »Warum nehmen Sie Butter mit ins Bett?«

Vesnas Gesicht zeugte von schlechtem Gewissen.

»Da ist ja meine Butter!«, rief Frau Gruber augenblicklich. »Die hat mir mein Frühstück geklaut!«

»Jetzt mal ehrlich, Vesna, wollten Sie die Butter verstecken?« Die Schwester schlug die Bettdecke zurück und fand noch mehr Brösel sowie Reste einer Wurstsemmel.

»Mein Gott, Vesna! Wenn Sie Hunger haben, dann sagen Sie es einfach!«

Vesna brabbelte etwas, das sich anhörte, wie dass sie jetzt auch noch *Lulu* müsse.

Die Schwester verdrehte die Augen und half der Vesna aus dem Bett. Auf dem Klo befahl sie: »Und hier bleiben Sie sitzen, bis ich Sie hole, haben wir uns verstanden?«

Vesna nickte, was jedoch nichts zu bedeuten hatte. Während Vesna auf dem Klo saß, überzog der Pfleger ihr Bett neu.

Ein paar Minuten später zog Schwester Gerda den Vorhang zum Klo beiseite und wollte die Vesna auffordern, in ihr frisch bezogenes Bett überzusiedeln, aber Vesna war verschwunden. Und mit ihr der Rollator der Frau Moosbacher. Schwester Gerda stürzte auf den Gang hinaus, aber Vesna war wie vom Erdboden verschluckt. Schwester Gerda verständigte den Sicherheitsdienst und Frau Moosbacher drohte das Krankenhaus zu verklagen, sollte ihr Rollator gestohlen worden sein.

Mitten im Tumult trat ein schwarzgelockter athletischer Mann Anfang vierzig ins Zimmer und den Damen blieb der Streit im Hals stecken. So was Gutaussehendes und Männliches hatte sich schon seit Langem nicht mehr in ihr Leben verirrt. Er hatte ein kantiges Kinn, kräftige weiße Zähne, und sein lächelndes »Guten Morgen« ließ die Damen erschauern. Am Arm führte er die Vesna herein, die sich an Frau Moosbachers Rollator klammerte, als wollte sie ihn nie wieder loslassen. Die Moosbacherin vergaß glatt ihren Ärger und verdrehte vor lauter Entzücken die Augen. Sogar Frau Gruber vergaß für den Moment den Diebstahl ihres

Frühstücks. Gertrud seufzte tief auf, weil der schöne Fremde sie an ihren ersten Liebhaber erinnerte, der sie mit einundzwanzig entjungfert hatte.

Der gutaussehende Fremdling dirigierte die Vesna ganz langsam in Richtung Bett und sprach energisch auf sie ein. Vesna duckte sich unter seiner Schimpftirade, während eine ihrer Hände gierig eine Wurstsemmel umklammerte.

»Ich bin der Sohn von der Vesna.« Der schöne Mann lächelte den Damen so charmant zu, dass Gertrud direkt warm ums Herz wurde. *Wie kam eine so hässliche Frau zu einem so gutaussehenden Sohn?* Nach den Gesichtern der anderen Patientinnen zu schließen, fragten sich diese wahrscheinlich gerade dasselbe.

Frau Gruber wollte zwar nicht unhöflich erscheinen, dennoch forderte sie ihr Recht ein: »Ich glaube, Ihre Mutter hat mir mein Frühstück gestohlen!«, klagte sie, diesmal aber bedeutend sanfter.

Der Sohn seufzte und nickte. »Das glaube ich Ihnen aufs Wort! Ich habe meine Mama nämlich vorhin in der Küche gefunden. Sie frisst wie ein Mähdrescher. Schauen Sie sie an! Fast hundert Kilo wiegt sie schon. Ihre Beine schaffen das nicht mehr. Sie ist zweiundachtzig, wenn sie so weiterfrisst, kann sie bald überhaupt nicht mehr laufen.«

Frau Gruber lächelte nachsichtig. Endlich ein unvoreingenommener Mensch, der ihr den Verlust ihres Frühstücks abnahm. Triumphierend blickte sie Schwester Gerda entgegen, die eben das Zimmer betrat.

»Habe ich es nicht gesagt? Mein Frühstück wurde von *dieser* Frau da gestohlen! Aber mir glaubt ja niemand, außer dem Herrn Sohn.«

Vesna, von schlechtem Gewissen gepackt, streckte im Vorbeigehen Frau Gruber ihre zerquetschte Wurstsemmel hin, aber Frau Gruber wandte angeekelt das Gesicht ab.

»Ich bringe Ihnen ein neues Frühstück«, versprach Schwester Gerda.

Der Sohn half seiner Mutter ins Bett und reichte Frau Moosbacher mit Dank und einer Entschuldigung ihren Rollator zurück. Die glückliche Frau Moosbacher streifte dabei unauffällig seinen Arm.

Der Mann setzte sich auf die Bettkante und streichelte die Hand seiner Mutter. »Meine Mama war früher ein ganz anderes Kaliber«, erzählte er traurig. »In ihrer Jugend hat sie im damaligen Jugoslawien bei den Partisanen gekämpft. Sechsmal stand sie vor einem Todeskommando!«

Die Moosbacherin warf einen skeptischen Blick auf die Vesna. Sie konnte das schwer glauben.

»Und meinen Papa hat sie zweimal in der Woche aus der Bar gezerrt, weil er dort gesoffen hat. Einmal ist sie sogar mit dem Nudelholz auf ihn losgegangen und hat ihm vor allen Gästen einen Kinnhaken verpasst, dass mein Papa rücklings über die Bar geflogen ist.«

»Unglaublich!«, staunte Frau Moosbacher.

Der Sohn schüttelte besorgt den Kopf. »Aber jetzt frisst sie einfach zu viel.«

Schwester Gerda trat mit einem frischen Frühstück ins Zimmer, das ihr Frau Gruber gierig aus der Hand riss.

Schwester Gerda wandte sich der vierten Patientin zu, die ihr bislang die wenigsten Schwierigkeiten gemacht hatte. »Und Ihnen geht's gut, wie ich sehe, Frau Klampfl?«

»Ist mir nie besser gegangen!«, frohlockte Gertrud.

»Wann darf ich denn endlich nach Hause?«

»Wir warten die Visite der Oberärztin ab, und dann schauen wir, was sie sagt. Aber wenn ich Sie mir so ansehe, glaube ich, dass die Medikamente bei Ihnen gut anschlagen.«

Gertrud nickte heftig. Zu Hause wartete jede Menge Arbeit auf sie, und Zuhause bedeutete für sie das Heim der Familie Burkhardt.

»Vielleicht dürfen Sie übermorgen schon heim gehen. Werden Sie abgeholt?«, fragte die Schwester.

»Meine beste Freundin holt mich ab«, erzählte Gertrud mit einem glücklichen Lächeln im Gesicht.

Schwester Gerda nickte wohlwollend. »Das find ich aber schön, dass Sie eine beste Freundin haben.«

GERTRUD DARF HEIM

Die Tage ohne Gertrud waren nicht nur für Martin Burkhardt die reinste Erholung, auch der Rest der Familie fühlte sich wie von einem Albtraum befreit. Martin ertappte sich dabei, wie er beschwingt und vor sich hin pfeifend durch das Haus schwebte. Carla steckte ganz ohne schlechtes Gewissen an zwei Tagen hintereinander Tiefkühlpizza ins Rohr, am dritten Tag leckere Fischstäbchen, worüber sich besonders die Kinder freuten. Entgegen seiner früheren Gewohnheit lobte Martin das einfache Essen und freute sich klammheimlich über jedes vorwitzige Staubkorn, das sich in seinem Arbeitszimmer schon wieder niedergelassen hatte. Dadurch bekam der Raum seinen früheren Charme zurück, in dem er am besten arbeiten konnte. Langsam kehrte Ruhe ein, die alten liebgewonnen Gewohnheiten stellten sich wieder ein, und Carla und Martin verdrängten tapfer die Gewissheit, dass Gertrud früher oder später wieder Teil ihres Lebens sein würde.

Dieser Tag kam früher als befürchtet.

Noch während der Fahrt vom Landesklinikum legte Carla Gertrud nahe, sich unbedingt ein paar Tage zu schonen und in Zukunft nur noch die ursprünglich vereinbarten zehn Stunden die Woche zu kommen, denn alles andere sei für Gertruds Rücken schädlich, und das wolle sie als Arbeitgeberin nicht verantworten müssen.

Das sah Gertrud ganz und gar nicht so.

Schon am nächsten Tag ließ sie sich, voll neuer Energie und ganz ohne Rückenschmerzen, mit ihrem Schlüssel Punkt zehn Uhr ins Haus ein. Martin hatte sich einen freien Tag genommen, weil er von zu Hause Recherchen anstellen wollte zum Thema »*Die Wachstumsphasen der Stadt Baden von Anfang des 9. Jahrhunderts bis zur Erstellung des Franziszeischen Katasters, 1819*«, als Gertrud mit einem lauten »Guten Morgen, Herr Burkhardt!« die Tür zu seinem Arbeitszimmer aufriss und augenblicklich bejammerte, dass sie nicht mit seiner Anwesenheit gerechnet hatte, früher oder später aber auch hier saubermachen müsse, denn: »Hier herinnen ist schon wieder alles voller Staub! Ein paar Tage bin ich nicht da und schon verlottert das ganze Haus!«

Martin Burkhardt gefror in seinem Sessel.

Gertrud hatte ihren Arbeitskittel übergezogen, in der einen Hand trug sie den Wischmopp wie ein Zepter vor sich her, die andere Hand umklammerte ihren Putzlappen. Mit einem vertraulichen Augenzwinkern versprach sie: »Keine Sorge, Herr Burkhardt, ich garantiere Ihnen, dass ich ab jetzt Ihre alten Hottentotten-Zeitungen in Ruh lass. Ich bin ja nicht ganz unbelehrbar. Ich habe meine Lektion gelernt!«

Martin Burkhardt bot plötzlich den Anblick eines gebrochenen Mannes. Er schnaufte, als würde er zu wenig Luft bekommen, als Gertrud fragte: »Wollen wir es auf später verschieben, oder gleich hinter uns bringen?«

»Was?«, krächzte er.

»Na, Ihr Zimmer aufräumen! Hier sieht's ja schon wieder aus wie …«

Weiter kam sie nicht, denn Martin Burkhardt war grau im Gesicht geworden und aufgesprungen. Seine Hände machten sich buchstäblich selbstständig, sie legten sich um Gertruds Hals und drückten zu.

Gertrud quollen die Rosinenaugen aus den Höhlen und sie konnte nur noch röcheln: »*Hil-fe!* … Ich … sag … nur … zwei … Wörter … *rote* … *Strapse* … *Hiiiil-fe!*«

Martin zuckte zusammen. Seine plötzlich schlaff gewordenen Arme ließen den Hals der Putzfrau so blitzartig los, als hätte er sich verbrannt.

»Was haben Sie gesagt?«, ächzte er.

Gertrud griff sich röchelnd an die Kehle und musste erst ein paarmal schlucken. Ihr Hals fühlte sich an, als säße dort statt eines Kehlkopfs plötzlich ein Betonklotz.

»Wollen Sie mich umbringen?«, hustete sie krächzend.

»Was haben Sie vorhin gesagt?«, wiederholte Martin leise.

Gertrud hatte sich von dem Angriff überraschend schnell erholt und erkannte, dass sie jetzt ihr Trumpf-Ass ausspielen musste. Wenn nicht jetzt, wann dann? Hier ging es plötzlich um ihr eigenes Leben!

»Rote Reizwäsche! Alles klar? Mehr sag ich nicht!«

Die Hände in die Hüften gestemmt, starrte sie kampfeslustig zu ihm hoch. »Dass Sie Ihrer armen Frau das antun!«, zeterte sie gleich darauf los. »Nehmen Sie heimlich fremde Frauen ins Arbeitszimmer mit, ja? Darf deshalb niemand Ihr Zimmer betreten? Ist Ihnen Ihre eigene Frau nicht mehr gut genug? Sie hat mir erzählt, dass Sie ihre erste und letzte große Liebe waren! Liebe auf den ersten Blick, hat sie gesagt! Ich finde das zum Weinen. So traurig ist das.«

Martin holte mehrere Male Luft.

Wenn er sich nicht bald etwas einfallen ließ, würde ihm diese kleine miese Person seine Ehe und im schlimmsten Fall auch seine Karriere ruinieren.

Mit unglaublicher Beherrschtheit erwiderte er: »Gertrud, beruhigen Sie sich. Ich nehme keinen fremden Frauen ins Zimmer. Ich schwöre es.« Schwitzend fragte er sich, wie es eigentlich gekommen war, dass er sich vor dieser rechthaberischen, unglaublich dummen Person rechtfertigen musste!

»Was tun dann die Strapse in der Schublade?«

»Die stammen von einem Besuch in einem Swinger-Club. Ich habe damals diese Strapse selbst getragen, weil ich eine Wette verloren habe …«

»Hahaha! *Sie* tragen Strapse? Das glaub ich jetzt nicht!« Gertrud hatte ihren Wischmopp in einer Zimmerecke abgestellt und hielt sich vor Lachen die Seiten. »Den Anblick hätt ich mir gegönnt, ehrlich!«

Martin ballte die Hände zu Fäusten. »Es war doch nur eine Wette, die ich verloren habe!«

Gertrud glaubte ihm noch immer nicht. Sie kaute an ihrer Unterlippe und fragte hinterhältig: »Wenn ich Frau Carla frag, ob sie Sie jemals mit Strapsen und BH in einem Swinger-Club gesehen hat, was meinen Sie, würde ich für eine Antwort kriegen?«

Martin Burkhardt duckte sich, als erwartete er eine Tracht Prügel. »Tun Sie das nicht! Es hat ihr damals gar nicht gefallen. Wir hatten deswegen sogar einen bösen Streit. Außerdem ist es viele Jahre her.«

»Ich glaub Ihnen kein Wort!« Sie kicherte boshaft.

»Okay! Wie viel wollen Sie?« Martins Stimme wurde eisig.

Gertruds Lachen verschwand aus ihrem Gesicht. »Bitte was?«

»Sie haben schon verstanden.«

»Ich hab gar nichts verstanden!«

»Wie viel Geld wollen Sie, damit Sie mich und meine Familie in Ruhe lassen?«

Jetzt verlor das Gespräch für Gertrud plötzlich jeglichen Unterhaltungswert. Sie blies die Wangen auf wie ein Hamster. »Sie wollen mir *Geld* anbieten?«, fragte sie fassungslos.

»Sie haben es sicher nötig.«

»Und wenn ich keins annehme, bringen Sie mich dann *auch* um?«

»Was meinen Sie *damit*?«, fragte er drohend.

»Ich glaub, Sie wissen genau, was ich meine!« Sie spitzte die Lippen.

Mittlerweile stand Martin der Schweiß auf der Stirn. »Treiben Sie es nicht auf die Spitze!«, warnte er leise. »Ich bin ein geduldiger Mensch, aber Sie haben es wirklich geschafft, mich in Rage zu bringen.«

Gertrud begann angestrengt nachzudenken, dann hob sie ruckartig den Kopf. »Na gut. Meine Lippen sind vorerst versiegelt. Aber wenn Sie mich weiterhin so schlecht behandeln, kann ich für nichts garantieren.« Kampfeslustig blickte sie zu ihm hoch.

Martin Burkhardt hatte endgültig von den Erpressungsversuchen der Putzfrau die Nase voll. »Ein Wort zu meiner Familie«, drohte er, »und Sie landen nächstes Mal nicht im Krankenhaus, sondern auf dem Friedhof. Haben wir uns verstanden?«

Gertrud zog die Brauen zusammen, während sich ihre Gedanken überschlugen. Sie beschloss, auf diese gefährliche Drohung lieber nicht zu antworten, denn plötzlich erkannte sie, dass sie ab nun sehr vorsichtig sein musste.

SCHWEINEKRAM UND NOCH VIEL MEHR

Die Lesung zweier einheimischer Autoren war in der Gemeindezeitung angepriesen worden, und es wurde um zahlreichen Besuch gebeten. Leo Steinschaden hatte, entgegen seiner Drohung, sein Kommen doch nicht abgesagt, auch wenn nach ihm Jenny Rose aus ihrem Buch vorlesen würde und er sich so auf eine gemeinsame Stufe mit dieser Schmierenkomödiantin stellen musste. Die Gemeinde hatte es nun mal so beschlossen, aber diese Erniedrigung würde er souverän wegstecken, redete er sich ein.

Und einen Trumpf besaß er immerhin noch!

Außer einem entfernten Verwandten, zwei Nachbarinnen, denen er jeweils eine Flasche Eierlikör versprochen hatte, und dem Gemeinderat für Kultur, entdeckte er im Publikum nur noch Fritz Gärtner, Kamerad im Kampf gegen Tierquäler, und – Steinschaden erschrak – dummerweise auch die Polizei. Der junge Inspektor bereitete ihm weniger Sorgen, aber dass die Chefinspektorin gekommen war, machte ihn plötzlich nervös. Die kam sicher nicht wegen seiner Lesung.

Wenig begeistert überblickte er die übersichtliche Zuhörerschar. Egal! Auch wenn niemand das Thema zu interessieren schien, Hauptsache, es saßen wenigstens physisch ein paar Zuhörer da, damit der Saal nicht gar so leer wirkte.

Hoffentlich klatschten sie hinterher lange. Dafür würde er noch eine extra Flasche Eierlikör drauflegen.

Lena und Paul hatten sich in die letzte Reihe gesetzt, um den Überblick zu wahren, und wunderten sich über das fehlende Interesse der Bevölkerung. Immerhin hatten sie in den letzten Tagen zahlreiche Flugblätter und Poster gesehen, die Leo Steinschadens Lesung ankündigten. Aber der Titel *Gedanken eines kritischen Zeitzeugen zum Zustand unserer Gesellschaft* dürfte nicht allzu viele Interessierte hinter dem sprichwörtlichen Ofen hervorgelockt haben.

Als Leo Steinschaden die Bühne betrat, setzte martialische Musik ein – *Zarathustra!* Die Musik hatte Richard Strauss komponiert und Friedrich Nietzsche hatte Texte zu *Also sprach Zarathustra* geschrieben. Ein gewaltiger Einstieg für eine mickrige Zuhörerschaft.

Steinschaden verneigte sich tief, sein eisgrauer Haarschopf erinnerte sogar ein wenig an Friedrich Nietzsche selbst. Er nahm auf dem Stuhl in der Mitte der Bühne Platz, richtete sich das Mikrofon zurecht und schlug sein Buch auf. Die erste Seite enthielt verschiedene Zitate von Nietzsche, mit denen er seine Zuhörer einstimmen wollte. Mit feierlicher Stimme begann er zu lesen: »*Ich sage euch, man muss noch Chaos in sich haben, um einen tanzenden Stern gebären zu können. Wehe, es kommt die Zeit, wo der Mensch keinen Stern mehr gebären wird.*« Er hob den Kopf, um dann mit donnernder Stimme fortzufahren: »Diese Zeit ist gekommen! *Die Menschen drängen sich zum Lichte, aber nicht, um besser zu sehen, sondern um selbst besser zu glänzen!* … Heute wird in unseren Schulen die Weltliteratur vernachlässigt, für stille Reflexion ist keine Zeit. Die Menschen werden von der Politik zu kritiklosen Konsumidioten erzogen, eingelullt von ihren Handlangern, den profilierungssüchtigen und gleichgeschalteten Medien …«

Leo Steinschaden legte eine Kunstpause ein und spie ins Publikum: »Poppen und Shoppen heißt eure Devise! Leerlauf fürs Gehirn!« Tatsächlich kicherte jemand in der Zuhörerschaft.

Nach einer Dreiviertelstunde Moralpredigt, als die Zuhörer schon in den Sesseln hingen wie angeschlagene Boxer in den Seilen, holte Leo Steinschaden zur ultimativen Attacke auf seine Zuhörer aus und riss sie doch noch aus ihrem Halbschlaf. Er verließ sich dabei wieder auf Nietzsches Worte, der schrieb: *»Dass ihr doch wenigstens als Tiere vollkommen wäret! Aber zum Tiere gehört die Unschuld … und wahrlich, ist es nicht besser, in die Hände eines Mörders zu geraten als in die Träume eines brünstigen Weibes?«*

In der Dunkelheit des Saals zuckte Lena Schwertführer empört aus ihrem Sessel hoch. »Und dafür habe ich meine wertvolle Zeit vergeudet?«, fauchte sie Paul an, der grinsend neben ihr saß. Ihm hatte die Lesung gefallen.

Zum Abschluss verbeugte sich Leo Steinschaden tief und verkündete: »Wer ein von mir signiertes Buch erwerben möchte, den bitte ich an meinen Büchertisch.« Gemessenen Schritts verließ er die Bühne.

Da niemand die Gelegenheit nutzen wollte, Geld dafür hinzulegen, um sich auf jeder Buchseite beleidigen zu lassen, setzte sich Leo Steinschaden mit steinerner Miene auf seinen Platz neben Fritz Gärtner. Oberflächlich nickte er dem Inspektor und der Frau Chefinspektorin zu, die hinter ihm saßen, und vermied Lenas Augen, die wütende Blitze in seine Richtung schleuderten.

Leo Steinschaden widmete sich dem Programm auf seinem Schoß und raunte seinem Kumpel Fritz Gärtner ins Ohr: »Diesen Schweinekram, der nach mir kommt, hör ich mir jetzt doch noch an!«

Fritz Gärtner, der längst ein signiertes Buch von Leo Steinschaden besaß, ließ es sich ebenfalls nicht nehmen, sich den Schweinekram von Jenny Rose reinzuziehen. Von draußen drang bereits angeregtes Gemurmel zu ihnen herein, und als sich die Flügeltüren öffneten, strömten die Leute massenhaft in den Saal, was Leo Steinschaden mit Unverständnis zur Kenntnis nehmen musste. In kürzester Zeit war der Gemeindesaal voll und platzte aus allen Nähten. Ein appetitliches Buffet, gesponsert vom hiesigen Kaufladen, sowie verschiedene Weiß- und Rotweine der ortsansässigen Winzer warteten nach der Lesung auf das Publikum.

Carla und Gertrud hatten in der zweiten Reihe Platz genommen, denn die erste Reihe war den Gemeindepolitikern vorbehalten. Erst gestern hatte Stefanie Gertrud ganz persönlich zu ihrer Lesung eingeladen, worüber sich Gertrud so freute, dass ihr beinahe die Tränen in die Augen gestiegen wären. Kurz vor ihrem Auftritt setzte sich Stefanie noch kurz zwischen sie und ihre Mutter.

»Schreibt die Dame Schlüpfriges und so ein Zeugs?«, wollte Gertrud argwöhnisch wissen.

»Jugendfrei ist es nicht!« Stefanie lachte. »Aber jetzt mal ehrlich, Gertrud, jung sind Sie selber nicht mehr. Das sollten Sie schon aushalten.«

Insgeheim war Gertrud ungemein stolz auf das Mädchen. Vorlesen vor so vielen Leuten! Dass sie das gar nicht nervös machte! Es rang ihr Respekt ab. Immerhin hatten die

Vorbereitungen auf die Lesung dazu beigetragen, dass sie ihren toten Charles schon längere Zeit nicht mehr erwähnt hatte.

Gertrud entging jedoch nicht, dass Stefanies Augen unauffällig, aber sehnsüchtig über den Saal wanderten und ihr Gesicht dabei immer länger wurde. *Wo blieb ihr Vater?* Interessierte es ihn gar nicht, wenn seine einzige Tochter auf der Bühne stand? Auch Carla ließ sich vor Stefanie nicht anmerken, wie enttäuscht sie war.

Gertrud spitzte die Lippen und sprach aus, was sich Mutter und Tochter dachten: »Und wo ist der ehrenwerte Herr Gemahl? Bedeutet es ihm gar nichts, wenn seine einzige Tochter ihren großen Auftritt hat?«

Mutter und Tochter überhörten das geflissentlich. Doch plötzlich leuchtete Stefanies Gesicht auf, als sie ihren Vater erkannte, der sich unter vielen Entschuldigungen an den Zuhörern vorbei bis zu ihnen vorkämpfte. Abgehetzt, aber lächelnd, drückte er Stefanie kurz an seine Brust und entschuldigte sich bei seiner Frau mit einem unvorhergesehenen Termin bei Dr. Hummelberger.

Gertrud warf Martin Burkhardt einen schrägen Blick zu. *Schon wieder Dr. Hummelberger!* War das am Ende gar die Trägerin der roten Strapse? Wer immer es war, sie würde es herausfinden!

Stefanie musste sich verabschieden und bat, ihr die Daumen zu drücken. Erhobenen Hauptes begab sie sich zum Hintereingang der Bühne, wo Monika bereits auf sie wartete. Sobald es still im Saal war, begann Carlas Sitznachbarin mit einem Säckchen Rum-Kokos-Kugeln zu rascheln.

Carla hielt den Finger an die Lippen. »*Psst!* Es fängt gleich an.« Warum Menschen, sobald sie einer Vorführung beiwohnten, augenblicklich mit Naschereien stören mussten, war ihr immer schon ein Rätsel gewesen. Dahinter musste irgendein innerer, noch unerforschter Zwang stecken!

Das Saallicht wurde heruntergedimmt und nur ein einzelner Spot leuchtete die Bühne aus. Die Bühne blieb lange leer und die Spannung stieg. Schließlich setzte Musik ein – *Je t'aime*, gestöhnt von der britischen und mittlerweile in die Jahre gekommenen Kultsängerin Jane Birkin. Monika, in einem weißen und weit ausgeschnittenen atemberaubenden Kleid betrat die Bühne. Mit einem bezaubernden Lächeln dankte sie dem Publikum für das zahlreiche Erscheinen. Dann rief sie Stefanie heraus.

Stefanie trug einen hautengen schwarzen Hosenanzug mit langen Ärmeln, den ihre Mutter extra für den Anlass gekauft hatte, weil er ihre vielen Tattoos verbarg. Zum ersten Mal war Carla stolz auf ihre Tochter, die souverän und ohne die geringsten Zeichen von Nervosität neben der Autorin Platz nahm und mit leicht erhitztem, aber feierlichem Gesicht das Publikum sondierte.

Monika hob zu sprechen an und erzählte, dass sie aus ihrem Bestseller *Im Garten der Lust* vorlesen würde. Die Szene, wo sich Monikas weibliche Hauptfigur, Bella Flora, lasziv eine Zigarette anzündete, um dann Kevin, den jungen testosterongesteuerten Gegenspieler des alternden, eifersüchtigen Dichters, zu verführen, ließ die Zuhörer das Atmen vergessen. Wegen des Rauchverbots im Saal musste Monika auf eine elektronische Zigarette ausweichen, aber dieses kleine Handicap konnte die Dramaturgie nicht schmälern.

Stefanie las die Rolle des vor Liebe blinden Kevins und sprach mit tiefer Stimme wie ein Mann, was sie kurzfristig vor verhaltenem Kichern beinahe außer Gefecht setzte. Gegen Ende der Lesung war der Dichter aus dem Roman plötzlich tot. Zu Tode geprügelt, lag er unter seinen eigenen blutverschmierten Manuskripten. Der Mörder war jemand, der den Dichter aus tiefstem Herzen gehasst haben musste. *War es Kevin gewesen?* Das aber würde das Publikum erst erfahren, wenn es das Buch kaufte.

Gertrud schickte Stefanie ein Kusshändchen, weil sie ihre Sache so gut machte. Nur Leo Steinschaden, der sich in dem toten Dichter zu erkennen glaubte, begann ein Pfeifkonzert. Mehrere Stimmen mahnten ihn mit lauten Zischlauten zur Ruhe. Martin Burkhardt wandte sich um und drohte dem Ruhestörer sogar mit der Faust, wobei die Ader an seinem Hals heftig pulsierte.

»Martin, *bitte!*«, raunte Carla.

»Wer ist dieses alte Ekel?«, wollte er wissen.

Carla hielt den Blick so starr auf die Bühne gerichtet, als trüge sie Scheuklappen. »Ich weiß es nicht. Irgendein Blödmann! Ignoriere ihn einfach.«

Gertrud verrenkte sich beinahe den Hals, um den Blödmann mit giftigen Blicken zum Schweigen zu bringen.

Die zwei jungen Frauen auf der Bühne jedoch ließen sich von dem Aufruhr, den sie verursachten, nicht beirren. Im Gegenteil. Sie schienen geradezu Gefallen daran zu finden. Sie lachten leise und näherten sich langsam, aber sicher dem Ende der Lesung.

Mitten in Monikas gehauchte Sätze, die sie direkt an Stefanie, alias Kevin, richtete: »*Ich öffne mich dir wie ein feuchter*

Kelch, mein Geliebter! Versinke in meinen Schoß und lass uns die Welt um uns herum vergessen«, explodierte die elektronische Zigarette mitten in ihrem Gesicht.

Der Aufschrei im Saal ließ einige Sekunden auf sich warten, da niemand so recht wusste, ob die Explosion Teil der Vorstellung war. Erst als Monikas Schmerzensschreie nicht mehr aufhören wollten und Stefanie nach einer ersten Schockphase aufsprang und hysterisch zu brüllen begann, hatte das Publikum begriffen, dass es sich um einen schrecklichen Unfall handeln musste.

Nur Lena und Paul dachten nicht an einen Unfall. Sie dachten sofort an einen Anschlag.

Lena klopfte dem vor ihr sitzenden Leo Steinschaden auf die Schulter, der sich mit hochrotem Kopf umwandte. »Herr Steinschaden, wir müssen Sie sprechen.«

Steinschaden brach der Schweiß aus. Er erkannte, dass er aus dieser Nummer so schnell nicht wieder rauskam. Zu auffällig hatte er sich vorhin benommen. Dann auch noch die Ähnlichkeit mit dem fiktiven Dichter! Wenn er den Inhalt dieses Schweinekrams bloß vorher gekannt hätte! Jetzt lag das Motiv geradezu glasklar auf der Hand. Nein, sich gegen eine Mitnahme zu wehren, hatte keinen Sinn, das sah Leo Steinschaden ein. Ihm waren wieder einmal die Sicherungen durchgebrannt.

»Mit Ihnen müssen wir auch sprechen!«, eröffnete Lena Fritz Gärtner, der nach Ausflüchten suchte, was ihm aber nichts half. Mitgegangen, mitgefangen!

Mitten im Tumult rief der aufgelöste Kulturreferent den Rettungsdienst. Während Steinschaden und Fritz Gärtner in Lenas Gewahrsam blieben, eilte Paul auf die Bühne. Er zückte seinen Polizeiausweis und hielt die aufgebrachte Menschenmenge, die sich um die verletzte Autorin gebildet hatte, auf Abstand. Bestürzt bückte er sich zu Monika hinunter.

Monika war blutüberströmt und drückte schwach seine Hand. »Paul«, wisperte sie, »was meinst du, war das ein Unfall?«

»Wir werden es herausfinden, Monika, das verspreche ich dir. Wichtig ist jetzt nur, dass du in ein Krankenhaus kommst. Überlasse alles andere mir.«

»Wie sehe ich aus?«, fragte sie mit matter Stimme.

Paul sah an ihrem weißen Kleid hinunter mit den Blutflecken, die immer größer wurden, und auf das Blut, das unaufhörlich von ihrem Gesicht auf ihre Brust tropfte. Könnte sie sich jetzt im Spiegel sehen, würde sie vor sich selbst davonlaufen.

»Ein bisschen mitgenommen, aber sonst wie immer«, antwortete er und verbarg seine Sorge hinter einem schwachen Lächeln.

Leichenblass waren Carla und Martin zu Stefanie auf die Bühne geeilt, um ihre Tochter von diesem gefährlichen Ort wegzuzerren. Aber Stefanie stand felsenfest zu ihrer Freundin, die nun wieder vor Schmerzen zu stöhnen begonnen hatte. Tränen rollten über Monikas Wangen, als sie sich tapfer auf die Lippen biss.

Gertrud saß auf ihrem Stuhl, festgemauert wie eine Statue. Zwar hatte ihr die Lesung selbst nicht sonderlich gefallen, viel zu viel Sex für ihren Geschmack. Aber so ein Ende? Das hatte die junge Autorin sicher nicht verdient. Und Stefanie schon gar nicht. Die hatte das schlüpfrige Zeug ja nicht einmal geschrieben, sondern bloß vorgetragen. Was das Mädchen in den letzten Wochen alles durchmachen musste, ging auf keine Kuhhaut!

Mit einem Taschentuch klaubte Paul die Reste der E-Zigarette auf und steckte sie in seine Jackentasche. Die Kollegen in Wien würden wieder Arbeit bekommen!

Er wartete, bis die Sanitäter Monika erstversorgt hatten und in den Rettungswagen trugen. Er bemühte sich nach Leibeskräften um ein aufmunterndes Kopfnicken, aber seine Sorge stieg.

In der letzten Reihe drückte sich Lena so eng an Leo Steinschaden, als wäre sie mit ihm verwachsen. Leo Steinschaden aber hatte den Gedanken an Flucht gar nicht erst in Betracht gezogen. Der Saal hatte sich geleert, bis auf die herbeigeeilten Polizisten, die den Tatort sicherten.

Als Lena hinter Leo Steinschaden den Saal als Letzte verließ, warf sie einen flüchtigen Blick auf das unberührte Buffet und maulte: »Schade drum!«

DAS VERHÖR

Über Nacht hatte Föhn eingesetzt und im ganzen Bezirk klagten die Menschen über Kopfschmerzen und Kreislaufprobleme.

Fritz Gärtner und Leo Steinschaden wurden in die Mangel genommen. Fritz Gärtner versicherte immer wieder, dass er mit dieser Geschichte nichts zu tun hatte. Dennoch fiel auf, dass Fritz Gärtner immer dann im Spiel war, wenn es einen Mord oder einen Mordversuch gab. Vorläufig aber durfte Fritz Gärtner nach Hause gehen.

Leo Steinschaden hingegen musste in U-Haft bleiben. Im Augenblick saß er in Pauls Büro und Paul schaltete das Aufnahmegerät ein.

»Polizeiverhör von Leo Steinschaden. Heute ist der 23. November, 8:15 Uhr. Die Befragung führt Inspektor Paul Junghans durch.«

Paul schob das Mikrofon in die Mitte des Tisches.

»Herr Steinschaden, Sie werden des Anschlags auf Frau Monika Keckeis beschuldigt. Möchten Sie sich dazu äußern?«

»Ich bin unschuldig.« Trotzig saß Leo Steinschaden Paul gegenüber.

»Wir lassen gerade überprüfen, ob wir Ihre Fingerabdrücke auf der elektronischen Zigarette finden.«

Leo Steinschaden schluckte.

Paul fragte: »Sind Sie auf Frau Keckeis eifersüchtig, weil sich deren Bücher so viel besser verkaufen als Ihre eigenen?«

»Auf *die* bin ich doch nicht eifersüchtig!«, begehrte Leo Steinschaden auf. »Aber ich mache mir halt so meine eigenen Gedanken. Wenn du Schweinekram schreibst, dann landest du mit hoher Wahrscheinlichkeit einen Bestseller. Und wenn ein überführter Mörder in seiner Gefängniszelle ein Buch schreibt, wie er seine zwei Ehefrauen zerstückelt und im Keller eingemauert hat, das Geständnis einem Verleger diktiert, der das Ganze reißerisch verpackt, dann verkauft sich dieses Buch wie die warmen Semmeln. Wenn du dir aber Sorgen um die Umwelt machst und beschreibst, wie unsere von multinationalen Konzernen beherrschte Welt direkt auf den Klimakollaps zurast, dann gehst du auf dem Buchmarkt unter wie ein Haustorschlüssel im Wasser. Ich finde das ungerecht.«

»Ich verstehe ja, was Sie meinen, aber gerade deshalb sind Sie hier. Sie haben ein starkes Motiv.«

»Ich will einen Anwalt!«

Paul zuckte die Schultern. »Das ist Ihr gutes Recht. Kennen Sie einen?«

»Ja, Dr. Brenner. Der hat mich schon einmal vertreten.«

Paul schob ihm das Telefon hin. »Dann rufen Sie ihn an. Sie werden ihn brauchen.«

Mit verzweifeltem Gesicht suchte Steinschaden in seinem zerfledderten Notizbüchlein die Telefonnummer seines Anwalts heraus. Dr. Brenner versprach, so bald wie möglich zu kommen. Bis dahin aber blieb Leo Steinschaden in Verwahrung.

»Ich habe eine neue Spur!«, verkündete Lena am nächsten Tag in Gegenwart von Maja Fröschl und Felix Vielnascher. »Der Dichter hat bekanntlich seine Katze vor ein paar Jahren auf dieselbe Art verloren, wie Stefanie Burkhardt. Außer dem Wallner hatte er damals noch die gesamte Jägerschaft in Verdacht. Er hat das auch zur Anzeige gebracht. Kann sich niemand von euch an diese Anzeige erinnern?«

Maja Fröschl nickte zerknirscht. »Jetzt, wo Sie es sagen! Wir hatten damals zwei Streifenpolizisten zu Steinschaden geschickt, aber es ist nichts dabei herausgekommen.«

»Und wieso erfahre ich das erst jetzt?«

Maja Fröschl verteidigte sich. »Was glauben Sie, wie viele Anzeigen wir täglich hereinkriegen! Wir können uns nicht jede einzelne merken!«

»Das Ganze wird ein Nachspiel haben!«, drohte Lena.

Monika war operiert worden und Paul konnte sie erst am übernächsten Tag zu dem Hergang auf der Bühne befragen. Er hatte auch mit dem Arzt gesprochen, der ihm mit sorgenvoller Miene Auskunft gab, dass Monika wohl Gesichtsnarben davontragen würde. Das sagte Paul ihr aber lieber nicht.

»Hast du irgendwann Leo Steinschaden in der Nähe der Bühne gesehen, Monika?«, drängte Paul sie, als er in ihrem Einzelzimmer auf dem Besucherstuhl neben ihrem Bett Platz nahm.

Monika trug einen dicken Verband im Gesicht und konnte nur mit Mühe sprechen. Ihre Augen blickten matt. Nein, Steinschaden habe sie nicht gesehen, aber ihre Utensilien hatten den ganzen Tag auf der Bühne herumgelegen und auch über Nacht.

»Wer war noch auf oder hinter der Bühne gewesen? Denk nach, Monika. Es ist wichtig.«

Monika murmelte leise: »Der Kulturreferent, die Gemeindearbeiter, die Elektriker – eigentlich jeder.«

Paul drückte ihre Hand. »Wir werden das alles genau überprüfen«, versprach er, »und den Schuldigen finden. Auf jeden Fall wird dein Buch in den Verkaufszahlen noch höher schnellen!«

Monikas Lippen zitterten. »Nicht um diesen Preis«, flüsterte sie heiser.

Paul schlug die Augen nieder und schalt sich innerlich einen Vollidioten. »Entschuldige, Monika, das war eine echt blöde Bemerkung von mir.«

Im Beisein seines Anwalts Dr. Brenner gewann Leo Steinschaden etwas von seiner Selbstsicherheit zurück. Er leugnete vehement, mit der Explosion zu tun zu haben, auch wenn seine Fingerabdrücke auf der elektronischen Zigarette identifiziert worden waren. Steinschaden gab zwar zu, dass er die Zigarette berührt haben könnte, als er hinter der Bühne seine eigene Lesung vorbereitet hatte, aber für Anwalt Dr. Brenner war das noch lange kein Beweis. Es konnte ebenso ein Unfall gewesen sein. Sollte es sich aber tatsächlich um Manipulation gehandelt haben, dann, so wies Dr. Brenner darauf hin, hatte die E-Zigarette für jeden greifbar schon bei der Generalprobe einen Tag zuvor und auch über Nacht öffentlich herumgelegen.

Und tatsächlich, außer Monikas und Leo Steinschadens Fingerabdrücken wurden noch zwei weitere gefunden, die jedoch niemandem zugeordnet werden konnten. Auch nicht Fritz Gärtner. Leo Steinschaden wurde entlassen und durfte nach Hause gehen.

Die Verdachtslage gegen Leo Steinschaden reichte immerhin aus, dass Lena bei der Staatsanwaltschaft einen Durchsuchungsbeschluss erwirkte. Am Morgen dieser guten Nachricht betrat sie ihr gemeinsames Büro und wedelte damit vor Pauls Gesicht herum.

»Unsere Spezialisten in Wien haben herausgefunden, dass es doch kein Unfall gewesen war. Der Akku wurde manipuliert!«

»Gute Arbeit«, lobte Paul.

»Ein Lob von *Ihnen* wird die Wiener Kollegen sicher sehr stolz machen!«, erwiderte Lena spöttisch. »Aber jetzt dürfen wir ganz offiziell Steinschadens Computer beschlagnahmen. Vielleicht finden wir dort Hinweise, dass er sich über die Manipulation von Akkus schlaugemacht hatte. Dann ist er fällig!«, schloss sie zufrieden.

Paul nickte. Vielleicht fanden sie tatsächlich in seinem Computer Beweise, dass er recherchiert hatte, wie man Akkus so manipulieren konnte, dass sie zu einer gewissen Zeit explodierten. Vielleicht fanden sie aber noch andere Beweise, die ihnen weiterhalfen. Zum Beispiel Beweise, die ihn mit den beiden anderen Morden in Verbindung brachten. Leo Steinschaden ging es an den Kragen.

»Fassen wir zusammen.« Paul saß in seinem Bürosessel und spielte mit einem Kugelschreiber. Lena ließ sich auf ihrem Drehstuhl ihm gegenüber nieder und begann mit dem Fuß zu wippen.

»Fangen wir von vorn an«, sagte Paul. »Martin Burkhardt hat für den Mord an Manson ein Motiv. Immerhin ging es um seine Tochter. Was den Mord an Wallner betrifft, könnte es wiederum Manson gewesen sein, oder sogar Stefanie. Auch Christoph Wallner ist meiner Meinung nach noch lange nicht aus dem Schneider, was den Mord an seinem Vater betrifft. Fritz Gärtner käme für den Mord am Wallner ebenfalls infrage, wenn man das Alibi, das ihm seine Mutter gibt, einmal außer Acht lässt, obwohl ich ihn am wenigsten in Verdacht habe. Stimmen Sie mir soweit zu?«

»Ich bin ganz Ohr.«

Paul spann den Faden weiter. »Unser Dichter wiederum hat für beide Morde ein Motiv. Er beschuldigte Wallner schon vor Jahren seine Katze sowie viele andere Katzen getötet zu haben, und gegen Scientologen hegt er eine tiefe Abneigung. Er kennt einige dieser Typen persönlich und hat möglicherweise eine Rechnung mit ihnen offen. Und mit großer Wahrscheinlichkeit hat er den Anschlag auf Monika Keckeis verübt. Gewaltbereit ist er jedenfalls, also traue ich ihm durchaus zwei Morde zu.«

Lena nickte. »Wir werden bei Monika Keckeis ansetzen, danach wissen wir vielleicht mehr. Vielleicht können wir Steinschaden ausschließen, sollte er aber für den Anschlag tatsächlich verantwortlich sein, dann nehmen wir ihn richtig in die Mangel.«

»Ich habe noch etwas herausgefunden!«, verkündete Paul stolz. »Das war, bevor Sie hier zu ermitteln begonnen haben.«

»Was?«

»Tobias Burkhardt, der Bruder von Stefanie, hat zugegeben, dass er das Haus verlassen hat, kurz nachdem Manson gegangen war. Seine Eltern wissen nicht, wo er war und wie lange er fort war. Tobias sagte aus, dass er sich mit einer befreundeten Studentin getroffen habe. Ihr Name ist Angelika Blümel. Ich habe mit Angelika Blümel gesprochen – und jetzt raten Sie.«

»Angelika Blümel hat das nicht bestätigt.«

»Richtig!«

»Warum hat er gelogen?«

Paul zuckte die Schultern. »Vielleicht wollte er irgendetwas anderes vor seinen Eltern verheimlichen? Es fällt mir schwer, bei dem Jungen ein Mordmotiv zu erkennen oder ihm einen Mord überhaupt zuzutrauen.«

Lenas Fuß hörte zu wippen auf. »Trotzdem dürfen wir diesen Sachverhalt auf keinen Fall ignorieren. Wir müssen mit Tobias sprechen.«

IM SENIORENKLUB

Stefanie war in ihre alte Lethargie zurückgefallen. Ihre Eltern machten sich große Sorgen, weil sie die Schule vernachlässigte und kaum Anteil nahm, was um sie herum geschah. Tobias wenigstens kümmerte sich ein wenig mehr als sonst um seine kleine Schwester. Nun tat es ihm sogar leid, ihre Einladung zur Lesung nicht angenommen zu haben. Ganz eindeutig hatte er echt was versäumt! Aber Angelika, die Zuckerpuppe, hatte ihm für jenen Abend ein noch viel besseres Angebot gemacht.

Gertrud wiederum war über den *Mordanschlag* auf die Autorin, wie sie es nannte, fuchsteufelswild und putzte mit einer Wut, dass ihr alle im Haus aus dem Weg gingen. Auf ihren Gesundheitszustand wirkte sich ihr Zorn allerdings nachteilig aus, denn ihr Rücken schmerzte schon wieder. Diesmal tat ihr obendrein auch der obere Halswirbel weh. Sie suchte sogar den Hausarzt auf, was etwas heißen wollte. Dr. Mistelzweig riet ihr zu ausgleichendem Sport, weil sie sich zwar bewegte, aber viel zu einseitig. Ihr Körper sei total verspannt, sagte Dr. Mistelzweig. Sie brauche unbedingt einen Ausgleich zur Hausarbeit. Und abnehmen würde ebenfalls nicht schaden.

Als sie mit diesen unerfreulichen Aussichten bei Carla antanzte, kam dieser eine Idee. »Wissen Sie was? Ich schreibe Sie in den örtlichen Seniorenklub ein. Die treffen sich zweimal in der Woche, halten Lichtbildvorträge, machen Spielenachmittage, aber das Beste daran ist, dass sie auch über ein kleines Gesundheitszentrum verfügen mit Ergometern und einem Circle-Training für Senioren.«

Abwartend sah sie Gertrud an und hoffte, ihre Perle, ohne sie zu kränken, wenigstens für ein bis zwei Tage in der Woche los zu sein.

Gertrud wurde misstrauisch. »Woher kennen Sie sich dort so gut aus?«

Carla vermied die skeptischen Rosinenaugen, denn eigentlich hatte sie sich schon vor Gertruds Krankenhausaufenthalt um eine Nebenbeschäftigung für sie umgehört. Insbesondere, als ihr klarwurde, wie sehr Martin ihre dauernde Anwesenheit auf die Nerven fiel.

»Stand doch in der Gemeindezeitung«, log sie. »Haben Sie es nicht gelesen?«

»Nein.« Gertrud verschränkte die Arme vor der Brust.

»Ganz groß auf der dritten Seite.«

»Ich war noch nie in meinem Leben Mitglied in einem Verein und habe keine Lust, mit bald vierundsechzig damit anzufangen.«

Carla blieb standhaft. »Denken Sie daran, Gertrud, was der Arzt gesagt hat. Wenn Sie nichts gegen Ihre Beschwerden tun, kann ich es nicht länger verantworten, Sie weiterzubeschäftigen. Ich möchte nicht daran schuld sein, wenn Ihre Gesundheit den Bach runtergeht.«

Gertrud blinzelte erschrocken.

War das ernst gemeint? Frau Carla dachte darüber nach, sie zu entlassen?

Sie war schockiert.

Jetzt, wo sie gehofft hatte, endlich ein Druckmittel gegen den störrischen Ehemann in der Hand zu haben, fiel ihr seine Frau in den Rücken?

»Sie wollen mich an einen Pensionistenverein abschieben?«, rief sie weinerlich. »Das ist doch das letzte Aufbäumen vor dem Altersheim!«

Carla erkannte, dass sie mehr Überzeugungsarbeit leisten musste. »Bitte Gertrud!«, rief sie eindringlich. »Sie sind vom Altersheim noch meilenweit entfernt. Aber ich möchte nicht, dass Sie Ihre Gesundheit aufs Spiel setzen, sonst kommt das Heim schneller auf Sie zu, als Sie denken. Erinnern Sie sich, was der Arzt gesagt hat. Ich will Sie schließlich nicht frühzeitig verlieren!«

Sie blickte ihre Haushaltshilfe treuherzig an und gratulierte sich dazu, wie überzeugend sie plötzlich lügen konnte.

Gertrud wischte sich über die Augen, weil ihr die Tränen zu kommen drohten. Sie schniefte: »Na gut. Was wollen Sie, dass ich tu?«

So leicht würde sie sich nicht abschieben lassen! Da tat sie lieber, was von ihr verlangt wurde.

»Ich komme zum Schnuppern!«

Mit dieser Ankündigung betrat Gertrud in Carlas Begleitung den Seniorenklub, der gar nicht so weit entfernt von ihrer Wohnung lag. Bisher hatte sie ihn nie richtig wahrgenommen – war bis jetzt ja auch nie ein Thema gewesen!

Carla schüttelte der Klubleiterin, einer gewissen Frau Leichtfried, die Hand und korrigierte: »Frau Klampfl möchte sich gern bei Ihnen einschreiben. Auf dringendes

Anraten Ihres Arztes. Sie ist besonders an Ihrem Gesundheitszentrum interessiert.«

Frau Leichtfried, eine Frau Mitte siebzig, mit leicht gekrümmtem Rücken und einer weißen Dauerwelle, die wie ein gelockter Helm auf ihrem Kopf saß, begrüßte Gertrud enthusiastisch. »Willkommen im Klub, Frau Klampfl! Wenn ich Sie bitten darf, vorher die Formalitäten zu erledigen?«

Sie führte die Damen in ein kleines Büro zu einem Schreibpult, wo sie aus einer Schublade ein Formular herauszog. Gertrud beobachtete, dass die Klubleiterin dicke Krampfadern hatte und Gesundheitsschuhe trug.

»Der Mitgliedsbeitrag beträgt hundertzwanzig Euro im Jahr. Sie können ihn jährlich entrichten oder monatlich, ganz wie es Ihnen lieber ist.«

»Hundertzwanzig Euro?« Gertrud erschrak. Dass das Ganze mit Kosten verbunden sein könnte, war ihr gar nicht in den Sinn gekommen. »Ich hab geglaubt, das zahlt die Pensionsversicherung! Ich hab dort immerhin fünfunddreißig Jahre eingezahlt …«

»Die Pensionsversicherung finanziert sowieso das meiste. Ihr Beitrag ist nur ein symbolischer.«

»Für mich ist das nicht symbolisch, für mich ist das viel Geld!«, murrte Gertrud widerspenstig. »Außerdem wollt ich erst nur schnuppern …«

»Da Sie bald Geburtstag haben«, schritt Carla ein, bevor es sich Gertrud noch anders überlegte, »übernehme ich die Kosten für das erste Jahr.« Dabei schwor sie sich, dass Martin unter keinen Umständen davon erfahren durfte!

Gertrud wurde verlegen. »Nein, Frau Carla, das kann ich nicht annehmen!«

Bevor es jetzt am Geld scheiterte, bestimmte Carla: »Doch, das können Sie! Außerdem tue ich es gern. Ich möchte schließlich, dass Sie gesund bleiben.«

Frau Leichtfried schob Gertrud das Formular hin, drückte ihr einen Kugelschreiber in die Hand und sprach auf sie ein: »Sie sind ja ein echter Glückspilz, Frau Klampfl. So ein großzügiges Angebot können Sie doch gar nicht ausschlagen.«

»Jetzt haben Sie mich richtig beschämt, Frau Carla. Dafür koch ich an meinem Geburtstag für Sie und die ganze Familie ein extra gutes Essen. Ich hab auch schon was Bestimmtes im Auge.«

Gertrud verriet Frau Leichtfried ihre Daten, die diese in das Formular eintrug, um dann lächelnd zu bemerken: »Sie werden nächste Woche erst vierundsechzig? Das ist ja geradezu jugendlich im Vergleich zu unseren anderen Mitgliedern.«

Gertrud warf Carla einen Blick zu, der sagen sollte: *»Sehen Sie! Hier bin ich total fehl am Platz!«*

Sie machte sich auch nicht die Mühe, das Formular durchzulesen, und setzte ihre Unterschrift in kleinen sorgfältig gemalten Buchstaben darunter. »Es wird ja wohl nix drinstehen, was ich hinterher bereuen muss. *Oder?*«

»Natürlich nicht.« Carla und Frau Leichtfried schüttelten gleichzeitig den Kopf.

»Hab ich mich jetzt fix verpflichtet?«

»Fix für ein ganzes gesundes Jahr. Gratuliere, Frau Klampfl.«

Carla beglich die Rechnung mit ihrer Kreditkarte. »Wann darf ich Frau Klampfl abholen?«, fragte sie.

»Ich zeige ihr unsere Räumlichkeiten und mache schon mal eine Proberunde mit ihr auf dem Hometrainer. Ich würde sagen, in zwei Stunden. Wenn Sie keine Turnschuhe dabeihaben, Frau Klampfl, leihe ich Ihnen welche. Welche Größe haben Sie?«

Gertrud ging das Ganze viel zu schnell. »Größe sechsunddreißig, aber …«

»Unsere kleinste Schuhgröße ist siebenunddreißig, aber ich leihe Ihnen ein extra Paar Socken.«

Carla machte sich unauffällig davon.

»Kommen Sie bitte mit«, forderte Frau Leichtfried die skeptische Gertrud auf. »Ich stelle Sie unseren anderen Mitgliedern vor.«

Sie fasste Gertrud am Ellbogen und dirigierte sie in einen hellen, ziemlich funktional eingerichteten Raum, der an ein schwedisches Kaufhaus erinnerte, wo etwa zwanzig ältere Herrschaften gerade bei Kaffee und Kuchen saßen. Zwei uralte Männer um die neunzig hatten ein Schachbrett vor sich stehen, andere spielten Mensch-ärgere-dich-nicht oder schnapsten.

»Jedes Mitglied bringt abwechselnd selbstgemachte Mehlspeisen mit. Wer, das machen die Mitglieder untereinander aus. Backen Sie auch, Frau Klampfl?«

Gertrud sah die Frau an, als hätte diese sie grob beleidigt. »Ich bitte Sie! Ich hab früher als Köchin bei der Caritas gearbeitet! Ich backe, ich koche, ich kann alles.«

»Wie schön! Dann sind Sie ja eine echte Bereicherung für unsere Ortsgruppe.«

Frau Leichtfried bat die Senioren um ihre Aufmerksamkeit.

»Darf ich Ihnen Frau Gertrud Klampfl vorstellen? Sie ist ab heute ein neues Mitglied.«

Die Senioren blickten hoch. Einige setzten ihre Brillen auf, anderen fielen ein paar Kuchenbrösel aus dem Mund.

»Wer hat an seinem Tisch Platz für Frau Klampfl?«, fragte Frau Leichtfried.

Eine groß gewachsene Frau Anfang siebzig im langen Faltenrock, hellblauer Bluse und schwerer Perlenkette hob die Hand. »Neben mir und Herrn Brunner ist Platz.«

»Sehr schön, Frau Rumpler. Vorher zeige ich unserem neuen Mitglied aber noch den Gesundheitsraum. Kommen Sie, Frau Klampfl?«

Zögerlich und etwas desorientiert folgte Gertrud Frau Leichtfried in einen angrenzenden Raum mit drei Hometrainern und mehreren massiven Trainingsgeräten für Rücken, Bauch, Nacken und so weiter, die in einem Kreis angeordnet herumstanden. So was hatte Gertrud noch nie gesehen. Das sah ja richtig gemeingefährlich aus!

Auf zweien der drei Hometrainer spulten ein Herr und eine Dame gerade ihre Kilometer herunter. Unter Schwitzen und Keuchen nickten sie Gertrud zu, und Gertrud taten schon beim Zuschauen alle Knochen weh.

»Nachher zeige ich Ihnen, wie man die Geräte bedient, aber vorher gibt es Kaffee und Kuchen«, wurde Gertrud von Frau Leichtfried ermuntert, die ihr die Anspannung ansah. »Eine richtige Einführung bekommen Sie im Laufe der Zeit von einer ausgebildeten Trainerin. Sie sollten die Möglichkeit zum Trainieren so oft wie möglich nutzen«, legte sie Gertrud ans Herz, »und nicht nur draußen Kaffee trinken, Kuchen essen und Spiele spielen – *so wie einige von uns*«, richtete sie die letzten Worte vorwurfsvoll an die Luft.

Gertrud, völlig überfordert, nickte nur. *Auf was hatte sie sich da bloß eingelassen?*

Draußen machte Adele Rumpler neben sich einen Sessel frei. Sie schenkte Gertrud Kaffee ein und platzierte ein Stück Schokoladenkuchen auf ihrem Teller. Gertrud nahm eine vorsichtige Kostprobe und wusste schon jetzt, dass sie das besser hinbekam. Frau Rumpler wollte wissen, wer die attraktive Frau war, mit der sie heute gekommen war.

»Das ist Frau Carla!«, antwortete Gertrud bereitwillig. »Ich mache für sie den Haushalt, weil sie einen Verlag leiten muss.«

»Das finde ich gut! Eine Nebenbeschäftigung könnte ich auch brauchen. Mit meiner Witwenpension komme ich gerade bis zum Zwanzigsten über die Runden.«

»Wem sagen Sie das!« Mehr wollte Gertrud zu diesem Thema nicht äußern, denn sie witterte Konkurrenz. Sie sprach auch sonst nicht viel und hörte stattdessen den anderen zu. Ein Mann mit Hosenträgern und dicker Wampe kam etwas verspätet und zwängte sich zwischen Adele Rumpler und sie.

»Das ist Frau Klampfl«, übernahm Frau Rumpler die Vorstellung. »Und das ist unser Herr Minkowitsch.«

»Ich bin der Heinz«, sagte Herr Minkowitsch freundlich. Sein zutrauliches Grinsen entgleiste jedoch, als es ihm plötzlich einen Stich in der Magengegend gab.

»Heinz ist unser Mädchen für alles«, erklärte Frau Rumpler. »Hat Hände wie Gold. Wenn Sie etwas brauchen, das repariert werden muss, hier sitzt der Erlöser aller Witwen und Waisen.«

Heinz schenkte sich ein Glas Wasser ein. Vom Erlöser fühlte er sich im Augenblick gut zweitausend Jahre entfernt.

»Wie geht's dir, Heinz?«, fragte Adele Rumpler mitfühlend.

»Frag mich was Leichteres. Wenn ich aufwach, tut mir schon in der Früh alles weh!«

Adele Rumpler lachte krächzend: »Ich bin froh, wenn mir was wehtut, dann weiß ich wenigstens, dass ich noch am Leben bin.«

Heinz hielt die Hand gegen den Leib gepresst. »Es ist schon wieder der Zwölffingerdarm.«

Adele Rumplers Vis-a-vis, der achtzigjährige Herr Brunner, nickte konspirativ. »Bei mir ist's momentan die Galle«, raunte er.

»Galle hatte ich schon!«, trumpfte Heinz auf.

»Hab ich eigentlich erzählt, dass ich ein künstliches Hüftgelenk bekommen hab?«, fragte Adele Rumpler, die zwar rüstig wirkte, aber anscheinend über ein schwaches Gedächtnis verfügte.

»Gefühlte hundertmal«, erwiderte Herr Brunner sauertöpfisch.

»Letzte Woche hast du was versäumt, Heinz!«, versuchte Adele Herrn Minkowitsch von seinem Zwölffingerdarm abzulenken.

»Letzte Woche war ich beim Urologen.«

»Der Moser Pepi ist vom Hometrainer gefallen!«

»Tot?«, fragten Heinz und Herr Brunner wie aus einem Munde.

»Leider. Aber er war ja schon weit über achtzig.«

Herr Brunner seufzte tief und laut. »Dann hat er's wenigstens hinter sich gebracht.«

»Aber jetzt gibt's schon wieder einen weniger von uns«, machte Adele die anderen auf den Schwund aufmerksam. »Langsam gehen uns die Mitglieder aus.«

»Wie bei den zehn kleinen Negerlein.«

»Noch sind wir achtunddreißig.«

»Wir brauchen Nachwuchs.«

»Und woher nehmen, wenn nicht stehlen?«

»Wir müssen mehr Werbung machen! Werbung ist heutzutage das Wichtigste.«

»Wenn alle zwei Wochen einer tot umfällt, ist das keine Werbung.«

»Aber«, Frau Rumpler rieb sich vergnügt die Hände, »jetzt ist ja Frau Klampfl beigetreten. Die macht den Moser Pepi wieder wett!«

Gertrud blickte verunsichert um sich. Wenn alle zwei Wochen einer tot umfiel, wie lange würde es dauern, bis es sie traf? Sie raschelte nervös mit ihrer Serviette und schickte mehrere inständige Blicke hinüber zu Frau Leichtfried, die an einem Fenstertisch saß und laut lachte, weil sie beim Mensch-ärgere-dich-nicht eine Mitspielerin zum dritten Mal rausgeworfen hatte und diese sich grün und blau ärgerte.

Und ausgerechnet hier soll ich gesund werden?, fragte sich Gertrud. Zumindest für die Psyche empfahl sich eine Dauermitgliedschaft nicht gerade.

Frau Leichtfried wurde schließlich auf Gertruds bohrende Blicke aufmerksam und kam zu ihr an den Tisch. »Ja, Frau Klampfl?«

Gertrud fragte zaghaft: »Wollten Sie mir nicht die Geräte zeigen?«

»Aber gern«, freute sich Frau Leichtfried und hoffte, dass dieser ungewöhnliche Ehrgeiz nicht bloß ein Strohfeuer war. »Wenn Sie soweit sind?«

Gertrud bekam zwei Paar Socken und Turnschuhe übergezogen, dann durfte sie an jedem einzelnen der Trainingsgeräte einmal Platz nehmen, und kam sich schon jetzt wie in einer Folterkammer vor. Die Trainerin würde am nächsten Montag vorbeischauen und ihr alles genauestens erklären.

»Wenn Sie möchten«, wurde Gertrud von Frau Leichtfried ermuntert, »können Sie schon jetzt unseren Hometrainer ausprobieren. Das ist ganz einfach. Wie Radfahren.«

Gertrud musste flüchtig an den Moser Pepi denken, dem der Hometrainer das Leben gekostet hatte, und verschwieg, dass sie nicht Radfahren konnte. Aber so schwer dürfte es ja nicht sein. Die ganze Welt fuhr schließlich Rad.

Frau Leichtfried passte die Sitzhöhe ihrer Körpergröße an, drückte auf *Quickstart* und sagte: »Und jetzt einfach drauflos treten. Aber Achtung! Sobald die Herzfrequenz die 130 übersteigt«, dabei wies ihr Finger auf das Display, auf dem ein rotes Herz bedrohlich zitterte, »treten Sie langsamer. Haben Sie das verstanden?«

Gertrud nickte. *Lesen konnte sie ja noch!*

»Nach zehn Minuten rufen Sie laut nach mir.«

Gertrud nickte gehorsam und begann vorsichtig zu strampeln. Rechts von ihr saß ein wirklich alter Mann. Hoffentlich überlebte der den heutigen Nachmittag, dachte sie besorgt. Links von ihr trat eine Frau in mittleren Jahren in die Pedale, als wären zehn Teufel hinter ihr her. *Frühpensionistin* erkannte Gertrud auf den ersten Blick. Die war noch keine sechzig! Sicherlich Beamtin. Die konnten sich's ja richten!

»Haben Sie schon das Neueste von der Hummel Gerti gehört?«, keuchte jetzt der Alte zu der Frühpensionistin über Gertruds Kopf hinweg, indem er das Gespräch von vorhin wieder aufnahm.

»Auch tot?«, fragte diese nur lapidar zurück.

»Nein, verlaufen.«

»Das ist jetzt nicht wirklich neu. Das wievielte Mal hat sich die schon verlaufen?«

»Sechsmal in sechs Wochen.«

»Eben.«

»Aber diesmal ist sie nicht wieder zurückgekommen.«

»Oje. Am Ende liegt sie bewusstlos in einem Graben.«

Der alte Mann zuckte die Schultern und stellte die Geschwindigkeit am Rad auf Turbo. »Der Sohn hat schon die Polizei verständigt. Sie suchen sie seit heute Morgen.«

»Dann hoffen wir mal, dass alles gut ausgeht.«

»Die setzen sogar Suchhunde aus Mödling ein.«

»Brave Viecherln sind das.«

»Drei Jahre dauert die Ausbildung dieser Hunde.«

»Kostet uns Steuerzahler ja auch jede Menge Geld.«

Gertrud gab ein leises Knurren von sich. *Das sagte ausgerechnet eine frühpensionierte Beamtin, die auf Steuergeldkosten ihre überhöhte Pension kassiert!*

Der Alte fuhr fort: »Sie setzen die Hunde auch für andere Aufgaben ein. Als Blindenhunde zum Beispiel, oder Drogenhunde. Sogar als Bluthunde!«

»Bluthunde?«

»Die werden darauf trainiert, Blut zu erschnüffeln. Die finden ein Opfer, und wenn es Mord war, finden sie mit ein wenig Glück den Mörder gleich dazu.«

»Intelligente Tiere sind es ja. Aber sagen S' wird Ihnen der Turbo nicht ein bisserl zu viel? Sie sind schon ganz grau im Gesicht.«

»Hab vor kurzem einen Gichtanfall gehabt und muss jetzt intensiver trainieren, sagt der Arzt.«

»Waren es nicht doch die vielen Kümmelbraten, Schweinsbraten und Surschnitzel?«

»Jetzt sind S' doch nicht so brutal zu mir! Ich geb ja zu, dass ich in letzter Zeit ein wenig gesündigt hab.«

»Ich meine es doch nur gut, weil ich mir Sorgen um Sie mache!«, behauptete die Frühpensionistin. »Wenn Sie mir jetzt auch umkippen, hab ich überhaupt niemanden mehr, der mit mir trainiert …«

Frau Leichtfried unterbrach das Gespräch, indem sie durch die Tür trat. Sie ging auf Gertrud zu, warf einen Blick auf das Display und rief aus: »Ein-Komma-sechs Kilometer in neun Minuten! Kalorienverbrauch: fünfundfünfzig! Durchschnittliche Herzfrequenz: 123! Bravo, Frau Klampfl!«

Dieses ungewohnte Lob rührte Gertrud. *Wann war sie das letzte Mal schon gelobt worden!* Und eigentlich machte Radeln sogar Spaß, befand sie von sich selbst überrascht. Noch viel mehr Spaß würde es jedoch in anderer Gesellschaft und in der freien Natur machen.

Als Carla sie zwei Stunden später abholte, sagte Gertrud zu ihr im Wagen: »Lassen Sie sich das Geld zurückgeben. Dort geh ich ganz sicher nicht mehr hin.«

»Aber, Gertrud, wieso denn nicht? Waren die etwa nicht nett zu Ihnen?«

»Dort stirbt alle vierzehn Tage einer. Vielleicht tut meinem Körper das Radfahren gut, aber mental krieg ich dort die Krise!«

»Schade …«

Carla war am Boden zerstört.

»Radfahren kann ich auch so lernen, dazu brauch ich nicht diesem Greisenklub beitreten. Und der Kaffee war ebenfalls ungenießbar, vom Kuchen ganz zu schweigen.«

Carla dachte angestrengt nach und griff nach jedem Strohhalm. »Wenn Ihnen das Radfahren Spaß gemacht hat, ich habe ein Rad im Keller stehen, was ich kaum noch benutze. Wenn Sie wollen, können Sie es haben.«

»Sie würden es mir schenken?«, rief Gertrud erfreut.

Carla nickte. »Dann steht es wenigstens nicht mehr nutzlos herum.«

Nicht ganz uneigennützig hoffte Carla, dass sie Gertrud ein neues Hobby schmackhaft machen konnte, damit sie ihre Energie nicht nur beim Putzen austobte. Lediglich das Wetter machte ihr Sorgen. Es war Spätherbst und der Winter stand vor der Tür. Bis dahin aber würde ihr hoffentlich etwas Neues einfallen. *Einfallen müssen*!

IMMER NACHTS …

Leo Steinschaden lag im Bett und las in seinem eigenen Buch. Er grübelte, warum die Menschen ihn nicht verstehen wollten. *Warum hatte er keinen Erfolg?* Langsam begannen seine Augen hinter der Lesebrille zu ermüden. Kein Wunder, nach allem was er die letzten Tage durchmachen musste! Als seine Minka mit einem merkwürdigen Maunzen von der Bettdecke heruntersprang, schreckte er hoch. Da er Minka nun schon seit fast sechzehn Jahren kannte, wusste er, dass sie so ein bestimmtes Maunzen immer dann draufhatte, wenn sie sich in Alarmzustand befand. Leo Steinschaden legte das Buch beiseite und fragte seine Katze: »Was ist los, Minka?«

Minka antwortete, indem sie den Schwanz sträubte.

Leo Steinschaden wollte aufstehen, um nachzusehen, was Minka so erschreckt hatte, aber er brachte die Kraft einfach nicht auf. Wahrscheinlich nur eine Maus, die sich aus dem Spalt hinter der Fußbodenleiste herausgewagt hatte, wohin sie Stunden zuvor geflüchtet war. Andererseits fürchtete sich Minka sonst auch nicht vor Mäusen, im Gegenteil. Eine Katze, die sich vor Mäusen fürchtete, gab es eigentlich gar nicht. Egal. Darüber wollte er jetzt nicht auch noch philosophieren.

Er nahm die Lesebrille ab und rollte sich zum Nachttisch, um das Licht auszuschalten. Er brauchte seinen Schlaf, die

Polizei würde ihn sicher nicht in Ruhe lassen, ihm drohte Gefängnis. Nur mit einem juristischen Winkelzug hatte es sein Anwalt geschafft, dass er noch auf freiem Fuß war. Aber er musste sich auf Gefängnis einstellen.

Das mit der Zigarette war ein echter Schwachsinn gewesen. Wie konnte er auch gedacht haben, ungestraft davonzukommen! Aber er hatte wirklich nicht geahnt, welch schlimme Folgen diese Aktion nach sich ziehen würde. Jetzt war diese Monika Keckeis im Krankenhaus, und er saß tief in der Klemme. Die Tage bis zu seiner neuerlichen Verhaftung konnte er an den Fingern abzählen. Wer aber kümmerte sich dann um seine Minka? Außer Fritz Gärtner besaß er nicht einen einzigen Freund. Die Mutter von Fritz hatte eine Katzenallergie, dorthin konnte er sie auch nicht geben.

Minka verkroch sich miauend unter dem Bett, und nun zögerte er doch, das Licht auszudrehen. Was hatte sie bloß? Kopfüber schaute er besorgt unter dem Bett nach. Dort häufte sich der Dreck, ein Platz, den Katzen normalerweise mieden. Aber dieses Mal schien Minka selbst der Dreck nichts auszumachen. *Wenn sie nur sprechen könnte!*

Als er den Kopf ein wenig anhob, fiel ein Schatten auf das Buch auf seinem Nachttisch. Leo Steinschadens Körper wurde steif und plötzlich stellte sich ein Gefühl der Angst ein. Er spürte nämlich ganz deutlich, dass er nicht allein im Zimmer war. Die Angst kroch seine Nackenwirbel empor und Leo Steinschaden begann zu schwitzen. Das Blut floss in seinen herabhängenden Schädel und brachte ihn zum Pochen. Ächzend und mit knallrotem Kopf hievte er sich hoch – und blickte seinem Mörder direkt ins Gesicht.

Leo Steinschaden wurde kalkweiß. »Verdammt, wer sind Sie?«, brachte er noch hervor. »Was tun Sie in meinem Schlafzimmer …?«

Abwehrend hob er die Hände, um seinen Kopf zu schützen, als auch schon der erste Schlag auf ihn niederkrachte. Dieser Hieb brach seine Nase. Blut schoss heraus und Leo Steinschaden riss den Mund zu einem stummen Schmerzensschrei auf, als ihn auch schon der zweite Schlag traf. Einer Ohnmacht nahe, versuchte er noch, aus dem Bett zu fliehen, aber er hatte keine Chance mehr. Der Mörder hämmerte erbarmungslos auf seinen Schädel ein und Leo Steinschaden hauchte noch im eigenen Bett sein Leben aus.

»Miau!«

Keuchend ging die fremde Gestalt in die Knie, um nach der dreibeinigen Katze zu sehen, die mit gesträubtem Fell unter dem Bett saß. »Dich werden sie in ein Tierheim geben, du Arme. Aber leider musste es sein.«

Die unheimliche Gestalt packte den stumpfen Gegenstand, mit dem sie den Dichter erschlagen hatte, in einen Rucksack. Sie sah sich noch eine Weile im Zimmer um, runzelte die Stirn und stellte sicher, dass sie keine Spuren hinterlassen hatte. Dann verschwand sie geräuschlos, wie sie gekommen war, und verlor sich in der Nacht.

Noch vor sieben Uhr früh durchquerten Paul und Lena den Vorgarten zu Leo Steinschadens Haus. Dieses Mal wollten sie ihn antreffen, bevor er in sein Stammcafé entwischen konnte. Lena hielt den Durchsuchungsbeschluss der Staatsanwaltschaft in der Hand und freute sich, den Dichter endlich damit zu konfrontieren. Er bedeutete, dass sie seinen

Computer beschlagnahmen durften, um mögliche Spuren zu sichern, die darauf hindeuteten, dass er die Manipulation von Akkus recherchiert hatte.

Lena klingelte, aber im Haus blieb es still. Niemand rührte sich.

»Schläft der noch?«, fragte sie aggressiv. Ihr brummte der Schädel, weil sie letzte Nacht bei ihrer Schwester eingeladen war und dort ein oder zwei Gläser Whiskey zu viel getrunken und zwanzig Marlboro zu viel geraucht hatte.

Sie klingelte noch einmal. »Das gibt's doch nicht, dass der nicht wach wird! Verdammte Scheiße!«

Paul empfahl ihr: »Regen Sie sich ab, Frau Chefinspektor! Das ist nicht gut für Ihren Blutdruck.«

»Und was geht Sie mein Blutdruck an?«, schnappte sie.

Paul überlegte kurz und drückte die Klinke herunter. Die Tür ging auf und Paul grinste ein wenig schuldbewusst zu seiner Chefin rüber.

»Sind Sie Hellseher?«, knurrte Lena.

»Nicht kritisieren, erst probieren!«, konnte er sich nicht verkneifen.

Ohne ihn eines Blickes zu würdigen, stelzte Lena an ihm vorbei und betrat das finstere Vorzimmer. Gleichzeitig kontrollierte sie, ob ihre Waffe an ihrem Platz saß. Nur für den Fall, dass der Dichter Schwierigkeiten machen sollte.

»Sie halten sich rechts und ich mich links«, bestimmte sie leise. »Aber ich habe so ein Gefühl, dass der Vogel ausgeflogen ist.«

Paul ging auf leisen Sohlen in die Richtung, wo er das Schlafzimmer vermutete, und rümpfte schon von unterwegs die Nase. Augenblicklich zog er seine Waffe. Ein seltsamer

Geruch hing über dem Haus. Diesen Geruch kannte er mittlerweile; es war der unheimliche Geruch von Blut. Sein Herz begann unwillkürlich schneller zu schlagen. Was würde ihn im Schlafzimmer erwarten?

Paul entschied sich für eine Überraschungsattacke. Sollte er wieder auf eine Leiche stoßen, könnte sich der Mörder noch im Haus befinden – obwohl dieser längst gewarnt sein müsste, nach den Geräuschen, die sie verursacht hatten. Vielleicht aber versteckte er sich noch irgendwo.

Er lehnte sich mit dem Rücken gegen die Wand neben der Schlafzimmertür, holte einmal tief Luft und sprang mit gezogener Waffe ins Schlafzimmer. Was er sah, ließ ihn zurückprallen. Auf dem Bett lag, mit herabhängendem Kopf, Leo Steinschaden in seinem blutdurchtränkten Pyjama. Paul ging vorsichtig in die Knie, um unter dem Bett nachzusehen. Als er sich aufrichtete, stand Lena hinter ihm und blickte ihm über die Schulter.

»Jetzt ist der Dichter auch tot!«, meinte sie zornig und steckte ihre Waffe zurück an den Platz.

»Und der Mörder ist schon wieder über alle Berge.« Pauls Miene drückte Frustration aus. Der Dichter kam als Doppelmörder jetzt eigentlich kaum noch infrage. Außerdem war mit diesem dritten Mord seine Liste der Verdächtigen weiter geschrumpft. Wer von seinen persönlichen Favoriten hatte ein Interesse daran, den Dichter umzubringen?

Hinter ihm hörte er Lena sagen: »Jetzt schauen Sie drein, als hätte Ihnen jemand den Lionel Messi aus dem Panini Album geklaut!«

Paul konnte über diesen Witz nicht lachen. »Ich bin Tennisfan. Der Lionel Messi ist mir wurscht.«

Lena klopfte ihm begütigend auf die Schulter. »Denken wir gemeinsam nach, Herr Inspektor. Vielleicht sind wir ja beide auf dem Holzweg gewesen. Vielleicht waren unsere bisherigen Überlegungen falsch. Wir sollten alles neu überdenken.«

Paul war schon am Handy. »Die Spurensicherung und der Gerichtsmediziner sind unterwegs«, informierte er wenig später die Chefinspektorin mies gelaunt.

Eines jedoch hatten die vielen Toten in den letzten Wochen bewirkt: Der Anblick einer Leiche verursachte ihm kaum noch Magenschmerzen. Man konnte selbst bei Leichen abstumpfen.

Lena trat an den Toten heran und nahm den Kopf in Augenschein. »Sieht aus, als wäre unser Dichter erschlagen worden.«

»Mit einem dumpfen Gegenstand, wette ich.«

Lena nickte.

»Es war ein und derselbe Mörder, da bin ich jetzt ganz sicher.«

»Was haben wir übersehen?«

Schon zwei Tage darauf erfuhren sie Überraschendes. Die Abteilung für Forensik in Wien hatte herausgefunden, dass am Kopf von Leo Steinschaden Fleischfasern gefunden wurden. Das war unerwartet und stellte sie vor ein Rätsel. Wurde der Dichter mit einer Fleischkeule erschlagen? Auf Steinschadens Facebook-Profil war immerhin ein Spanferkel abgebildet. Kam Steinschadens Mörder vielleicht aus einer Gruppe militanter Veganer, vielleicht sogar aus dem Umfeld von Fritz Gärtner? Oder war es bloß ein Zufall und der Mord an Steinschaden hatte mit den anderen beiden Morden doch nichts zu tun?

Jetzt durften sie gar nichts mehr ausschließen. Jedenfalls wurden ihre Ermittlungen um eine weitere Facette reicher.

DIE SCHLINGE ZIEHT SICH ZU

Um Tobias aus dem Kreis der Verdächtigen ausschließen zu können, wollten ihn Paul und Lena diesmal ausführlich befragen. Seine Mutter hatte ihnen am Telefon gesagt, dass sie ihn gegen sieben Uhr am Abend erwartete. Um sie nicht zu beunruhigen, hatten sie Frau Burkhardt erzählt, dass sie Tobias nochmals zu jenem Abend mit Manson befragen wollten, ob ihm dazu nicht doch weitere Details einfielen. Beim letzten Mal war Tobias schließlich nicht ganz ansprechbar gewesen.

Es war zehn vor sieben und sie warteten seit fünfzehn Minuten in Lenas alten BMW.

Sie wollten den Jungen vor dem Haus abfangen und ihn diesmal allein in die Mangel nehmen. Sie versprachen sich davon zwar nicht allzu viel, aber sie durften ab jetzt nichts mehr dem Zufall überlassen. Jedes kleinste Detail war von Wichtigkeit.

Dieser dritte Mord hatte nämlich erneut Kriminalrat Kurt Brösel auf den Plan gerufen, der sich von Lenas Gespür als Ermittlerin mehr erhofft hatte. Nach Paul geriet nun auch sie unter Druck.

Im Wagen beschwerte sich Paul über die zweite Marlboro in fünfzehn Minuten.

»Sie sind ja Kettenraucherin!«, sagte er und hustete.

Lena kurbelte das Seitenfenster weiter nach unten. »Machen Sie jetzt keinen Aufstand! Das werden Sie wohl noch aushalten.«

»Rauchen verkürzt Ihr Leben.«

»Eine Wahrsagerin hat mir prophezeit, dass ich neunzig werde!«

»In der Eisernen Lunge kann man auch neunzig werden.«

»Sehr lustig.«

»Ich habe einfach keine Lust mitzurauchen.«

»In welch beschissener Zeit leben wir eigentlich!«, machte sie ihrem Ärger Luft. »Wer heutzutage raucht, ist fast schon so was wie ein reaktionäres Arschloch. Wer aber kifft, gilt beinahe als fortschrittlich. Das ist doch nicht normal!«

»Aber zwei Marlboro in einer Viertelstunde? Sie sind süchtig!«

»Zwei Frauen zur gleichen Zeit, *das* nenne ich süchtig!«

Paul blickte sie schräg an. Sie spielte auf den Nachmittag mit Bettina und Monika an. »Daran war ich unschuldig«, beteuerte er.

»Welche liegt Ihnen eigentlich mehr?«, fragte sie, nachdem sie sich wieder beruhigt hatte. »Die Schnulzenschreiberin oder die Fitnesstrainerin?«

Auf eine so persönliche Frage aus ihrem Mund war er nicht vorbereitet. *Seit wann interessierte sie sein Privatleben?* »Warum wollen Sie das wissen?«, fragte er misstrauisch.

»Nur so.«

»Was denken *Sie* denn, wer besser zu mir passt?«, spielte er den Ball an sie zurück. Irgendwie mussten sie ja die Wartezeit rumkriegen.

»Was *ich* denke? Macht das für Sie einen Unterschied?«

»Sie sind eine erfahrene Frau, daher interessiert mich Ihre Meinung«, log er. Ihre Meinung war ihm schnurzegal.

Aber Lena schien sich gebauchpinselt zu fühlen. »Darf ich ehrlich sein?«

»Ich bitte darum.«

»Ich finde, dass beide nichts für Sie sind. Suchen Sie besser weiter.«

»Ich suche gar nicht.«

»Meine Schwester hat übrigens eine hübsche unverheiratete Tochter. Sie sieht mir sogar ein wenig ähnlich – also, als ich noch jünger war.«

Pauls Nackenhaare sträubten sich. Wenn diese Nichte im Charakter ihrer Tante nur im Entferntesten ähnlich war, könnte sie aussehen wie Scarlett Johansson, er würde sie nicht einmal mit der Brennzange anfassen.

»Ich will nichts überstürzen«, erwiderte er.

»Ich meine ja nur, weil Sie aus diesem Dorf kaum herauskommen. Und das in Ihrem Alter! Das finde ich nicht gut.«

»Bitte machen Sie sich um mich keine Sorgen«, wollte Paul das heikle Thema beenden. »Aber weil wir schon dabei sind – waren *Sie* jemals verheiratet?«

Lena stieß eine Rauchwolke aus und fuchtelte sie sogleich durchs Seitenfenster hinaus. Ihm schien, als habe er mit dieser Frage tatsächlich einen heiklen Punkt getroffen. Jetzt war er neugierig geworden. Vielleicht hatte seine Chefin ja doch ein paar menschliche Züge und ein paar Geheimnisse?

»Nun?« Er blickte sie fragend von der Seite an. »Waren Sie?«

»Ja, ich war einmal verheiratet«, gab sie widerwillig zu.

»Und? Sind Sie geschieden?« Als sie zögerte, meinte er friedfertig: »Ist ja keine Schande! Viele Ehen gehen auseinander. Hatte Ihr Mann eine andere, oder Sie vielleicht …?«

»Mein Mann ist ins Kloster gegangen.«

Pauls Nasenflügel begannen leicht zu beben und um seine Mundwinkel zitterte es verdächtig. »Ihr Ex ging ins Kloster?«

»In eine Abtei. Ja, machen Sie sich nur lustig! Mein Mann ist Mönch geworden. So, jetzt wissen Sie das auch!« Sie drohte ihm: »Sollte ich erfahren, dass Sie das in der Dienststelle herumerzählen, mache ich Kleinholz aus Ihnen, ich schwör's.«

»Von mir erfährt niemand etwas!«, versprach er hoch und heilig und fragte neugierig: »Ist Ihnen denn gar nichts an ihm aufgefallen? Ich meine, es muss doch Anzeichen dafür gegeben haben, dass er … nun ja, dass er sich plötzlich für Gott mehr interessierte als für Sie?«

»Fragen Sie mich was Leichteres. Er hatte zwar schon immer ein Faible für den lieben Gott gehabt, auch war er ein eher ungeselliger Zeitgenosse gewesen. Weiß der Kuckuck, warum wir geheiratet haben. Aber als er mir seinen Entschluss, Klosterbruder zu werden, gebeichtet hat, kam es für mich dann doch völlig überraschend. Es kam mir damals wie eine Flucht aus unserer Ehe vor. Ich bin aus allen Wolken gefallen.«

»Und seitdem haben Sie keinen Mann mehr angesehen, stimmt's?«

»Ich gebe mir doch kein zweites Mal so eine Blöße!«

»Jetzt mal ehrlich. Wie groß ist die Chance, dass Sie wieder einen Mann kennenlernen, der Mönch werden will? Da ist ein Millionen-Jackpot weitaus wahrscheinlicher.«

»Trotzdem, von Männern habe ich die Nase gestrichen voll!«

»Und ich muss es jetzt ausbaden.«

»Sie? Ich behandle Sie doch korrekt …«

»Achtung!« Paul konzentrierte sich wieder auf die Straße. »Dort kommt er.«

Lena wandte ruckartig den Kopf und öffnete die Wagentür. Paul folgte ihr.

Mit langen Schritten eilten sie auf den jungen Mann zu.

»Tobias Burkhardt?«

Tobias, in eine dunkle Kapuzenjacke gekleidet, mit einem Rucksack über die Schulter geworfen, wandte der großen rothaarigen Frau den Kopf zu, die noch im Gehen ihren Polizeiausweis zückte. Dann erkannte er den jungen Inspektor und seine Miene hellte sich auf.

»Hi, Mister Cop!«

»Hi, Tobias!«

»Wir müssen Sie sprechen«, sagte Lena.

»Habe ich was angestellt?« Tobias schaute so unschuldig drein wie ein Hundewelpe.

»Bitte kommen Sie mit zum Wagen.«

»Ich werde zu Hause erwartet.«

»Es dauert auch nicht lange.« Paul nickte ihm freundlich zu.

Tobias schritt widerwillig hinter den beiden her. Lena öffnete ihm die Tür und ließ ihn hinten einsteigen. Paul nahm neben Lena Platz.

Tobias fühlte sich sichtlich unwohl. Fragend blickte er von einer zum andern. »Worum geht's? Ist schon wieder jemand gestorben?«

»Ein gewisser Leo Steinschaden wurde ermordet«, eröffnete ihm Paul.

Tobias erschrak.

»Schon wieder bei uns in Keltenberg?«

»Kennen Sie diesen Herrn?«, fragte Lena.

»Sagt mir eigentlich nichts!«

»Er hat letzten Freitag im Gemeindesaal eine Lesung gehalten. Und zwar an dem Abend, als auch Stefanie dort vorgelesen hat.«

»Von der Lesung hat mir meine Schwester erzählt. Dort soll es ja rund gegangen sein! Es gab einen Unfall mit einer dieser elektronischen Zigaretten.«

»Das war kein Unfall, das war ein gezielter Anschlag auf die Autorin. Leo Steinschaden war unser Hauptverdächtiger – und jetzt ist auch er tot.«

»Hm. Und was wollen Sie von mir wissen? Ich war gar nicht dort an diesem Abend.«

»Wir haben drei Tote, alle drei ermordet. Was wissen Sie eigentlich noch über Charles Manson, was Sie uns immer noch nicht erzählt haben?«

»Ich habe doch alles gesagt, was ich weiß!«

»Sie haben gelogen!«

»Ich? Wann bitte habe ich gelogen?«

»Als Manson Ihr Haus verließ, sagten Sie aus, dass Sie sich gleich darauf mit Angelika Blümel getroffen haben. Angelika Blümel aber bestätigte das nicht.«

»Ach, das meinen Sie. Ich habe das doch nur so vor meinen Eltern gesagt.«

»Und wo waren Sie wirklich?«

»Ich wollte draußen eine kiffen und habe zufällig einen Freund getroffen, mit dem ich mich hinterher betrunken hab. Sagen Sie das aber bitte nicht meinen Eltern weiter!«

Irgendwie hatte Paul so etwas Ähnliches erwartet. Wahrscheinlich verschwendeten sie mit ihm bloß wertvolle Zeit.

Aber Lena gab nicht auf. »Haben Sie nicht doch jemanden gesehen, der Manson gefolgt sein könnte? Oder haben Sie sonst eine Beobachtung gemacht?«

»Nein. Ich hab wirklich nichts gesehen. Das hab ich doch schon alles gesagt.«

»Wer einmal lügt …«

»Ich muss jetzt nach Hause«, sagte Tobias ungeduldig. »Unsere Putzfrau hat heute Geburtstag und kocht extra für uns.«

»Ach? Frau Klampfl ist auch da?«

»Die ist immer da. Kommt mir schon vor, als wären wir mit der verwandt.«

»Was gibt's denn Gutes zu essen?«

»Leberknödelsuppe, Lammkeule mit Rosmarinkartoffeln und Zuckerschoten, und dann Kaiserschmarren mit Zwetschgenkompott. Ihr Menü hängt seit Tagen in der Küche, damit wir es ja nicht vergessen.«

»Lammkeule?« Paul zog die Stirn kraus. Bevor er darüber nachdenken konnte, warum ihm beim Wort Lammkeule plötzlich ein merkwürdiges Gefühl beschlich, läutete sein Handy.

Maja Fröschl hatte Neuigkeiten. »Paul«, begann sie. »Sitzt du?«

»Ja«, antwortete er gedehnt. »Ich sitze mit unserer Chefinspektorin im Wagen vor dem Haus der Burkhardts.«

Er hörte Maja tief ausatmen. »Das trifft sich gut. Also, mein Schwager hat in Perchtoldsdorf ein Taxiunternehmen …«

»Ja?«

»Einer seiner Fahrer hat in der Zeitung vom Mord im Waldschlösschen gelesen und hat sich plötzlich an etwas erinnert. Der Fahrer behauptet nämlich, dass er am 9. November, also an besagtem Abend, um circa dreiundzwanzig Uhr, eine Fuhre in die Nähe des Hotels hatte …«

Pauls Herz begann plötzlich heftig zu schlagen. »Und weiter?«

»Der Fahrgast war eine etwas komische Frau.«

»Konnte der Fahrer sie genauer beschreiben?«

»Zwischen fünfundsechzig und siebzig, klein, kräftig, und sie trug einen Rucksack.«

»Würde er sie bei einer Gegenüberstellung wiedererkennen?«

»Der Fahrer sagt ja. Sie ist ihm deshalb im Gedächtnis geblieben, weil er sie weit vor dem Hotel aussteigen lassen musste. Mitten im Nirgendwo. Zum Hotel waren es von dieser Stelle noch gut dreihundert Meter, sagte er. Die Frau hat behauptet, dass sie mitten in der Nacht eine Freundin besuchen wollte. Aber dort stehen gar keine Häuser …«

Plötzlich ergab für Paul alles einen Sinn.

»Außerdem hat sie ihm kein Trinkgeld gegeben, das hat ihn geärgert …«

Paul wurde vor Aufregung ganz kribbelig. Lena blickte ihn schon die ganze Zeit ungeduldig an.

Er flüsterte ihr zu: »Wir haben sie!«

Lenas Lippen formten stumm das Wort: *»Wen?«*

»Sollte uns diese Auskunft zur Mörderin führen, Maja, dann befördere ich dich höchstpersönlich!«

Paul hörte sie am anderen Ende lachen. »Das liegt leider nicht in deinem Ermessen, Paul, aber danke trotzdem. Außerdem habe ich nur das weitergegeben, was ich selber gerade erfahren hab.«

»Danke, Maja.«

»Ich bin heute rund um die Uhr erreichbar, falls du etwas brauchst.«

Paul beendete das Gespräch und atmete einmal tief und lange durch. Dann ließ er die Bombe platzen: »Ein Taxifahrer hat am 9. November eine kleine Frau von kräftiger Statur ein paar hundert Meter vor dem Waldschlösschen aussteigen lassen. Die Uhrzeit passt zur Tatzeit.«

»Gertrud Klampfl?«, stieß Lena hervor.

»*Unsere* Gertrud?« Im Rückspiegel sah Paul den Jungen mit offenem Mund dasitzen.

»Sieht ganz danach aus. Auch das Alter stimmt überein. Wie alt ist Frau Klampfl, Tobias?«

»Sie feiert heute ihren Vierundsechzigsten!«

»Na dann.«

Tobias hing wie erschlagen auf der Rückbank.

»Okay, Tobias«, sagte Lena. »Sie steigen aus und gehen ins Haus. Wir kommen nach, wenn alle beim Essen sind. Eine Geburtstagsüberraschung quasi.«

»Und kein Wort zu niemand!«, warnte Paul nachdrücklich. »Hast du verstanden?«

Tobias nickte schockiert.

»Schau nicht so verschreckt!«, sprach Paul auf ihn ein. »Wir wollen doch nicht, dass die gute Frau Klampfl Verdacht schöpft! Schau ganz normal.«

»Wie schaue ich denn normal?«, murmelte Tobias.

»Wie ein unbekümmerter Junge. Also, los, marschier ab!«

Tobias kletterte aus dem Wagen und blieb unschlüssig stehen. Diese Nachricht hatte ihn echt umgehauen. *Sollte seine Mutter all diese Wochen eine Mörderin beschäftigt haben?*

Lena bedeutete ihm durch die Frontscheibe ungeduldig mit der Hand, endlich weiterzugehen. Sie beobachteten, wie Tobias den Gehweg überquerte, sich beim Gartentor einließ und auf das Haus zutrottete. Er wandte noch einmal den Kopf in ihre Richtung und schien Angst zu haben vor dem, was ihn erwartete. Schließlich holte er den Schlüssel aus seinem Rucksack und ließ sich ins Haus ein.

»Armer Junge!«, entfuhr es Paul.

»Was heißt armer Junge! Die sollen froh sein, wenn wir endlich den Mörder überführen.«

»Aber dass ausgerechnet diese anständige Familie eine Mörderin für sich arbeiten lässt, finde ich ganz schön gruselig.«

»Leider tragen Mörder keinen Spickzettel, wo draufsteht: *Ich bin ein Mörder.*«

DER SHOWDOWN

Als Lena und Paul eine Viertelstunde später läuteten, öffnete ihnen Carla Burkhardt die Tür. Als sie die Polizei erkannte, fiel ein Schatten über ihr Gesicht. »Wir sind gerade beim Essen …«, begann sie zögernd. »Wir feiern Geburtstag. Darf ich Sie bitten, morgen wiederzukommen?«

Aus dem Wohnzimmer drang Paul ein unglaublicher Duft in die Nase. »Es lässt sich leider nicht verschieben, Frau Burkhardt. Wir müssen Frau Klampfl sprechen.«

»Ausgerechnet jetzt? Gertrud feiert heute mit uns ihren Geburtstag …«

»Das wissen wir bereits, aber darauf können wir keine Rücksicht nehmen.«

Seufzend trat Carla von der Tür zurück und gab den Weg frei. Das passte ihr im Augenblick gar nicht. Gertrud hat sich große Mühe mit dem Essen gegeben, auch wollte sie ihr später noch ihr Geschenk überreichen …

Lena und Paul gingen an ihr vorbei und betraten das Wohnzimmer, wo die ganze Familie um den Tisch saß und ihnen, mit Ausnahme von Tobias, überrascht, aber arglos entgegenblickte. Nur Gertrud schien ungehalten zu sein, wie immer, wenn sie die Polizei sah.

»Können Sie uns nicht einmal an meinem Geburtstag in Ruhe lassen?«, begehrte sie auf. »Was wollen Sie schon wieder von uns?«

Paul konnte nicht anders, als ihre Kaltschnäuzigkeit zu bewundern. Sie ließ sich nicht das Geringste anmerken. Sie schien eine Meisterin im Verdrängen zu sein. Hatte sie die Morde schon wieder vergessen oder bedeutete ihr ein Menschenleben wirklich so wenig? Jedenfalls schien sie keinerlei Argwohn zu schöpfen oder gar Angst zu haben.

Tobias spielte seine Rolle perfekt und ließ sich selbst vor seinen Eltern nicht anmerken, was er bereits wusste. Nur das Essen stand noch fast unberührt vor ihm und um die Nase war er ein wenig bleich.

»Frau Klampfl«, begann Lena in einem Tonfall, der Gertrud gleich zu Anfang den Schneid abkaufen sollte. Sie richtete sich zu ihrer imposanten Größe von einem Meter achtzig auf und sprach: »Sie stehen unter Verdacht, Karl Manson vorsätzlich getötet zu haben! Auch in den Mordfällen Wallner und Steinschaden wird gegen Sie ermittelt werden. Ich mache Sie darauf aufmerksam, dass alles, was Sie ab jetzt sagen, gegen Sie verwendet werden kann. Sie haben das Recht, einen Anwalt anzurufen.«

Über den Raum senkte sich entsetztes Schweigen. Die Familie saß da wie vom Donner gerührt. Niemand bewegte sich.

Stefanie fand zu der furchtbaren Anschuldigung als erste Worte. »Die Gertrud?«, rief sie und lachte gezwungen. »Sie spinnen! Die Gertrud kann doch keiner Fliege was zuleide tun!«

Gertrud blickte mit rollenden Rosinenaugen um sich und knallte eine weitere Schüssel mit dampfenden Rosmarinkartoffeln auf den Tisch. Sie stemmte die Hände in die Hüften und spottete: »Mit Ihnen ist wohl die Fantasie durchgegangen! Oder haben Sie im Fernsehen zu viele Krimis geschaut?«

Lenas Worte prasselten wie Schläge auf sie herab. »Wir haben Beweise, Frau Klampfl, dass Sie am späten Abend des 9. November, um dreiundzwanzig Uhr, ein Taxi in die Nähe des Waldschlösschen bestellt haben. Das ist der Zeitpunkt, als Herr Manson ermordet wurde. Der Fahrer kann sich sehr gut an Sie erinnern. Eine kleine Frau zwischen fünfundsechzig und siebzig …«

»Ich bin heut erst vierundsechzig geworden!«, schnaubte Gertrud beleidigt. »Ihr Fahrer ist wohl ein bisschen kurzsichtig!«

»Wenn es zu einer Gegenüberstellung kommt, wird er Sie identifizieren. Er erinnert sich sehr genau an Sie. Wollen Sie es darauf ankommen lassen?«

Stefanie blieb das Lachen im Hals stecken.

Gertrud drehte Lena kurzerhand den Rücken zu und sagte, so als wären die beiden Polizisten gar nicht anwesend: »Greift zu, mein Essen wird kalt.«

Paul schüttelte innerlich den Kopf. Sie ignorierte einfach, was nicht mehr zu ignorieren war.

»Wir müssen auch Ihre Wohnung durchsuchen«, eröffnete Lena. Und da sie sich denken konnte, was nun kam, log sie: »Den Durchsuchungsbeschluss haben wir bereits.«

Gertrud drehte sich zu der Polizistin um. »Und was hoffen Sie in meiner Wohnung zu finden?«

»Weitere Beweise, möglicherweise sogar die Tatwaffe.«

»Da können Sie lange suchen!«

Paul hatte schon die längste Zeit die Fleischplatte im Visier. An Leo Steinschadens Kopf wurden Spuren von

Fleischfasern gefunden. Ein unglaublicher Verdacht dämmerte in ihm.

»Das da auf der Fleischplatte, was war das im Rohzustand?«

»Eine Lammkeule! Ist eine Spezialität von mir.«

»Wie viel wiegt so eine Keule eigentlich? Ich schätze mal so um die vier bis fünf Kilo.«

»Diese hier hatte nur drei Komma acht, war noch ganz jung das Schaf. Was Sie alles wissen wollen!«

Schlagartig war Paul klargeworden, dass die Tatwaffe vor ihren Augen gerade verspeist wurde. Schön saftig und butterweich. Jetzt verstand er auch, warum Gertrud so siegessicher war. In ihrer Wohnung würden sie ziemlich sicher keine Tatwaffe finden.

»Wie sind Sie eigentlich auf diese Idee verfallen, Frau Klampfl?«

»Auf was für eine Idee?«

»Dass Sie Fleischkeulen zum Morden verwenden und glauben, dass wir Ihnen das nicht nachweisen werden?«

»Können Sie auch nicht!«, trumpfte sie auf.

»Da irren Sie leider.«

»Blödsinn! Vielleicht wollen Sie mir jetzt noch einreden, dass ich zu diesem Steinschaden auch mit dem Taxi gefahren bin? Aber das können Sie gern nachprüfen, ich hab nämlich kein Taxi bestellt. Und in die Einöde, wo dieser Mensch wohnt, schaff ich es gar nicht zu Fuß.«

»Wieso wissen Sie eigentlich, wo Herr Steinschaden wohnte? Und warum hat Sie das überhaupt interessiert?«

Carla, die bislang entsetzt geschwiegen hatte, durchzuckte ein furchtbarer Gedanke. Gertrud war in der letzten Woche täglich mit dem Fahrrad unterwegs gewesen. Dadurch hatte sie weniger Zeit bei ihnen zugebracht. Sie hatte Gertrud noch dazu ermuntert, etwas Sport zu treiben! Geradezu erleichtert war sie gewesen, dass Gertrud nun doch ein anderes Hobby außer Putzen gefunden zu haben schien. *Und jetzt das!* Konnte es sein, dass Gertrud ausgerechnet mit dem Fahrrad, das sie ihr persönlich geschenkt hatte …? Ihr verschlug es den Atem.

»Herr Inspektor«, wandte sie sich mit hochrotem Kopf an Paul. »Ich habe Gertrud vor ein paar Tagen mein altes Fahrrad aus dem Keller überlassen …«

Gertruds Kopf zuckte in Carlas Richtung und sie sah sich plötzlich verraten. Sie blickte Carla mit Augen an, in denen sich ihre ganze Enttäuschung widerspiegelte. *Frau Carla verriet sie an die Polizei?* Wo sie doch überzeugt gewesen war, sie sei ihre beste Freundin? Das tat weh!

»Stimmt das, Frau Klampfl?«, fragte Paul.

»Ja, das stimmt«, entgegnete Gertrud um eine Spur weniger kaltschnäuzig. »Aber was heißt das schon?«

Paul überlegte fieberhaft, warum nur ein einziges Mal Fleischfasern an einem der Opfer gefunden wurden. Als sie die Morde begangen hatte, mussten die Keulen noch tiefgefroren gewesen sein. Damit ließ es sich wohl besser zuschlagen und hinterließ auch keine Spuren.

»Ich sage Ihnen jetzt, wie es war, Frau Klampfl.«

»Da bin ich aber gespannt!«

»Wie lange braucht man mit dem Fahrrad von Ihrer Wohnung bis zu Herrn Steinschadens Haus? Wenn man im Radfahren nicht geübt ist, schätze ich gut dreißig bis vierzig Minuten. In dieser Zeit ist Ihre Keule aber schon leicht angetaut. Besonders bei dem Föhn, den wir in letzter Zeit hatten.«

Zum ersten Mal zeigte Gertrud Zeichen der Verunsicherung.

»An Leo Steinschadens Leiche wurden Fleischfasern gefunden. Wenn wir das Fleisch analysieren lassen, wette ich, dass es von einem Lamm stammt.«

»Na und!«

Beharrlich entwickelte Paul seine Theorie weiter: »Was den Mord an Charles Manson im Waldschlösschen betrifft, brauchten Sie dorthin mit dem Taxi höchstens zehn Minuten. Bis zu Herrn Wallners Haus war es zu Fuß sogar noch kürzer. Diese beiden Male gingen sich locker aus. Nur bis zu Steinschadens Haus reichte die Zeit mit dem Fahrrad nicht. Da war die Lammkeule schon angetaut, und daher konnten dieses Mal Spuren von Fleisch nachgewiesen werden. Das haben Sie nicht einkalkuliert. Tut mir leid, Frau Klampfl.«

»Sie reden Schwachsinn!«, schrie Stefanie. »Die Gertrud ist keine kaltblütige Mörderin! *Wir* waren in Wallners Haus, Charles und ich …«

Ihre Eltern starrten sie zu Tode erschrocken an. »Was redest du da, Stefanie!«, rief ihr Vater. »Halte sofort den Mund, bevor du dich um Kopf und Kragen redest!«

Gertruds Schultern sackten plötzlich nach unten. Sie murmelte: »Sag jetzt besser nichts mehr, Stefanie.«

»Nun?«, fragte Paul. »Wie war es wirklich?« Jetzt, wo das Mädchen ins Spiel kam, konnte er direkt sehen, wie sich Gertruds Widerstand in Luft auflöste.

Gertrud sah sich mit gehetzten Augen um und gestand: »*Ich* war beim Wallner, nicht Steffi.«

»Was reden Sie für einen Quatsch, Gertrud? Charles und ich waren es doch, die dort waren! Aber ich sage gleich dazu, dass wir ihn nicht umgebracht haben. Wir wollten ihm doch nur drohen.«

»Wie spät war es da, Stefanie?«, wollte Paul wissen.

»Ungefähr elf am Abend.«

Paul atmete auf. Da hatte nach Rudolf Wehrschütz' gerichtsmedizinischer Untersuchung Herr Wallner noch etwa sechs Stunden zu leben gehabt.

Plötzlich fiel Gertrud in sich zusammen. Bevor sie das Mädchen mit hineinzog, wollte sie lieber gestehen. »Also gut, ich war's.«

»Was waren Sie?«, fragte Paul.

»Ich hab alle drei umgebracht. Den Wallner, den Charles und den Dichter.«

Stefanie riss die Augen auf. »*Sie* haben Charles getötet?«, flüsterte sie.

»Tut mir leid, Steffi, aber ich musste ihn aus dem Weg räumen. Ich hab das doch nur für dich gemacht! Es war besser für dich.«

»Was wissen *Sie schon,* was für mich besser ist?«, rief Stefanie mit bebenden Lippen. »Sie haben mich die ganze Zeit angelogen! Dabei haben Sie mir vorgemacht, dass Sie mich gern haben …«

»Das hab ich doch auch …!« Gertruds Augen füllten sich mit Tränen. Sie wollte Stefanies Hand nehmen, aber Stefanie riss sich von ihr los.

»Wie kamen Sie eigentlich auf diese Idee mit der Lammkeule, Frau Klampfl?«, fragte Paul. Er musste ihre momentane Schwäche ausnutzen, bevor sie wieder zu leugnen anfing.

Gertrud schniefte. »Das war beim Wallner. Er saß beim Frühstück und war gerade dabei, eine Lammkeule aus dem

Gefrierfach zu nehmen. Ich wollt ihn doch nur zur Rede stellen! Wegen dem Blacky! Aber dann ist er mitsamt seiner gefrorenen Keule plötzlich auf mich losgegangen wie ein Berserker! Was sollte ich denn machen? Da hab ich den Spieß einfach umgedreht und ihn mit seiner eigenen Keule totgeschlagen.«

Paul erinnerte sich, dass der Kühlschrank offengestanden hatte, als sie Wallners Haus durchsucht hatten. Ihre Geschichte könnte also stimmen. Wehrschütz hatte aber auch gemeint, dass der Mörder bedeutend größer als das Opfer gewesen sein musste, weil die Hiebe von oben herab ausgeführt wurden.

»Beschreiben Sie uns jetzt genau, wie Sie das angestellt haben, Frau Klampfl.«

»Er ist ins Schlafzimmer geflüchtet und ich hintendrein. Dort bin ich auf den Sessel gestiegen, wo sein Pyjama aufgehängt war, und hab ihm von oben voll die Birne zertrümmert.«

»Und was haben Sie später mit der Lammkeule gemacht? Haben Sie sie aufgegessen?«

»Natürlich. Hatte die ganze Woche Lammkeule, bis sie mir zum Hals raushing. Essen wirft man nicht weg, hat schon meine Mutter selig gesagt.«

»Und – hat's geschmeckt?«, ließ sich Lena vernehmen.

»Nicht anders als andere Lammkeulen auch!«, antwortete Gertrud trotzig. An Paul gerichtet, sagte sie: »Sie müssen zugeben, Herr Inspektor, die Idee mit der Keule war genial. Darauf wäre nicht einmal Sherlock Holmes gekommen.«

»Leider nein, Frau Klampfl, nicht genial genug. Bei Leo Steinschaden ist Ihr Plan nämlich voll in die Hose gegangen.«

»Das war doch nur Pech. Wer rechnet schon damit, dass einem ausgerechnet das Wetter zum Verhängnis wird?«

»Wie sind Sie eigentlich in Wallners Haus eingedrungen?«

»Ich bin nicht eingedrungen. Er hat mir aufgemacht. Wenn ich vor der Tür steh, fürchtet sich doch kein Mensch vor mir.«

»Ein fataler Irrtum von Herrn Wallner!«

»Außerdem hab ich die Daisy bei mir gehabt.«

»Der Hund, mit dem Sie Gassi gingen?«

»Ja. Und Hunde können eh nicht sprechen, dachte ich mir.« Sie grinste traurig. »Aber ich schwöre, dass ich ihn nicht umbringen wollte! Erst als er mit seiner gefrorenen Keule ausgeholt hat, sind bei mir die Sicherungen durchgebrannt. Da hab ich nur mehr rot gesehen. Und wie er geschimpft hat über den armen Blacky. Schwarzer Satan, hat er geschrien, Teufelsgetier und so ein Zeugs. Da musste ich an Stefanie denken und dann war's auch schon vorbei.«

»Und warum musste Leo Steinschaden sterben?«

»Sie waren doch selbst bei der Lesung dabei! Wie der sich aufgeführt hat! Ausgepfiffen hat er die zwei jungen Frauen und beschimpft. Und dabei war ich so stolz auf Stefanie.«

»Herr Steinschaden hat Ihnen aber sicher nicht die Tür geöffnet, mitten in der Nacht. Wie sind Sie in sein Haus gekommen?«

»Problemlos.«

»Nämlich?«

»Durch die Tür. Er hat sie ja nicht versperrt, der arme gutgläubige Dichter. Wo er doch der ganzen Menschheit misstraut hat. Der hat Augen gemacht, als ich plötzlich in seinem Schlafzimmer stand. Er hat gerade in einem Buch gelesen. Nur seine dreibeinige Katze hat mir leidgetan. Wissen Sie, was mit ihr jetzt passiert?«

Paul zuckte die Schultern. »Wir werden sie in ein Tierheim geben müssen.«

»Vielleicht will Stefanie sie haben?« Gertrud schielte unglücklich zu dem Mädchen hinüber, das nur blass dasaß und nach diesem Geständnis kein Wort mehr hervorbrachte.

Paul ging nicht weiter auf die Behauptung ein, dass auch Stefanie im Haus vom Wallner gewesen war. Aber wahrscheinlich hatte sie die Wahrheit gesagt, es würde immerhin den faulig-süßlichen Geruch erklären, der ihm von Anfang an Kopfzerbrechen gemacht hatte. Vielleicht aber wollte er es auch gar nicht so genau wissen. Und da auch Lena stumm blieb, fragte er nicht weiter nach.

»Und Charles Manson hat Ihnen ebenfalls ganz einfach so die Tür geöffnet?«, fragte Paul und schielte zu Stefanie. Sie musste jetzt ganz stark sein.

»Ich hab mich mit verstellter Stimme als die Polizei ausgegeben.«

»Wieso wussten Sie überhaupt, in welchem Zimmer er wohnte?«

»Er war doch der einzige Gast! Es fehlte ja nur ein einziger Schlüssel. Und auf dem Parkplatz stand sonst auch kein Auto außer seinem alten VW Käfer. So leicht habe ich es mir gar nicht vorgestellt, ehrlich gesagt. Aber das mit Charles war ein Unfall!«

»Ein Unfall?«, fragte Paul.

»Ich hab nur einmal ausgeholt, da ist er gegen den Bettpfosten geknallt und hat sich plötzlich nicht mehr gerührt.«

Paul erinnerte sich, dass auch Rudolf Wehrschütz zu diesem Schluss gekommen war. »Sie wollen sagen, dass Sie Charles Manson nicht töten wollten?«

Gertrud schielte traurig zu Stefanie hinüber. »Eigentlich nicht. Ich wollte nur, dass er eine Abreibung erhält und Stefanie in Ruhe lässt.«

Ob es in diesem Fall Mord war, oder nur Totschlag, würde das Gericht entscheiden müssen. Es würde wohl auf den Richter ankommen.

Lena hatte die ganze Zeit mit steinernem Gesicht danebengestanden. Doch nun sagte sie: »Frau Klampfl, wir nehmen Sie fest wegen des Verdachts, drei Menschen getötet zu haben. Bitte lassen Sie alles liegen und kommen Sie mit uns.«

Gertrud begann zu zetern: »Sie hatten es alle drei verdient! Genauso wie diese Hummelberger!«

Martin Burkhardt zuckte hoch. Aschfahl im Gesicht wiederholte er heiser: *»Dr. Hummelberger?«*

»Ja, Ihre heimliche Liebhaberin! Sie untreuer Mensch!«

Paul zwang sich, ruhig zu bleiben. »Herr Burkhardt! Wie heißt Dr. Hummelberger mit Vornamen?«

Das Ganze nahm Ausmaße an, die er nicht erwartet hatte. Sollte Gertrud tatsächlich auch diese Dr. Hummelberger ins Visier genommen haben, schien es plötzlich sehr unwahrscheinlich, dass sie noch am Leben war.

»Sie heißt Dorothea«, stammelte Martin. »Sie … sie ist meine Co-Autorin. Wir recherchieren für unseren nächsten Vortrag in der Akademie der Wissenschaften.«

»Sie ist Ihre Geliebte!«, schrie Gertrud. »Ich hab doch ihre Reizwäsche in Ihrem Arbeitszimmer gefunden. Nur aus Rücksicht auf Ihre Familie hab ich nix gesagt!«

Sie drehte Carla ihr erhitztes Gesicht zu. »Frau Carla, ich schwör, dass ich die Wahrheit sag. Diese unappetitlichen Dinger hab ich in der Schreibtischlade in seinem Arbeitszimmer gefunden.«

Carla starrte geschockt von einem zum anderen und brachte kein Wort heraus. Es war geradezu monströs, wenn sich bewahrheiten sollte, dass ihre Putzhilfe eine mehrfache Mörderin war.

»Diese Sachen hab ich doch damals selbst in diesem Swinger-Club getragen!«, schrie Martin außer sich. »Das habe ich Ihnen doch bereits erzählt, es war eine ganz blöde Wette, die ich verloren habe! Carla, du kannst dich doch sicher daran erinnern. Sag es ihr!«

Carla schloss für einen Moment die Augen, weil sie ein Schwindel erfasst hatte. *Wann hatte ihr Mann jemals Reizwäsche getragen?* Auch war sie nie mit ihm in einem Swinger-Club gewesen! Hatte Martin gar ein Problem, von dem sie nichts wusste? *Und wer war Dr. Hummelberger wirklich?* Sie riss sich zusammen, denn im Angesicht so vieler Morde war das im Moment unwichtig.

»Martin!«, brachte sie heiser hervor. »Im Augenblick zählt doch nur, ob stimmt, was Gertrud vorhin behauptet hat!«

»Herr Burkhardt!«, drängte Paul erneut. »Wo wohnt Dr. Hummelberger?«

Martin keuchte. »In Perchtoldsdorf, in der Pfarrgasse 4. Sie meinen, sie könnte Dr. Hummelberger tatsächlich ...? Um Gotteswillen!«

Paul hatte schon das Handy am Ohr. »Maja, verständige bitte die Kollegen in Perchtoldsdorf. Sie sollen so rasch wie möglich eine Polizeistreife und einen Rettungswagen nach Perchtoldsdorf in die Pfarrgasse 4 schicken. Dort soll eine gewisse Dr. Dorothea Hummelberger wohnen. Wir befürchten das Schlimmste … ja, genau … und Maja … findet heraus, was ihr über Gertrud Klampfls Vergangenheit in Erfahrung bringen könnt. Alles! Bis ins letzte Detail.«

Als Paul mit dem Telefonieren fertig war, fühlte sich Gertrud übergangen. »Warum fragen Sie mich das nicht selber?«, forderte sie beleidigt. »Ich weiß über meine eigene Vergangenheit ja wohl am besten Bescheid!«

Bevor sie sich noch mehr von dieser Frau anhören musste, packte Lena Gertruds Hände und ließ ein Paar Handschellen klicken.

»Sie werden noch reichlich Gelegenheit dazu bekommen, Frau Klampfl. Und jetzt Abmarsch!«

GUTE NACHRICHTEN AUS WIEN

Gertrud hatte es tatsächlich ernst gemeint. Dr. Dorothea Hummelberger war schwer verletzt in ihrer Wohnung aufgefunden worden. Dem Rettungsdienst, der sofort nach Pauls Anruf hingeschickt worden war, gelang es gerade noch, ihr neues Leben einzuhauchen. Dr. Hummelberger hatte ein Schädel-Hirn-Trauma erlitten und war bereits ins Koma gefallen. Bei der Tatwaffe handelte sich um einen stumpfen Gegenstand. Und obwohl es diesmal keine Spuren von Fleischfasern gab, brauchte es nicht viel Fantasie, um zu erahnen, um welchen Gegenstand es sich handelte. Die weitere Nachforschung ergab wie erwartet, dass Gertrud ein Taxi genommen hatte. Als Paul und Lena am nächsten Morgen den Tatort betraten, sahen sie neben der Wohnungstür ein Ordinationsschild: *Dr. Dorothea Hummelberger, Psychotherapeutin.*

Am selben Tag wurde auch Gertruds Wohnung durchsucht. In ihrem Tiefkühler fand sich keine einzige Fleischkeule. Die Keule, die Dr. Hummelberger beinahe das Leben gekostet hätte, hatte Gertrud den Burkhardts zum Abendessen serviert.

Die Recherche, die in Gertruds Vergangenheit führte, enthüllte ein armseliges und ziemlich einsames Leben, das im

Mord an ihrem Ehemann gipfelte und ihr fünfzehn Jahre in einer gesonderten Gefängnisanstalt einbrachte. Nach zwölf Jahren war sie schließlich vorzeitig entlassen worden. Ihre Kochkünste hatte sie auch nicht bei der Caritas erworben, wie sie überall herumerzählte, sondern in der Anstaltsküche. Während ihres ganzen Aufenthalts dort war sie als unauffällig und stets bemüht beschrieben worden, und das psychiatrische Gutachten hatte ihr schließlich bescheinigt, dass sie ihr Leben im Griff hatte und für die Allgemeinheit als ungefährlich eingestuft werden konnte.

Paul machte sich große Vorwürfe.

Warum hatte er Gertrud Klampfl nicht schon viel früher genauer unter die Lupe genommen? Er war ihrer Spur schon so nahe gewesen! Möglicherweise hätte er zwei Morde verhindern können. Jetzt war es zu spät. Aber, so versuchte er sich einzureden, wenn selbst der Gutachter überzeugt gewesen war, dass von ihr keine Gefahr mehr ausging, warum sollte er, ein einfacher Polizeiinspektor, es besser wissen? Immerhin hatte er einen weiteren Mord im allerletzten Moment verhindern können, und wer wusste schon, wie viele weitere noch?

Die Familie, die sie selbst nie gehabt hatte, glaubte Gertrud in der Familie Burkhardt gefunden zu haben. Sie hätte sie auch in Zukunft bis auf den letzten Blutstropfen verteidigt, sollte ihr, in Gertruds Augen, jemand hätte schaden wollen. Wie aber Gertrud reagiert hätte, wäre sie jemals von den Burkhardts entlassen worden – in Gertruds Augen *verstoßen* – wollte sich Paul erst gar nicht ausmalen. Ein Blutbad wäre nicht ausgeschlossen gewesen.

Lena war gerade dabei, ihren Trolley zu packen. Ihre Arbeit in Keltenberg war getan, Wien wartete mit neuen Fällen – vier Frauenleichen in einem Monat!

Während Paul ihr beim Packen zusah, sagte er: »Übrigens, unsere Recherchen haben ergeben, dass Gertrud Klampfl eine Waise war und bei Pflegeeltern groß geworden ist.«

Lena blickte kurz hoch, während sie überlegte, wo sie ihre angebrochene Stange Marlboro unterbringen sollte. »Und?«, gab sie zurück.

»Sie dürfte eine ziemlich schwere Kindheit gehabt haben. Vielleicht erklärt das ein wenig ihren ganzen Werdegang.«

»Ich hatte auch eine schwere Kindheit.«

»Aber Gertrud Klampfl ist eine labile Persönlichkeit.«

Lena richtete sich auf. »Weil sie als Kleinkind vielleicht zu heiß oder zu kalt gebadet wurde? Meinen Sie das? Mein Gott, Junghans! Diese Frau ist eine mehrfache Mörderin! Schwere Kindheit hin oder her. Für so jemanden gibt es einfach keine Entschuldigung!«

»Sie haben ja recht«, lenkte er ein.

»Was glauben Sie, wie oft *ich* mit dem Gedanken gespielt habe, meinen Mann umzubringen, als er ein paar schwule Mönchsbrüder mir vorgezogen hat! Ich hätte ihn glatt und ohne Skrupel erwürgen können! Aber ich habe es ebenso wenig getan wie – Gott sei Dank – die meisten von uns, denen ebenfalls übel mitgespielt wurde. Wir können doch die eigenen Demütigungen, die wir kassiert haben, nicht an völlig fremden Menschen auslassen. Wo kämen wir da hin?«

Natürlich hatte sie recht, trotzdem war Paul fest davon überzeugt, dass manchen Menschen das Unglück bereits in die Wiege gelegt wurde, dass ihr Lebensweg praktisch vorgezeichnet war. Diesen Glauben ließ er sich nicht nehmen, er deprimierte ihn aber erst recht.

Nun, da sie im Begriff war, sich endgültig zu verabschieden, wollte Paul noch eines wissen: »Darf ich fragen, wie Ihnen unsere Zusammenarbeit in Keltenberg gefallen hat?«

»Ich finde, dass wir einen scheiß Beruf haben!«

Ihre Antwort überraschte ihn. Stolz erwiderte er: »Ich liebe meinen Beruf! Es ist das Schönste, was ich mir vorstellen kann.«

Sie drehte sich zu ihm um und griff sich dabei in den Rücken. Anscheinend hatte sie es mit dem Kreuz. Na ja, die Jüngste war sie schließlich auch nicht mehr.

»Was bitte ist schön daran, wenn man jede Woche eine neue Leiche findet, der man den Schädel eingeschlagen hat? So was nennen Sie schön?«

»Schön finde ich, wenn wir die Täter endlich aus dem Verkehr ziehen und weitere Morde verhindern können!«

»Sie tun gerade so, als hätten Sie ein Leben lang mit Mord und Totschlag zu tun gehabt! Dabei haben Sie Ihre erste Leiche vor drei Wochen gesehen! Das Brutalste, was Ihnen bis dahin über den Weg gelaufen ist, war der Halbwüchsige auf dem Parkplatz vorm Lidl, der ein Handy gestohlen hat. Ich hingegen hab die Nase voll von Leichen.«

»Ich habe immerhin eine Gruppenvergewaltigung aufgeklärt!«, protestierte er gekränkt.

»Sorry!«

»Ich will ja auch nicht für immer Dorfpolizist bleiben!«, fing er wieder an. »Ich habe, im Gegensatz zu Ihnen, noch beruflichen Ehrgeiz. Ich will den Sprung nach Wien schaffen, und zwar als Chefermittler!«

Jetzt brach Lena in ein Lachen aus, das er ganz und gar nicht lustig fand. »Klar!«, prustete sie. »Und ich werde Polizeipräsidentin!«

Als ihr Trolley endlich fertig gepackt und die Tür hinter ihr ins Schloss gefallen war, ließ er seinen Zorn über ihren herablassenden Spott an seinem Bürostuhl aus. Er gab dem Sessel einen Tritt, dass er in der gegenüberliegenden Wand eine Delle schlug.

»Zynische, blöde Kuh!«

Ein paar Tage darauf erhielt Paul einen Anruf von Kriminalrat Kurt Brösel. Zu Pauls Überraschung lobte Kurt Brösel seine Arbeit. Bei dieser Gelegenheit hob Paul Majas Anteil zur Aufklärung der Mordfälle hervor und brachte sich unauffällig selbst ins Spiel. Er deutete an, dass er sich für höhere Weihen berufen fühlte und Maja Fröschl als seine Nachfolgerin geradezu prädestiniert sei.

Kurt Brösel erteilte ihm augenblicklich eine Abfuhr. In seinem Alter habe er noch viel zu lernen, müsse sein kriminalistisches Können erst noch viel öfter unter Beweis stellen. Paul war nahe dran, Kurt Brösel daran zu erinnern, dass er wahrscheinlich nicht so bald wieder Gelegenheit bekommen würde, in drei Mordfällen ermitteln zu dürfen, um diesen Beweis anzutreten. Aber er hielt den Mund.

Monika kam ihm in den Sinn. Sie war aus dem Krankenhaus entlassen worden und bereitete sich auf eine OP an ihrem Gesicht vor. Sie hatte schon wieder eine Idee zu einem neuen Buch, das garantiert auch ein Bestseller würde. Darin sollte der junge gutaussehende Polizeiinspektor Jack Brown eine aufregende Rolle spielen. Wenn ihm Kurt Brösel keine

Chance geben wollte, sollte er vielleicht doch ins künstlerische Fach wechseln, überlegte er trotzig.

»Paul«, hörte er Kurt Brösels Stimme durchs Telefon, »ich will mich Ihnen gegenüber nicht ganz uneinsichtig zeigen, daher habe ich Sie zu einem Dienstausbildungskurs in Wien angemeldet. Er beginnt am ersten März.«

»Wirklich?« Paul wurde heiß und kalt gleichzeitig. Stumm ballte er die Faust und stieß sie in die Höhe. *Da war sie, die Chance, auf die er gehofft hatte!*

Am anderen Ende der Leitung hörte er Kurt Brösel leise lachen.

»Ich versichere Ihnen, Herr Kriminalrat, wenn Sie mir diese Chance geben, werde ich sie nutzen.«

»Maja Fröschl wird Sie solange vertreten.«

Paul jubelte. Besser konnte es gar nicht kommen!

»Und, Paul?«

Paul stand stramm. »Ja, Herr Kriminalrat?«

»Lena Schwertführer wird Ihre Ausbildung übernehmen. Sie wechselt nämlich in den Innendienst.«

Pauls Kinnlade fiel herab.

Scheiße! Scheiße! Scheiße!

Zum Glück besaßen sie noch keine Videoverbindung, sodass Kurt Brösel jetzt sein Gesicht nicht sehen musste.

Kurt Brösel fuhr fort: »Lena Schwertführer hat sich über Maja Fröschl und Sie positiv geäußert.«

»Äh, wirklich?« Sollte er Lena doch falsch eingeschätzt haben? »Dafür bin ich Frau Schwertführer sehr dankbar, Herr Kriminalrat. Ich werde Sie beide nicht enttäuschen.«

»Bereiten Sie sich gut auf Ihre neue Aufgabe vor. Das ist *Ihre* Chance.« Damit legte Kurt Brösel auf.

Paul atmete tief ein und ganz lange aus. Sein Gesicht hatte Farbe bekommen und seine Hände waren leicht verschwitzt. Hier war ihm eine Chance geboten worden, die er auf keinen Fall vermasseln durfte! Eine zweite würde so schnell nicht wiederkommen.

Er schloss die Augen und versuchte sich seine Zukunft auszumalen. Aus der rosa Wolke vor seinem geistigen Auge nahm plötzlich ein kupfer-glänzendes Namensschild Gestalt an. Es hing an der Tür zu einem vierzig Quadratmeter großen lichtdurchfluteten Büro in der Berggasse in Wien. Auf kunstvoll eingravierten Lettern stand zu lesen: *Chefermittler Paul Junghans!*

Die Welt war schön!

EINIGE WOCHEN SPÄTER …

»Grüß Gott! Ich heiße Adele Rumpler.«

»Ja?« Skeptisch glitt Martin Burkhardts Blick über die Frau vor ihm. Älteres Semester, sorgfältig frisiert und gekleidet.

Adele Rumpler räusperte sich. »Ich habe gehört, was mit Frau Klampfl passiert ist. *So furchtbar!* Ich hab sie im Seniorenklub kennengelernt … man hat ihr das gar nicht angesehen … wenn ich das alles nur früher gewusst hätte …«

»Was kann ich für Sie tun?«, unterbrach Martin. Er wollte nicht schon wieder an die Putzfrau erinnert werden.

»Ich möchte Ihnen versichern, wie leid mir das alles tut für Sie und Ihre Frau.«

»Danke vielmals.«

»Ich hab damals im Klub ja auch Ihre liebe Frau kennengelernt.« Adele Rumpler lächelte gewinnend. »Bei dieser Gelegenheit wollte ich Ihre Frau fragen, weil Gertrud ja jetzt nicht mehr für Sie arbeitet, also, was ich fragen wollte … brauchen Sie eine neue Haushaltshilfe?«

Die Worte senkten sich auf Martins Brust wie Blei. Instinktiv hob er abwehrend beide Hände hoch.

Adele Rumpler fuhr sehr engagiert fort: »Ich putze, ich wasche, ich bügle, ich koche, ich putz auch die Fenster, ich bin eine sehr reinliche Person …«

Während sie sprach, spürte Martin förmlich, wie sich in seinen Hauspantoffeln die Zehennägel einrollten. Jedes ihrer Worte dröhnte in seinem Kopf nach wie der schwere Klöppel einer Domglocke. Ohne ein Wort der Erklärung schlug er vor der überraschten Frau Rumpler die Tür zu und lehnte sich schwer atmend dagegen.

»Wer war das, Martin?«, vernahm er die helle Stimme seiner Frau.

»Niemand besonderes!« Er stieß sich von der Tür ab und ging zurück ins Wohnzimmer, wo ihm Carla mit fragenden Augen entgegentrat.

»Ich habe eine Frauenstimme gehört«, sagte sie und wischte sich die Hände an einem Geschirrtuch ab. Seit sie ohne Haushaltshilfe auskommen musste, kümmerte sie sich wieder ganz allein um den ganzen Haushalt und das Essen.

»Es war nichts Wichtiges, Schatz. Bloß die Paketzustellerin, die nach einer Adresse gefragt hat.«

»Um diese Zeit? Die Post behandelt ihre Zusteller neuerdings auch schon wie Sklaven!«

»Sie kriegen sicherlich jede Menge Überstunden bezahlt«, erwiderte Martin im Brustton der Überzeugung.

Im Wohnzimmer auf der Couch saß Stefanie mit einem blondgelockten Bleichgesicht namens Daniel und schmuste ungeniert mit ihm herum. Martin und Carla duldeten das mit einem heroischen Lächeln. Daniel war achtzehn Jahre alt, besaß himmelblaue Augen, ein engelsgleiches Gesicht und ging mit ihrer Tochter in dieselbe Schule. Auch Daniels Eltern hatten sie bereits kennengelernt; ein Lehrerehepaar aus dem Ort, das in Mödling unterrichtete. Sehr seriös und sehr sympathisch.

Ausgestreckt neben Stefanie lag das schnurrende Erbe von Leo Steinschaden und leckte sich selbstvergessen seine drei Beinchen. Auf Stefanies Schoß räkelte sich ein weiterer miauender Zuwachs: zehn Wochen alt, mit sattem Bäuchlein, riesigen Ohren und kohlrabenschwarz. Dieses harmonische Bild erfüllte Martin mit Dankbarkeit.

Im Haus Nr. 32 war Wallners Sohn Christoph mit seiner hochschwangeren Frau eingezogen. Christoph Wallner werkelte unermüdlich an jedem Wochenende und jedem freien Tag, um das alte Haus in Schuss zu bekommen. Und so, als wollte er etwas gutmachen, hatte er eines Tages vor ihrer Tür gestanden und einen neuen Blacky für Stefanie abgegeben. Martin konnte eigentlich froh sein, dass alles so gekommen war.

Der Name Dr. Hummelberger war seit jenem verhängnisvollen Abend nie wieder gefallen. Nur den Kindern fiel auf, dass ihr Vater seither jeden Abend pünktlich zum Essen da war.

Martins Blick kreiste zufrieden durchs Wohnzimmer. Mit einem Lächeln zog er Carla an seine Brust und sagte: »Ich helfe dir in der Küche, mein Schatz. Und eins verspreche ich dir – ab morgen kochen und putzen wir täglich gemeinsam.«

– E N D E –

LUZIFER
VERLAG